崖っぷちエマの事件簿①

レンタル友人、はじめました

ローラ・ブラッドフォード　田辺千幸 訳

A Plus One For Murder
by Laura Bradford

コージーブックス

A PLUS ONE FOR MURDER
by
Laura Bradford

This edition published by arrangement with
Berkley, an imprint of Penguin Publishing Group,
a division of Penguin Random House LLC,
through Tuttle-Mori Agency, Inc., Tokyo

家族に。心から愛してる。

謝辞

このシリーズのアイディアが浮かんだのは、パンデミックが始まった最初の頃でした。エマとスカウトは、なにも考えることなく、すぐにわたしの前に現れてくれました——毎日コンピューターの前に座っているわたしにとっては、幸先のいいことでした。彼らの滑稽なやりとりは、あの不安定な時期に素晴らしい気晴らしになりましたし、友情や創造性、前向きな姿勢の重要性を（少なくともわたしに）改めて教えてくれました。

そうは言ったものの、ご存じのとおり、なにかを成し遂げるにはいろいろな人の協力が必要です。この本、このシリーズの背後に存在する多くの人に感謝せずにはいられません。

キャスリーンとビル。一番にわたしのもとに駆けつけてくれるはずの夫が大変な状態だったときに、安全な場所をわたしと娘のために提供してくれました。

わたしの娘ジェニー。不安定な時期にわたしの一番の仲間でいてくれただけでなく、なにかがひらめいたときにいい相談役になってくれたおかげで、この本とシリーズが生まれました。

わたしの夫ジム。わたしが途方にくれていたとき、詩の能力で手助けしてくれました。わたしは詩に関してはまったく……

昔からのわたしの編集者ミシェル・ヴェガとバークレー／ペンギン・ランダム・ハウスのすべてのチーム。わたしとわたしの物語を信じてくれて、それを伝える場所を与えてくれました。

そして最後に、わたしの名前をシェアしてくれたエージェント。おかげで世間に認められているという気持ちになりましたし、自分には一層の努力をする価値があるのだと思えるようになりました。

レンタル友人、はじめました

主要登場人物

エマ・ウェストレイク……旅行代理店の運営に行きづまり、レンタル友人業を開始
ドッティ・アドラー……エマの年配の友人。資産家
ビッグ・マックス……レンタル友人業の依頼人。独身の高齢者
ステファニー・ポーター……レンタル友人業の依頼人。看護師
ブライアン・ヒル……レンタル友人業の依頼人。フリーのライター
ジャック・リオーダン……保安官補
ティム・ボーリン……保安官。ジャックの上官
セバスチャン・ジェラード……新市長
リタ・ジェラード……新市長の妻
ナンシー・デイヴィス……農園主
ロバート・マクナニー……建設業者
ダルトン……前市長
テレサ……前市長の妻
アンディ・ウォールデン……レンタル友人業の依頼人。設計士
ジョン・ウォールデン……アンディの父

1

エマ・ウェストレイクは、たっぷりと油を差した機械になった気分でリモージュ焼きのティーポットに手を添えると、頭の中で数を数えた。

一〇……
九……
八……
七……
六……
五……
四……
三……
二……
一……

「紅茶よ、ドッティ」

彼女が返事代わりにうなずくのを見て、エマはソーサーと揃《そろ》いのティーカップの金色の縁からちょうど五ミリのところまで紅茶を注ぎ、さらにクリームを少々と砂糖をふたつまみ入れた。

いつものように〝いいわね、ディア〟と返ってくるのをきっかり三拍待ってから、クロスをかけたテーブルの向こう側に回って、自分のカップが置かれた席に着いた。

「ビスケットはいかが？」答えを承知しつつ、尋ねた。毎週火曜日午後三時に返ってくる答え。

「ええ、もちろんいただくわ」

そう言ったあとで必ずついてくる、あーとかえーとかの言葉が終わるまでの間、エマは三回〝ミシシッピー〟と心の中で繰り返しながら、テーブルの真ん中からちょっとはずれたところでバスケットを持ち、ドッティがビスケットをひとつつまむのを待った。〝本当は食べるべきじゃない〟二枚目のビスケットに彼女がか細い手を伸ばしてくると、バスケットをさらに彼女に近づけた。

「ありがとう、エマ」

「こちらこそありがとう、ドッティ」エマはテーブルの上のナプキンを取って膝に広げ、週に一度の儀式にもかかわらず——というより、おそらくはそのおかげで——大好きになった車いすの女性に笑顔を向けた。

週に一度の儀式に一定額の小切手がついてくるという事実は、なくてもいいけれどあると必ず喜ばれる、ケーキに乗ったさくらんぼのようなものだった。とりわけいまのわたしにとっては――

「あなたもどうぞ」

いつものようにエマは、一年半前、死の床にあるドッティの夫と電話で約束したとおり、こみあげてきた吐き気をぐっとこらえてうなずいた。決して変わることも揺らぐこともない暗黙の台本によれば、ドッティが愛しいアルフレッドのことを思い出して目を閉じる瞬間――ほんのつかの間ではあるが、それでも確かに存在した――が必ず来るからだ。そしてそのときが来たら、半年前から週に一度の儀式に連れてきているしっぽを振る〝食欲の塊〟が、かの有名なボール紙の味がするおやつを嬉々として処分してくれるはずだ。

エマは足元でおとなしく待機しているゴールデンレトリバーが視界に入る程度にうしろに体をずらすと、片手を膝の上に置き、彼に教えてある〝準備しろ〟のサインを送った。思ったとおり、ドッティはカップを持ちあげると、天井に視線を向け、夫の名前をつぶやいて目を閉じた。その瞬間、エマはデザート皿の上のビスケットをつかんでテーブルの下に持っていき、それを――

「スカウトもそれは好きじゃないわよ」

エマはさっと背筋を伸ばすと、ドッティの顔を見つめ、それから視線を逸らした。

「それ？」

「とぼけるのはやめることね」ドッティは鼻を鳴らして言った。「わたしは年寄りで、車輪のついた厄介な椅子から離れられないかもしれないけれど、馬鹿ではないの。それにアルフレッドの書斎の隅で家政婦が見つけた、二十三枚の硬くなったビスケットの山が証明しているとおり、あなたの犬は一貫性があるのが取り柄ね」

〝硬くなった〟という言葉について尋ねたくなるのをこらえながら、エマは恥ずかしさにがっくりとうなだれ、そして――

「待って！」顔をあげてドッティを見た。「二十三枚って言ったの？」

「今日の分を入れれば二十四枚ね」

「でも……」脳みそのギアが入って計算を始めると、そのあとの反論の言葉は途切れた。

「わたしはこの半年、スカウトを連れてきていた。毎週火曜日に。スカウトをのけものにしないように」エマはテーブルクロスの端を持ちあげ、飼い犬の姿を露わにした。「二十四枚……スカウト、この裏切り者！　一枚も食べていなかったのね！」

「ほらほら、わたしたち三人のうちでたったひとりだけ正直だったからといって、スカウトを怒らないの」

エマはぽかんと開いた口をあわてて閉じたが、口はまたすぐにあんぐりと開いた。

「わたしたち三人？」

「そう、三人。あなた。スカウト」ドッティはひとりずつ順番に指さし、最後に自分に指を向けた。「そしてわたし」

「あなた？」

ドッティはなにも答えなかった。

「ちょっと待って。それってつまり、これだけたったあとで――」

「一年半ね」

エマは言葉を切り、言い直した。「一年半たったあとで、あなたはこのビスケットが好きじゃないって言っているの？」

「ひどい味よね」

「ひどい味？」エマは繰り返した。「でも、これを買うようにってアルフレッドに言われたのに。毎週、その同じバスケットに必ず入れておくようにって。自分の紅茶をいれたら、あなたに一枚、それからもう一枚勧めるようにって！」

「ビスケットのくだりは、彼の慣習ね。紅茶はわたし。火曜日の三時きっかりというのは、わたしたち」

エマはいま耳にした言葉を理解しようとしたが、頭を働かせるどころか、ものを考えることすら難しかった。「でもあなたは毎週食べていたのに」

「そうね。アルフレッドのために。あなたを雇って、わたしが火曜日の午後のお茶を続けられるようにしてくれた彼のために、わたしができるのはそれくらいだったから」

「わお。なんて言えばいいのか……」エマはすっくと背を伸ばした。

「待って。アルフレッドは、あなたがこのビスケットを好きじゃないことを知っていたの？」

ドッティはまたゆっくりと紅茶を飲んでから、ソーサーにカップを戻した。「いいえ。でも、それでもよかった。彼にとってはビスケットが大切だったから。紅茶がわたしにとって大切だったようにね。彼はそれがわかっていたから、あなたがいまここにいるのよ。それに、ほかの人のためならわたしも毎週ボール紙を食べたりしないわ」

今度はエマが鼻を鳴らす番だった。「それも二枚も！」

返事代わりにドッティの顔に浮かんだ涙まじりの笑みは現れたときと同じくらいすぐに消えて、彼女は代わりにあきれたように目をぐるりと回した。

「新しい家政婦を雇わなきゃいけないわね」

「どうして？」エマは残りの紅茶を飲み干しながら訊いた。

「どんどん増えていくビスケットの山に気づくまで、半年かかったのよ？　それって……」

「ええ、そうよね」エマは椅子の背にもたれ、空のカップとスプーンをもて遊び始めた。

「やめなさい、エマ」

エマは空のカップをテーブルの中央に押しやり、再び引き戻した。

「なにをやめるの？」

「落ち込んでいるでしょう」

「わたしは……」反論する気力はなかった。「気にしないで。なんとかするから。今日はあなたのためにここにいるの。アルフレッドに約束したみたいに」

ドッティは老人特有の染みのある手を振って、エマの言葉をいなした。

「アルフレッドがあなたに――役立たずのわたしたちの子供にじゃなくて、あなたに頼んだのは、あなたの大おばさんが住んでいた家の前を毎晩散歩で通っているうちに、あなたのことが好きになったからよ。彼は、自分の助言に従ってあなたが雑草だらけの花壇を変身させていくのを見て喜んでいたし、わたしは家に戻る道すがら、あなたをこきおろすのが好きだった」

「こきおろす？」わたしは繰り返した。

「愛情をこめてよ、もちろん」

エマは笑った。

「ええ、もちろんそうね」

「わたしにはあなたの人生の手助けができるんじゃないかって、アルフレッドは考えていたのかもしれない。そしてあなたが――わからない……わたしが楽しみにできるようななにかになってくれるとか？」

「あなたは、わたしたちのお茶を楽しみにしている？」

「い、い、わたしのお茶を楽しみにしているわ」ドッティは言い直した。「わたしは、あなたと過ごす時間が楽しみなの。どれほど痛ましくてもね」

「痛ましい？」

「ええ。あなたはお気に入りの玩具《おもちゃ》を取り上げられた子供みたい」

「どうして？　わたしはここに来たときには笑っていたし……食器の並べ方をいちいち直されたときにも笑っていたし……紅茶をいれたときも笑っていたし……考えただけで吐き気がするビスケットをあなたに勧められたときにも、笑っていたのに」

「あなたの口元は笑っていたかもしれないけれど、目は笑っていなかった。しばらく前からそうだったわね」

ピンでつつかれた風船のように、エマはしゅんとなって椅子にもたれた。

「わたし……ごめんなさいとしか言えないわ」

「なにを謝るの？　悲しんでいること？　心配していること？　お願い……」ドッティは車いすの上で座り直した。「ひとりで苦しむのはやめて、なにに悩んでいるのか、話してちょうだい」

エマは顔を伏せ、大きく息を吸うと、ゆっくり吐き出した。「たいしたことじゃないの。心配しなくて大丈夫。自分で解決するから。本当に。どうにかして」

「あなたはくびよ」

さっとエマの顔があがった。「いま、なんて？」

「あなたはくびよ」

「でも……」エマはもう一度息を整えた。「お願い、ドッティ、わたしの会社はいま瀕死の状態で——アルフレッドの遺産からもらっている毎週の小切手が、いまはなにより必要なの。せめて、これからなにをすればいいのかがわかるまでは」

ドッティは勝ち誇ったように微笑んだ。「ようやく話が進んだわね……くびなんて嘘。本当のことを言ってほしかっただけ。そうすれば、解決策についての話ができるから」

「解決できるとは思えない。少なくとも、わたしが望むような形では」

「話してみて」

「とうとう最後の法人顧客が、旅行の予約を全部社内でするようになったの。いずれはこうなるってわかっていた――この数年、どんどんいなくなっていたから。でも最後の二社だけは残ってくれると思っていたのに……」エマはお茶の時間にはふさわしくない姿勢でテーブルに両肘をつくと、両手で頭を抱えた。「そうなの、ここ数ヵ月、一件も予約が入っていないの。まったくない。ゼロよ」

「それなら、なにかほかのことをすればいい」

エマは笑うつもりはなかったが、こみあげてきた笑いを止めることはできなかった。

「わたしの親みたいなことを言うのね」

「そうなの？」

「両親は、わたしをあきらめさせたがっている。あの家を売って、ニューヨークに戻ってきてほしいと思っているのよ。彼らの学習センターのどれかを運営させたがっている。妹のトリーナがそうしているみたいに。でもわたしは、親の夢に付き合いたくはないの。自分のものが欲しい。わたしが一から作りあげた仕事で、わたし自身のボスでいたいの」

「そうしたじゃないの。旅行ビジネスで」

「わたしの旅行ビジネスは、結局のところ失敗したのよ。でもだからといって、わたし自身の人生やこの場所をあきらめるつもりはない。わたしは、あのささやかな家が大好きなのよ。大おばから受け継いだところだからじゃなくて、本当に自分の家のような気がしている。スカウトだってあそこが気に入っている。あそこは、わたしたちの家なの」

「それじゃあ、これからどうするの？」

「それが問題なのよ」エマは顔をあげた。「わたしは三十四歳よ、ドッティ。学校に戻って、なにか新しいことを学ぶ気はない――そもそもそんなお金はないし。わたしの家族は、世界はニューヨークから始まってニューヨークで終わるって思っている。わたしは――すごすごと尻尾を巻いて帰るわけにはいかないのよ」

ドッティは紅茶をさらにひと口飲み、ビスケットを――まずいことは承知のうえで――かじった。

「新しいことを学ばなきゃいけないってだれが言ったの？」

「全然鳴らない電話と、小数点よりうしろの数字のほうが大きい当座預金口座よ」テーブルの下から聞こえた鳴き声に、エマはうめきながら再び両手で頭を抱えた。「それに、わたしの犬と」

「どうしてもっとこういうことをしないの？」

「家ではもっとめそめそしているんだから。本当よ。スカウトに訊いてみて。教えてくれるから」

今度はドッティがうめく番だった。だが彼女は曲げた指をエマの顎の下に当てると、あまり優しいとは言えない仕草で上を向かせた。

「こういうことの話をしているんじゃないの」ドッティは素っ気ない手つきでエマを示してから、テーブルやティーカップにその手を向けた。「わたしはこれのことを言っているのよ」

「意味がわからない」

「あなたがわたしの友だちになった話をしているの」

エマは彼女を見つめ、その続きを待った。ドッティがそれ以上説明しないことがわかると、椅子を引いて立ちあがった。「友だちになるのは仕事じゃないわよ、ドッティ」

「毎週火曜日の午後にここに来て、お金をもらっていない？」

「それはもらっているけど。でも友だちになったからどうだっていうの？　それは、たまたまそうなっただけのことでしょう？　続けているうちに」

「好きなように言っていればいいけれど、あなたが毎週わたしの友だちでいることで支払いを受けているのは、事実よね？」

考えずとも手は動くようになっていたから、エマはデザート皿にソーサーを重ねると、腕にリネンのナプキンをかけた。

「その言い方って好きじゃない。それって……」エマはふさわしい言葉を探した。「作り物みたいに聞こえる。これは全然、作り物じゃないもの。少なくとも、わたしにとってはそう。これだけの時間を過ごしたんだから」

「だからこそ、あなたはするべきなのよ――あなたはそれが上手だし、そんなふうに見える」

「そんなふうに見える？」

「いつも真ん中から分けている長い茶色の髪、生意気そうでかわいらしい小さな鼻、そして大きくて愛らしい茶色の目。いかにも親しみやすい隣の女の子なのよ」

「親しみやすい隣の女の子？」

「言い換えれば、あなたはだれかにとっての完璧な相棒になれるっていうこと。わたしにそうしてくれたみたいに」

「相棒？」エマは自分でもオウムになったみたいだと感じ始めていた。「まさか。違う、違う。わたしはあなたの相棒なんかじゃない。あなたがわたしの相棒なの。毎週火曜日。三時きっかりに」

「ここはわたしの家で、わたしのお茶の時間。あなたがわたしの相棒なのよ」ドッティは車いすのブレーキをはずすと、エマのあとについて廊下からキッチンへと入っていった。スカウトがすぐうしろをついていく。皿とカップが食器洗浄機に、ナプキンが洗濯籠に収められると、ドッティは手を広げてエマのそれ以上の動きを止めた。「話を戻すわね。ひとり暮らしをしているのは、なにもわたしだけじゃないのよ。あなたを見てごらんなさい！」

エマは首を伸ばして、壁掛け式の電話の上のアンティークの鏡に映る自分の姿――まっすぐな髪……薄いそばかすのある鼻……まつげは濃いけれどいたって平凡な目――を眺めたあと、満足そうに微笑んでいるドッティに向き直った。「ドッティ、わたしは自分を雇ったりできない。お金がないんだから」

「わたしが言いたいのは、どんな姿や年齢であっても孤独な人はいるっていうこと。もちろん、友だちに苦労しない人はいるでしょうね。でもわたしのような人間は、たまにはだれかが必要なのよ」

「ソーシャル・メディアや犬はそのためにあるんだわ」エマは冗談を言うと、車いすのドッティをぐるりとよけて、居間へと戻った。

ドッティはそのあとを追った。「もちろんその手の交流にふさわしい時と場所があるでしょうね。直接的な交流がふさわしい時と場所とその必要があるように。あとのほうに意識を向けてみて。大儲けできるから」

「雇われ友人になって?」エマはテーブルクロスをはずすと、丸めて脇の下に抱えた。「ぞっとする」

「利益が出そうだとわたしは思うけれど」

「いったいだれが友だちとしてわたしを雇うわけ?」

「いますぐにでも思いつくわよ」ドッティは車いすを後退させてテーブルから離れると、古めかしいロールトップ机に近づいた。「ふたりいるかもしれない」

エマはテーブルクロスをキッチンの先にある洗濯室まで持っていくと、コートラックにかけてあったハンドバッグを手に取り、玄関で待っていたドッティとスカウトのところに戻った。

「ドッティ、あなたが励ましてくれて、話を聞いてくれて、飼い主の援護もできないだれかさん――」エマはスカウトに視線を向けた。「――のことも大目に見てくれたことは感謝している。本当よ。あなたは最高だし、神さまの恵みだわ。わたしにとっても、スカウトにとっても」

「わたしを追い払おうとしているように感じるのはどうしてかしらね？」

「そのとおりだからかもしれないわね」エマは身をかがめて、しわの寄ったドッティの柔らかな頬にキスをすると、その仕上げをするかのように顎から髪の生え際までスカウトがぺろりとなめるのを眺めた。「今度の火曜日に、また侮辱されに来るわ」

ドッティは座ったまま体を引いた。「侮辱なんてしていないわよ」

「友だちっていう言葉で、なにも感じない？」

「わたしは間違っていないから、エマ。いずれわかるわ」

「それじゃあね、ドッティ」エマは夕方の日差しの中に歩み出ると、ついてくるようにとスカウトに合図を送った。「なにか用があったら、電話して」

「わたしが正しかったことに気づいたら、あなたがわたしに電話してちょうだい。きっとそうなるでしょうからね」

エマは最後に手を振ると彼女に背を向け、通路を進んで歩道に出た。スカウトがうれしそうに振る尻尾がぱたぱたと脚の横に当たる。「わかってる？　あなたは今日、わたしを売ったも同然なんだからね、ミスター」

スカウトの尻尾の動きが速くなった。

「罪悪感を覚えるべきなのよ、スカウト。喜んでいる場合じゃ――」

腰のあたりでブルブルと携帯電話が震えるのを感じて、エマは前ポケットに手を入れて取り出した。見覚えのない番号に、もしかしたら、ひょっとしたら、〝今月のジャムクラブ〟の一年分の予約の勧誘ではなく、だれかが旅行の予約をしたがっているのかもしれないという一縷《いちる》の望みが浮かんで、応答ボタンを押して電話機を耳に当てた。

「もしもし？」

「エマ？」

その声の主を思い出そうとしたが、七十歳以上という枠に入れることができただけで、それ以外はなにも思い浮かばなかった。「ええ、エマよ。どちらさま？」

「ビッグ・マックスだ」

スカウトの視線をたどると、その先に近くの木をおりてくるリスがいたので、エマは間髪を入れずに彼の首輪をつかんだ。「申し訳ないけれど、番号を間違っているんじゃないかしら」

「あんたがエマ・ウェストレイクなら、間違いじゃないな。ドッティに三度、その名前を繰り返させられたんだから」

エマは目を閉じた。唾を飲み込む。目を開けた。「ドッティって言った？」

「言ったとも。彼女とは知り合いかね？」

「ほんの三分ほど前に、彼女の家を出てきたところよ」

「ドッティは素早いな」

「そうみたいね」スカウトがリスから、一メートルほど先でボール遊びをしている男の子に興味を移すのを眺めながら、エマは言った。「それで、なんの用かしら、ビッグ・マックス？」

「あんたを雇えるってドッティから聞いてね」

エマは再び目を閉じ、今日一日をやり直せますようにと心の中で祈った。

「なんのために？」思った以上に大きくなったため息のあとで尋ねた。

「金曜の午後、高齢者センターでのダンスに一緒に行ってもらいたいんだ」

返事代わりのエマのため息を聞いて、スカウトが心配そうに彼女を見あげた。「大丈夫よ」エマはスカウトの頭を撫でた。

「それじゃあ、行ってくれるんだね？　あんたがわしと踊って、わしをべた褒めしてくれたら、きっと女性陣もわしに一目置いてくれるぞ」

エマは縁石にしゃがみこむと、スカウトの毛皮に顔をうずめた。

「ミスター・マックス、わたしは――」

「ビッグ・マックスだ」訂正する声が返ってきた。

鼻と顎を熱心すぎるくらいになめるスカウトの舌から顔を離し、エマは背筋を伸ばした。

「ビッグ・マックス、あなたはもちろんダンスがお上手でしょうから、だれかにお願いすれば、きっと一緒に高齢者センターに行ってくれる人が――」

「五百ドル払う！」

「え、なんて？　いま――五百ドルって言いました？」ぺろぺろとスカウトがなめ続ける合間に、エマは訊き返した。

「三時間でだ！」

スカウトの舌がエマの指をたどり、耳まで追ってきた。「五百ドル……」

「そうだ。それにあんたの手首につける花も買おうじゃないか！」

「その――なんて言えばいいのか。わたし――」

「引き受けると言ってくれ」

引き受けるべき？

できる――？

「取引成立よ、ビッグ・マックス」

2

がらくた置き場になっている玄関のテーブルに鍵を置いたのとほぼ同時に、ポケットがまた震えた。画面を見ると、また見覚えのない番号だった。

「もしもし？」

「えーと……その……エマ？　エマ・ウェストレイク？」

スカウトが先に立ってキッチンへと入っていき、壁に、冷蔵庫に、テーブルに、そして最後はドッグフードが入っている袋にぱたぱたとしっぽを打ちつける音のせいで、エマはその声の持ち主を判別できずにいた。「ええ、そうよ。なにかご用かしら？」

苦しそうな長いため息が返ってきた。「どう聞こえるかはわかっているのよ。でもただここに座って、自分の人生を嘆いていても、なにも変わらないもの」

どう答えればいいのかわからなかったので、エマは黙っていた。

「わたしには人生が必要なの。どこかで、だれかと会う――」

「わかった！　旅行の予約ね！」エマはくるりときびすを返し、玄関ホールの反対側にある仕事部屋へとまっすぐに向かった。「素晴らしいわ。それで、どこに行きたいの？」

ぎこちない沈黙のあとに咳が続き、さらに沈黙があった。「まずはジムから始めるのがいいと思うの」

「ごめんなさい」エマは電話機を反対の耳に持ち替えた。「聞き間違えたのかしら。ジムって言った？」

「それで一石二鳥っていうことになると思うのよ」

エマはコンピューターの前にどさりと腰をおろすと、頭の中で一番いい場所を探しながらマスター・ファイルを開いた。「最新のジムがあるリゾートは国じゅうにたくさんあるけれど、西海岸にはそれはそれは素晴らしいものが――」

「わたしが言いたいのは、体を鍛えつついろんな人に会うのは無理なのかっていうこと。汗ってそんなに不快なもの？」

エマはもう一度電話を持ち替えた。「ごめんなさい、話がよくわからないわ」

「つまりね……それは……わたしは時々、抑えが利かなくなることがあるのよ。退役軍人保《V》険《A》局での仕事のせいよね。でもいつでもっていうわけじゃない。一緒にいるときは、ちゃんと冷静でいるから」

エマはがっくりしてマスター・ファイルを閉じると、立ちあがった。「番号を間違えているみたいね――待って。わたしの名前を知っていたわよね……」

「母が友人から聞いたのよ――なんとかアドラーっていう人」

エマは体を凍りつかせた。「ドッティ・アドラー？」

「そうそう、そんな名前だった」

エマはまたもや言葉を失った。電話の女性は話を続けている。

「母は、人生についてのわたしの愚痴を聞くのにうんざりしたんだと思うの。わたしの一部――といってもかなり大きな部分は、世界一の負け犬があなたに電話している気分だけれど、別の一部はこれできっとうまくいくって期待しているのよ。それも二倍になって」

エマは腰をおろした。「二倍？」

「考えてみて。もしわたしたちが週三回ジムで会うとしたら、わたしは外に出て人に会える。それにジムをわたしが言うところの友だち時間にすれば、ストレス解消に食べまくるんじゃなくて、ほかにすることができる」

エマはドッティのしたり顔を振り払うように目を閉じた。「最初から話してもらえるかしら？　たとえばあなたの名前とか？」

「どうして？　そうしたら精神病院に通報できるから？」

「まさか」

「これがビデオ通話だったら、あなたはきっとうなずいていると思うわ」

エマが思わず笑う声を聞いて、スカウトがお気に入りのボールをくわえて部屋に入ってきた。「ノーコメントよ」

「仕事が欲しいなら、そうするべきね」

「ちょっと待って。仕事？」

「わたしと一緒にジムに行くの……週に三回……わたしの——」彼女はひゅっと息を吸った。「——ジム仲間として。そうすれば、脈を取ったり、入れるべきじゃないところに指を入れたりしていないときには、わたしも人並みらしい時間を送れるわ」

「あなたはお医者さまなの？」

「正看護師よ。VAの。朝から晩までそこにいるの。週に五日。体がそこにいないときでも、報告書やカルテやアラートで身動きが取れないから、頭は残してきたまま……そういうこと、母さんの言うとおりよ。わたしには自分の人生がないの。だからこうして電話しているわけ」

言葉が見つからなかったので、エマは黙ったままでいた。

「そのドッティっていう人からあなたを雇えると聞いたって、母さんが言ったの……」彼女の声が途切れたかと思うと、口ごもりながら言葉を継いだ。「わたしが、その、あなたを、えーと、雇えるって。友だちとして。わたしが定期的に外に出る……その……理由を……あー——くれる人として」

「一緒に外出してくれる人をわざわざ雇う必要なんてないでしょう」そう言い終えたとたんに、言わなければよかったとエマは後悔した。どうすればその言葉の毒を弱められるだろうと考えているあいだに、彼女が再び口を開いた。

「VAで働き始める前は、問題なかった。でも忙しすぎる日が何年も続くと、友だちと、かつては引き締まっていた体と、あとは母さんに言わせれば会話をする能力をなくすのよ」

「なるほどね」

「だからどうかしら？　やってもらえる？　ジムから始めてみて、それから様子を見ればいいと思うの。ただ朝が早いのよ――五時半とか。月曜と水曜と金曜。それぞれ一時間くらいずつ。わたしが遅刻しなければね。時々、遅れることはあるかもしれない。自分に遅刻癖があるとは思わないんだけれど、母さんとボスはそうは思っていないみたい」

スカウトがくわえていたボールが足の上に落ちるのを感じた直後、電話の向こうで彼女が再び言った。「もちろん、あなたの時給に加えて、ジムの会費も払う」

「わたしの時給？」

「一週間数百ドルでやってくれると思うって、ドッティが言っていたって聞いたけれど」

「数……百ドル？」

「それとジムの会費」ステファニーはあわてて言い添えた。「わたしと一緒に行く三回以外にも、ジムを使えるのよ」

「なんて言えばいいのかわからないわ。これってあんまり……なんていうか……わからない」

「わたしはいかれていないって約束する。本当よ」

「そんなこと考えていないわ。ただ……」エマはノートを開き、顧客や旅行の予定が記されているはずの空白のページを眺めてから、音を立てて閉じた。「やるわ」

「本当に？」

彼女はうなずいた。

「エマ？」

「ああ、そうよね、うなずいてもあなたには見えないんだから……。ええ、ええ、やる。一週間百五十ドルと会費でどうかしら？」

「もちろんオーケーよ。母さんがきっと興奮するわ」

「わたしもうれしい」

「金曜日からでいい？」

どうだったただろうとエマは記憶を探ったが、午後にビッグ・マックスとのダンスの予定が入っている以外、なにもなかった。「金曜日で大丈夫」

「よかった。メインストリート・ジムでいい？」

「ええ、いいわ」

「完璧ね。じゃあそこで五時半に」

「ええ、それじゃあ――待って！」エマは座ったまま、しゃんと背筋を伸ばした。「名前。まだ名前を聞いていないわよ」

「ステファニー・ポーター」

「ステファニー・ポーター」エマは繰り返した。「どうやってあなたを見つければいい？」

「生まれてこのかた、窓のない地下室に閉じ込められていたみたいな四十がらみの女を探してみて。それがわたしだから」

いまが何時かを知るのに、目を開ける必要はなかった。閉じた目を撫でていくスカウトの湿った鼻、そしてよだれまみれの大きな舌が意味することはただひとつ——朝の七時で、一日を始める時間だということだ。

「ああ、スカウト。お願い」エマは顔のよだれをぬぐうと、ごろりと反対側に体を向けた。まぶたが重くて開かない。「わたしがゆうべベッドに入ったのが何時だか知っているの？」

話している相手がだれであるかを考えれば、答えが返ってくるはずもなかった。

濡れた鼻とよだれまみれの大きな舌が彼女を追ってきた。

「やめてってば、スカウト。夜中の三時まで起きていたんだから。お願い！」

鼻と舌は執拗だった。

もつれたまつげを無理やり引きはがしながら、エマはあくびをした。そしてため息をつき、もう一度あくびをした。「わたしがばかみたいにひと晩じゅう、名前を考えたり経営方針を書いたりしていたのは、それがあなたのボウルに食べ物を入れておけるたったひとつの方法だからかもしれないってこと、わかっている？」

スカウトがひと声吠え、ぱたぱたとしっぽを振るのを見て、エマは自分のミスに気づいた。

「食べ物っていう言葉以外にわたしが言ったこと、ちゃんと聞いていた？」

しっぽがさらに激しく振られ始め、エマはナイトテーブルの上のグラスが落ちないように、あわてて押さえなくてはならなかった。「わかった……わかったって。お腹が空いたのね」

――エマは一度、二度、三度あくびをすると、布団をはねのけ、ベッドの縁から足をおろして首を傾げ、スカウトのあごの下に手を当てて顔をあげさせると、うしろめたそうな目を見つめた。

「わたしのスリッパをどうしたの？」

数秒後、スリッパは――湿っていたし、かなり形は崩れていたが――手元に戻り、エマは今度は、グラスの隣に置かれているぐらぐらするタイレノールのボトルに飛びついていた。

「わかった、わかったって。悪い子がこれを持っていって、いい子が持って帰ってきたわけね。さあ、朝食にしましょう」

スカウトはもうひと鳴きと尻尾をひと振りしてから先に立って寝室を出ると、階段をおり、キッチンに入ってフードマットの上に立った。

「あのね、あなたはもう少し――もっといっぱいでもいいけど、デリカシーというものを学ぶべきね」エマはドッグフードの袋にスコップを突っ込むと、スカウトと一緒に動物保護施設からこの家にやってきた淡青色のボウルに、ドッグフードを入れた。「ちょっと取り組んでみない？　取り組むだけでも改善よ」

エマはしばらくスカウトを眺めていたが、やがて廊下を進んで仕事部屋に入った。コンピューターの左側にできた丸めた紙屑の山を見ながら、椅子を引き出し、ビニールのクッションに腰をおろした。山ほどの名前を考え、様々な形で書いてみたが、結局はもっともシンプルなものが一番いいように思えた。

「〝レンタル友人〟」声に出して言ってみた。「〝もうひとりが欲しいときに〟」

ようやくのことでベッドに入る前に印刷して、切り離して、束ねておいた名刺。そのフォントすら、好ましいものに思えた。プロっぽい。

それでもやっぱり……妙な気がした。すごくいかれている。すごく――

キーボードをクリックすると、コンピューターの画面が明るくなった。さらに何度かのクリックで、彼女が夜半過ぎにスイート・フォールズのコミュニティ掲示板にアップしたバーチャルの広告が表示された。それはちょっとした思いつきで、もしかしたら、ひょっとしたら、ドッテティのアイディアがビッグ・マックスとステファニーだけでは終わらないかもしれないという万にひとつのチャンスにかけてみたのだ。けれどこうして朝の光の中で見てみると、三十分早くベッドに入ればよかったと思わずにはいられなかった。

それでも、削除ボタンがある――電話がかかってきたので、押そうとしていたところを思いとどまった。急いで画面を確認すると、知らない番号だった。

「もしもし？」

「もしもし」男性はそこで言葉を切り、息を吸った。「〝レンタル友人〟かね？」

エマはコンピューターのモニターに映る自分の姿を確認しようとしたが、ビデオ通話ではなく電話だということに気づいて、思いとどまった。「ええ――はい、そうです。どういったご用件でしょう？」

「わたしはブライアン・ヒルという。スイート・フォールズで暮らし、ここで仕事もしている。今朝、バーチャル掲示板できみの広告を見たんだが、〈ディーターズ〉で行われるオープン・マイク・ナイトに同伴してもらうため、きみを雇いたい。場所はわかるかね？」

「ええ、店の場所は知っています」エマは卓上カレンダーを手元に引き寄せた。「いつでしよう？」

「今夜だ。急な話だが、わたしは最新の作品を読むことになっていて、終わったときに拍手をしてくれる人間が欲しい。やってもらえるか？」

カレンダーの上でペンが止まった。「拍手をするために、わたしを雇うんですか？」

「そうだ」

「ミスター・ヒル、オープン・マイク・ナイトなら、演じた人間全員に観客が拍手するはずですけれど」

「普通の場合なら、そのとおりかもしれない。だがわたしが今夜招待した人たちは、わたしが読むものを聞いて、わたしを殺したいと思うだろうからね。拍手するのではなくて」

エマが笑うと重々しい沈黙が返ってきたので、彼女は椅子の上で身じろぎした。

「ミスター・ヒル？　聞こえていますか？」

「ああ、聞こえている」彼は咳払いをした。「二時間でいくらだね？」

「まだはっきりと決めていなくて――」

「百ドルだ。それに前菜とドリンクを一杯つけよう」

「拍手をするために……」

「主としてはそうだ。だが舞台にあがるまでは、わたしと一緒に座っていてほしい」

エマはガッツポーズをした。「やります！」

「今夜。九時。〈ディーターズ〉で」電話の向こうで、いきなりキーを叩き始める音が聞こえ、そして止んだ。「わたしを見つけられるように、チラシに載っていたアドレスに写真を送った」

エマの視線は画面の右側にあるEメールの通知に向けられた。数秒前までなにもなかったところに、数字の「1」が表示されている。受信箱を開くと、ブライアン・ヒルからのメールが入っていた。「届きました」

「よろしい。それでは今夜」

「はい、今夜」エマは電話を切ってカウンターに置くと、うれしさのあまり歓声をあげたのでスカウトが駆け寄ってきた。「やったわよ、スカウト！」手をなめてくれたお返しに、彼の首を掻いてやる。「昨日の午後はどう考えてもばかげているとしか思えなかったアイディアが、あっと言う間に三件もの仕事になったの——そのうちのひとつは、今後も続くの！」

スカウトは、いかにももっと掻けというようにぺたりと腹ばいになった。「ドッティには正直にあなたの言ったとおりだったって、謝らなきゃいけないわよね。どう思う？」

エマは最後にもう一度彼の首を掻いてから、受信箱に向き直った。メールを一度クリックして開き、添付ファイルを開くためにもう一度クリックすると、どこかで見たことのあるような顔が現れた。けれど、直接会ったことがない人物だということもわかっていた。

興味をそそられたエマは写真を小さくすると、メールの画面を閉じ、一番上にある検索バーに最新の依頼人の名前を入力した。ふるいにかけるにはあまりに多くの検索結果が出てきたので、作家と付け加えて、もう一度クリックした。

思ったとおり、新聞記事のリンクのリスト――どれにも、彼が送ってきたものと同じ写真が載っていた――が画面に表示された。エマはそれらをひとつひとつ読んでいき、やがて画面で小さくした写真の男は、額の上の毛が逆立っているひたむきなまなざしを持つ人間というだけではなくなった。

ブライアン・ヒルがよくて地元の陰謀論者、もっとも悪く言うならば純然たるトラブルメーカーであることを知るのに、彼と向かい合って座り、前菜を食べながら世間話をする必要はなかった。勝ち目がないと思われた若い候補者が年配の現職市長を破った市長選のあとで書かれた記事があって、スイート・フォールズでは世代間での争いが起ころうとしているから、老人たちは歩行器と杖で戦いの準備をしておいたほうがいいと主張するブライアン――フリーのジャーナリスト――の意見が何度も引用されていた。町の美化活動委員会内部の争いの記事には、頭に泥がついた彼とその背後で明らかに激高している委員会のメンバーの写真が添えられていた。保安官たちの仕事をドーナッツ・パトロールと揶揄《やゆ》している記事があった。そのほかの数えきれないほどの記事――大きなものから小さなものまで――の中で、ブライアンはあの人やこの人をひたすらなじっていた。

「参ったわね」エマはつぶやいた。「わたしは変人に拍手をするために雇われたっていうわけね」

スカウトは机の上をのぞきこみ、また見つけてきたボールをキーボードの上に置いて、エマの手首をなめた。

「彼に電話するべきだと思う？」エマはボールを机に移動させた。「できないって言う？」

スカウトは机に脚をかけて立ち、一番近くにあった丸めた紙を引き寄せて、エマの手に落とした。

「わかった、わかった。遊びたいのよね。でもあなたはデリカシーを学ばなきゃいけないって覚えている？　それにわたしはやっぱり彼に電話をして――」

スカウトの尻尾がエマの椅子の脚に当たった。強く。

「なに、スカウト？」

スカウトはエマから丸めた紙に視線を移し、それからまたエマを見た。

「どうかした？　ただの紙よ。ほらね？　なにも……」エマは丸められた紙を広げ、机の上でそのしわを伸ばすと、彼女が最後に決めた名称を見つめた――ゆうべベッドに入る前に印刷した名刺に記されていたのと同じ名称だ。

レンタル友人

自分自身のボスになる最後のチャンス……

エマは検索ページを閉じると、スカウトの頭を抱きしめた。

「あなたの言うとおりよ。贅沢は言えない」

3

エマが角を曲がったときには、彼はすでにレストランの外で待っていた。海岸から海岸へと続く地図上の州間高速道路のように、懸念が額にくっきりと刻まれている。その視線は、メインストリートからスイート・フォールズ役場に流れ、そこからコーンのアイスクリームやコーヒーを手に街灯に照らされた広場をそぞろ歩く人たちへと移った。彼はこちらに気づいていなかったので、エマには写真ではわからなかったところまでじっくりと見て取る時間があった。

確かに、広い肩、メタルフレームの眼鏡、濃い眉、乱れた髪は予想どおりだが、それ以外のところ——落ち着きのない手、しきりに唇をなめる癖、じっと立っているときですら、動きを止めない足——は、写真ではわからないものだった。

8:59

「ブライアン？　こんばんは、エマよ」

てっきり握手をしてくるのかと思ったが、彼は眼鏡をぐいっと押しあげただけだった。

「時間に正確だ。気に入った」

どう反応すればいいのかわからなかったので、エマは笑みを浮かべてうなずいた。

「わたしが最初だ」彼は言った。

「オープン・マイクの登壇順のことかしら？」

「そうだ」

「ドキドキするものでしょうね」

彼は肩をすくめると、レストランの入り口を手で示した。「ステージのすぐ前にあるテーブルを取ってある。注文した前菜はすでに用意されているはずだ」

「素敵ね。盗み食いができない食べ物がわたしの前に置かれていることを知ったら、うちの犬はすごく怒るでしょうけれどね」エマは彼について黒い羽目板張りの通路に入り、座席表を調べるふりをしながら黙って携帯電話を眺めている接客係の前を通り過ぎ、同じような羽目板張りの店内へと進んだ。「それとも、今週になってわかったことだけれど、自分の味蕾《みらい》にふさわしくないと判断すれば、彼は部屋の隅に山積みにしておくかもしれない」

ブライアンは水の入ったグラスがふたつと詰め物をしたマッシュルーム――エマはすくみあがった――が置かれたテーブルの横で足を止めた。「きみはテーブルから犬に食べさせるのかね？」彼はほかの客が見える位置の椅子に腰をおろし、ステージに面した椅子を彼女に示した。顔をしかめ、うなずいているような、肩をすくめているような仕草をした。「わたしは犬が嫌いだ」

「それは、スカウトに会ったことがないからよ」初めての正式な客を刺したりしないように、エマはフォークとナイフを脇によけた。「会えばみんな、スカウトが好きになるんだから」

「わたしは例外だ」

笑みが消えないように、呼吸が乱れないように気をつけながら、エマは一脚のスツールとスタンドマイクが置かれたステージに目を向けた。「それで、なにを読むのかしら?」

「詩だ」

エマはうめきたくなるのを咳でごまかした。「素敵」

「マッシュルームは?」彼は皿を彼女のほうに押しやった。

エマは皿を押し返し、胃がひっくり返りそうになるのをこらえながら懸命に息を吸った。

「いいえ、けっこうよ。ありがとう」

「お好きなように。だがこいつはこのあたりで最高だ」ブライアンは詰め物をしたマッシュルームをひとつつまむと、口に入れ、グラスの近くに置いたマニラ・フォルダーを顎で示した。「これはきみのだ。持っていてくれ」

「これはなに?」

「開けて」

エマは水をひと口飲んでから、さっきまでナイフが置かれていたところにフォルダーを置いた。中には、四枚の写真が貼られた紙が入っていた。よく知っているふたつの顔と、見覚えがある気がするふたつの顔。

「どうしてわたしにこれを?」エマは訊いた。

「彼らがだれか、知っているかね？」

エマは人差し指を唇に当て、もう一度写真を眺めた。「これはボーリン保安官。それからこれはデイヴィス農園のナンシー・デイヴィスね。でもあとのふたりは、よくわからない」

「リタ・ジェラード」

エマは、自分と同じくらいの年だろうと見当をつけた若い女性の写真から、テーブルの向こう側に座っている男性に視線を移した。「新しい市長の奥さん？」

「そうだ」

「見たことがある気がしたんだけれど、どこで見たのかは思い出せなかった」

「この半年ほどのあいだに新聞を読んでいれば、彼女の写真か名前を目にしたはずだ。彼女はそうなるようにしていたからね」

「わたしはあまりニュース欄は読まないの」エマは白状した。「ライフスタイルとレジャーの欄のほうが興味があるわ」

「ライフスタイルとレジャー？」彼は抑揚のない口調で繰り返した。

「そっちのほうが、わたしの仕事には役に……」エマはその先の不要な言葉を呑み込んで、水を口に含み、再び写真に視線を戻した。「もうひとりは？」

「ロバート・マクナニー」

エマは保安官のすぐ下の写真をじっくり眺め、そういえばこの男には見覚えがあると考えた。「マクナニー・ホームズの？」

「そうだ」

彼はそう認めただけで、この紙を用意した理由を説明しようとはしなかったので、エマはフォルダーを閉じ、テーブルの向こうに押しやった。

彼はフォルダーを押し戻した。「きみのために作ったんだ。必要になったときのために」

「必要になったときのため？　どういうこと？」

「彼らは全員がここに来ている」彼は椅子の背にもたれた。「いま。この店に」

まわりのテーブルを見回したエマは、ナンシーに気づいた……保安官……建築業者……ブライアンに視線を戻すと、彼はエマの左の肩の先を示し、店の一番奥に近いところにあるテーブルを見るようにと促した。ワインのカラフェを前に、三人の女性が楽しそうに話をしている。さらに目を凝らすと、そのうちのひとりが市長の妻だとわかった。

「なるほどね」エマはブライアンに向き直った。「興味深い偶然ね」

「偶然などではない。わたしが彼らの好奇心を、というよりはおそらくは恐怖をそそったので、彼らは来たんだよ。思っていたとおりにね」

「お友だちが来ることがわかっていたなら、どうしてわたしが必要だったの？」

彼の口元に苦笑いが浮かんだ。「彼らはわたしの友人ではない」

「よくわからない。あの人たちを招待したんでしょう？」

「そうだ」

「それなら……」

「彼らはわたしの死を望んでいる。四人全員が」

エマは、自分の目が勝手にぐるりと回るのを感じた。「死?」

「そうだ」

その顔に冗談を言っている雰囲気はかけらもなかったので、エマはうめきたくなるのをこらえて言った。「本当じゃないですよね」

「いや、本当だ。わたしの詩で、それがはっきりするだろう。だから――」

まばらな拍手が彼の言葉をさえぎり、全員の注目がステージと皆から愛されている五十がらみのこの店のオーナーに向けられた。「オープン・マイク・ナイトにようこそ。やってみようと考えたときには、第一回からこれほどのお客さまにお越しいただけるとは想像もしていませんでした。そういうわけなので、今夜、ステージにあがられる方は、どうぞ台無しにしないでくださいね」彼はわたしたちに向かって言った。「ブライアン、始めてください」

「しっかり」わたしは小声で言った。

その声が聞こえていたとしても、彼は反応を示さなかった。その代わり、額に浮かんだ汗をぬぐい、詰め物をしたマッシュルームをもうひとつ水で流しこんでから、電話機を手に取った。画面をひとつタップすると、視線をエマに向けて〝念のため〟とつぶやいてから、マイクとスツールに向かってつかつかと歩いていった。そして、なにか派手な仕草をすることもなく、朗読を始めた……

「目を配れ、目を配れ、いまここに座り、賛美する人たちよ、じきに彼らの不正に気づくだろう」

ほかの客たちもエマと同じように居心地悪そうに身じろぎをしたので、椅子がきしる音が店内に響いた。左からは咳払い、右からはなにかをつぶやく声が聞こえたが、ブライアンはかまわず読み続けた。そして、汗をかき続けていた。

「わたしはしばしば口にする、いまも口にする、暴いた真実を、これがわたしの誓いだ。これまでだれもがあまりに長い間、見ぬふりをしてきた、ウィンクと笑顔に隠された悪行」

皿に当たるグラスの音が、突如として静まり返った店内に響いた。エマが右のほうをちらりと見ると、保安官の妻が椅子を引いて、彼女のクリーム色のズボンに夫がこぼした飲み物の被害を最小限にとどめようとしているところだった。その向こうでは、ナンシー・デイヴイスが記録的な速さで飲み物を飲み干している。

「だが真実を追い求めれば、本当の理由がわかる。法は問題を回避し、役割は……」ブライアンの言葉はごぼごぼという妙な音に飲み込まれ、やがて彼がスツールから前向きに落ちて床に倒れると、完全に途切れた。

エマは椅子から立ちあがり、ステージへと向かいかけたが、だれも動かないようにというオーナーの叫び声に動きを止めた。彼女と客たち全員が見つめるなか、オーナーはブライアンを仰向けにし、手首と首に触れ、そして呆然としたように客席を見つめた。「彼は……死んでいる！」

店内は大混乱となり、エマはどさりと椅子に座りこんだ。聞こえるのは客たちの息を呑む音と叫び声、声の届く範囲にいるすべての従業員に命令をくだすオーナーのがなり声だけだった。

「こんなことありえない。こんなことありえない。こんな。こと。ありえない」エマは合間に水を飲みながらつぶやいた。「ここに――いたのに……二分前まで……すごく変だったけど、でも――」

エマはフォルダーを開き、ステージにあがる前に彼が持っていてほしいといった紙を見つめた。彼の死を望んでいるという四人の写真が載った紙。

まさにその瞬間、この場所にいた四人。ブライアンの死体がほんの数メートル先にある場所に……

エマはその紙をハンドバッグに押しこむと、出口に向かった。

4

エマは張りぐるみの長椅子にどさりと腰をおろすと、品のある人間らしく座るという考えを即座に放棄した。まっすぐ座っているだけのエネルギーが残っていない。

眠ろうとした。眠りたかった。けれど目を閉じることも、なにも聞かずにいることも、思考を停止して、ブライアンがスツールからステージの床にくずおれた瞬間を思い起こさずにいることもできなかった。現実とは思えない……理解できない……

「そしてわたしはさっさと帰ってきた」エマはうめき声のあとでつぶやいた。「あのばかみたいなフォルダーをつかんで、そのまま帰った……残っているべきだったのに。テーブルにあのフォルダーを置いてくるべきだったのに。わたしは――」

エマは顔に当てていた腕をおろし、腹の上の赤いボールを眺めた。尻尾をぱたぱた振りながら、期待と不安の混じった顔で彼女を見つめているゴールデンレトリバーの心の内が聞こえたなら、彼はこう言っていただろう。〝ぼくと遊んで――お願い、お願い、ぼくと遊んで〟

「いい子ね、ボーイ。ボールをありがとう。でもいまは投げて遊ぶ気分じゃないの」エマは手を広げ、彼が近づいてくると、耳のうしろを手早く掻いてやった。「あとでね。いい？」

不安が期待に変わったらしいスカウトに顎をなめられて、エマはもう一度耳のうしろを掻いてやり、目と目の間にキスをした。「しばらく自分のベッドに入っていてくれない？　お昼寝はどう？　考えたいことがあるの。頭の整理をしないと」

スカウトは心を読もうとしているかのように、エマの目を見つめた。尻尾の動きが小さくなったのを見て、エマは再び腕で目を覆った。「いい子ね」もう一度つぶやくように言ったときには、すべての感覚は〈ディーターズ〉に戻っていた。

水のグラスの縁にへばりついていたレモンのにおい……

「会ったばかりだった……残る必要なんてなかったでしょう？　あそこにいたほかの人たちは、わたしよりもずっと彼のことをよく知っていた。わたしには答えられないような彼自身や彼の健康についての質問にも答えられる……」

再び腕をおろすと、見慣れた噛んで遊ぶ玩具が赤いボールと並んで腹にのっているのが目に入った。その傍らでは、さっきと同じように尻尾をぱたぱたさせている犬が、さっきと同じような思念を送っていた。

「いまはまだ駄目なのよ、スカウト」エマは、リクライニングチェアと本棚のあいだに押しこまれた、しっかりした造りにもかかわらずほとんど使われていない犬用ベッドを指さし、実現していない期待を目にも尻尾にも浮かべているスカウトを眺めた。「あとでね。約束する」

エマは顔を元の位置に戻し、天井を見あげた。

だれかの香水のにおい——ラベンダーが混じったなにか……

席についたときテーブルに用意されていた、揚げたマッシュルームの不快なにおい……

音は？　そう、音もまだはっきり聞こえる——

エマは自分の腹とその上で増えていく品物に目を向けた。一番新しいものは、封を切っていない、エマのお気に入りのクッキーの小袋だった。

「スカウトーー」

スカウトが申し訳なさそうな顔になったのを見て、エマは胸がきゅんとなって、それまでのいらだちが消えるのを感じた。無理もないだろう。もしわたしに子供がいたなら、きっとなにをしても許してしまう……

だが、今後しばらくは夫どころか恋人ができる気配もないのだから、意味のない話だ。

「あなたって本当に手に負えないんだから。わかっている？」尻尾の速さが増す一方だったので、エマは真剣な表情を浮かべようとしたが、それが無駄であることはどちらにもわかっていた。「せめて、ルールがあるっていうふりだけでもできないの？　食料品庫には顔を突っ込まないとか」

スカウトが自分のベッドのほうへとすごすごと歩いていくのを眺めているうちに、厚板の床に当たるかちゃかちゃという爪の音がゆっくりと薄れていき、ひそひそ声や咳やテーブルの上でマニラ・フォルダーが彼女のほうへと押しやられる音が聞こえてきた。

すごく奇妙だった……すごく変だった……

「写真の人たち全員が観客の中にいたからって、それがなんなの？　ここは小さい町よ。みんながどこにでもいる。彼はただのトラブルメーカーで、たまたま心臓発作を起こしたときに、一番得意なことをしていたというだけ。それだけのこと」

腹になにかがどさりと落とされたのを感じてそちらに目を向けると、ボールと玩具とクッキーの小袋、そして彼女の携帯電話があった。

「それはいらないのよ、スカウト。わたしはただここで休んでいるだけだから」エマは彼を手招きすると、顔をなめられているあいだ目を閉じていたが、やがて彼の顎の下に手を添えて、じっと顔を見つめた。「そもそも、あなたは電話が嫌いでしょう？　あなたがかまってもらえなくなるから。あとで、ちゃんとかまってあげるから」

エマはもう一度彼のベッドを指さした。「いまは寝なさい。遊ぶのはあと」

今回、爪の音を伴奏していたのは、ごく密やかな、そしてだからこそ心が痛む哀れっぽい鳴き声で、エマはその破壊力に負けまいとして耳を押さえた。わたしは休息が必要なの、頭をはっきりさせて、そして――

「今度はリモコン？」エマはソファに手をおろし、自分の腹からスカウトへと視線を移した。

「まじで？」

スカウトは改めてエマの腹の上のリモコンをくわえると、右の方の口からはみ出ている部分が彼女の手に触れるくらいまで、じりじりと近づいた。

エマはリモコンを受け取るとよだれを拭き、背中が肘掛けにぴったりとつくまで体をずらして、尻尾を振っている友人のためのスペースを作った。

「わかった、わかった。あなたの勝ち。延々とこんなこと、続けていられないわ。頭がおかしくなっちゃう。さあ、ここにいらっしゃい。わたしの隣。しばらく一緒に観ましょう。でも、いい？　もしもわたしが眠ってしまったら、あなたもいい子にして、同じように寝るのよ。わかった？」

エマの脚に軽く鼻を押しつけ、いかにも満足そうに息を吐いたのは、どんな言葉よりも雄弁な返事だった。エマはソファの背に頬を当ててテレビにリモコンを向けると、電源ボタンを押し、次々にチャンネルを変えては、移り変わる画面や音に身を任せた。

画面はゲーム番組からスポーツ番組、初めて見たとき好きになれなかった古い映画、フィットネス番組、シットコムへと変わっていき、やがて、地元スイート・フォールズの昼のニュース番組のオープニングが映し出された。カメラはキャスターのダグ・シャーマンと完璧に整えられたそのヘアスタイルにズームした。

「こんにちは。作家や音楽家がその才能を披露するはずの場が、ゆうべはまったく異なるものになってしまいました。ゆうべ、メインストリートの〈ディーターズ・グリル・アンド・パブ〉で行われたオープン・マイク・ナイトで、地元のフリーランス・ライターであるブライアン・ヒルが亡くなりました。陰謀論者という噂のあるヒルは、自作の詩を朗読しているときに倒れ、午後九時三十分すぎに死亡しました」

つい二十四時間前にブライアン本人がメールで送ってきたのと同じ写真が画面に表示され、

キャスターは〈ディーターズ〉の外に立つ女性レポーターにバトンを譲った。

「こんにちは、ダグ。スイート・フォールズで人気のレストランでブライアン・ヒルが死亡してから、十五時間がたちました」無表情な顔の金髪女性は、背後を示した。「従業員は、地元のライターの思いがけない死にいまも動揺しています。熱心なマラソンランナーであるミスター・ヒルはまだ四十歳でした――多くの人にとって衝撃的な死でしょう」

レポーターから、〈ディーターズ〉のシャツを着た二十代の若い女性に画面が変わった。

「店の奥近くにあるテーブルで注文を取っていたら、まわりの人たちが息を呑むのが聞こえたので、顔をあげたんです。被害者――ミスター・ヒルがスツールからステージに倒れたところでした。気がついてみると、彼が死んでいるってボスが言っていました。そのあとは――」彼女はそのときのことを思い出して、目を見開いた。「――大混乱でした。だって、あの年の人は、普通あんなふうに亡くなったりしませんよね？」

カメラはまたレポーターに切り替わった。「州の検察医による解剖が今日、行われることになっています。その結果については、もちろんお伝えする予定です。ですがいまのところ、ミスター・ヒルの死の原因が自然のものなのか、あるいはそうではないのかはわかっていません。スタジオにお返しします、ダグ」

エマは次のニュースを伝えるキャスターの口を見つめていたが、頭がくらくらするばかりでなにも耳に入っていなかった。そう、持っていてほしいとブライアンが言い張ったフォルダーの写真の人物について、彼がなにを言ったのかは覚えている。そう、その言葉――その直後に彼は不慮の死を遂げた――は、家に帰ってベッドに入ったあともわたしを眠らせてくれなかった。けれど彼はいつものように陰謀論者だっただけ。そうでしょう？　心臓発作かなにかを起こしただけ……

熱心なマラソンランナーであるミスター・ヒルはまだ四十歳でした……

熱心なマラソンランナー……

四十歳……

だって、あの年の人は、普通あんなふうに亡くなったりしませんよね？

エマは目を閉じた。ごくりと唾を飲んだ。息をしろと自分に命じた。

だれも彼に近づかなかった……

だれも彼に触らなかった……

だれも彼を撃たなかった……

彼はただあそこに座っていただけ。水のグラスを持って、スツールに……

彼は汗をかいていた。ものすごく。人前に立つことに緊張していたり、具合が悪かったりする人間のように。

エマはスカウトの下から脚を引き抜いて床におろした。猛烈なスピードで頭が回転している。水にアレルギーのある人はいない。アレルギーは薬や食べ物に……

「揚げたマッシュルーム？」エマは立ちあがり、記憶をさぐり、すぐにその考えを捨てた。「いいえ、〈ディーターズ〉のものはこのあたりで最高だって彼は言った。それもひと口目を食べる前に」

アレルギーの線はきっぱりとあきらめ、エマはテレビ画面に視線を戻した。心の目にはキャスターではなく、ブライアンの顔が見えていた。エマに気づく前、歩道に立っていた彼は、落ち着きのない様子で不安そうだった。けれどエマの姿を見たとたん、不安は消えて、突然、自信にあふれ、いくらか批判的で（彼はスカウトの食習慣に異議を唱えた）、かなり猜疑心が強いと表現するのが一番ふさわしい態度が取って代わった。

そしてブライアンは死んだ。そうなることを望んでいると彼が主張した人たち全員がその場にいて、エマと同じようにそれぞれのテーブルから彼を見ていた。そのうちのひとりが本当に彼を殺したのだとしたら、エマはそれを見ていたはずだ。

エマは心を決め、ソファの上のリモコンを手に取ると、テレビの電源を切った。「不可能の可能性。大儲けの確率。ほんのつかの間、他の人と同じようにわたしもそう思いこまされたっていうだけ。わたしはあの場にいたの、わたしにはわかっている……上出来よ、チャンネル2。上出来」

エマは両手を上に伸ばし、大きな声と共にあくびをしてから、ソファと準備万端のスカウトに向き直った。彼が行きたがっている散歩に行こうと声をかける間もなく、そのほかのスカウトの貢ぎ物と一緒に腹から落ちた携帯電話が鳴り始めた。

エマは携帯をつかむと、縞模様のパジャマのズボンでその両脇を拭ってから、応答ボタンを押した。「もしもし？　エマです」

「明日は何色のドレスを着る？」

ぎょっとしたエマは電話機を耳から離し、画面に表示されている知らない番号を確認した。どこかで聞いたような声だったので、再び電話機を耳に当てた。「失礼ですが？」

「コサージュはあんたのドレスと同じ色にしたいんだよ。そうすれば、ダンスに来ている女性たちが、わしのことをもっと魅力的だと思うじゃないか」

点と点がようやくつながったので、エマはよろよろとソファに座りこんだ。

「ビッグ・マックス？」

「そのとおり。どうだね？　何色だ？　早くわかればわかるほど、夜明け前にどの家の庭を訪ねればいいのかを、早く決められるというもんだ。デイドラのプランターには白と黄色の花が植わっている。ヘスターはたしか紫だ。ピンクもあったかも」

ダンス……

高齢者センターで……

彼女が本当に必要としている五百ドル……

この仕事を受けたときには、だれかの不慮の死を目撃してはいなかったし、そのあと眠れなくて目を充血させてもいなかった。だがいまは、週末にはひとり閉じこもって、チョコレートやなにかで苦痛を紛らわせ、生活費を稼ぐもっと実行可能な（命にかかわらないと読む）方法を考えたいだけだった。

「これでベアトリスがわしのことを、おいしいディナーを作ってあげたいとか、町の広場を手をつないで歩きたいと思う相手として見てくれるといいんだが」声が明らかにしゃがれてきたので、ビッグ・マックスは咳払いをした。「これくらいの年になってから、一緒に過ごせる特別なだれかがいるっていうのは、いいものだと思わないか？　もちろん、彼女のことは大切にするよ。とりたてて理由がなくても、時々は花を贈る。それとも、彼女がパンケーキやフレンチトーストを作っているあいだに、毎朝、わしが花を摘んでくることにしてもいい。それって素晴らしいだろう、エマ？」

喉の奥のほうを罪悪感の塊にふさがれたエマは、必死になってそれを飲み込もうとした。けれど、彼女の脚にちょこんと顎を乗せたスカウトの訳知り顔のせいで、それができずにいた。

「ジルバは踊れるかね？　リンディ・ホップは？　もし知らないなら、わしが教えようと思ってね。一度も実際に踊ったことはないが、図書館のコンピューターで動画を見たから、まず大丈夫だ」ビッグ・マックスは不意に言葉を切ったが、ずずっと唾をすする音がしたから、またすぐに話し出すだろうと考えたエマの予想はそのとおりになった。「近頃では、コンピューターでビデオを見れば、たいていのことはできるようになるって知っていたかい？　わしは二週間前に、半ズボンにどうやってボタンをつければいいのかを覚えたんだ。だが、パンケーキとフレンチトーストの作り方も動画で見たほうがいいなんてあんたに思われる前に言っておくが、わしはちゃんと作れるんだぞ。だが、特別なだれかがわしの目の前に置いてくれたなら、もっとおいしいだろうと思うんだよ」

エマは目を閉じると息を吸い、そのまま五秒数えてから、彼が求めていた答えと共に吐き出した。「ミントグリーンよ——淡いミントグリーン」

「淡いミントグリーン」彼は繰り返した。「ふむ……その色のなにかを育てている隣人に心当たりはないが、だがあんたの手首につけたらかわいらしく見えるものを探しておくよ」

「コサージュを用意してくれなくてもいいのよ、ビッグ・マックス。本当に必要ないの」

「わしに必要なんだ」

「わかった」エマが上下のまつげを離すと、ひたすら待ち続けているスカウトが目の前にいた。「高齢者センターには、何時に行けばいいのかしら？」

「センターのちょっと先にあるバス停で会えないかね？　そうすれば一緒に歩いていけるし、より正式っぽく見えるだろう？」

「そうね。時間を言ってくれれば、そこに行くようにする」

「ダンスは三時に始まるし、ベアトリスに気づいてもらわなきゃならんから、バス停に二時四十五分にしよう。そうすれば、あんたにコサージュを渡して、あんたにわしの蝶ネクタイがまっすぐになっているかを確かめてもらってから、センターに向かえる。しゃれた格好であんたと一緒っていうだけじゃなく、時間をちゃんと守っているところを見れば、今度こそきっと彼女のレーダーにわしが引っかかるさ」

「そうなるといいわね」エマは心から言った。これまでビッグ・マックスとは電話で話しただけだが、特別だと思われたいという彼の率直な訴えには、心を打たれるものがあった。

エマは翌日の午後に会う時間と場所を確認してから電話を切り、スカウトに向かってため息をついた。

「キャンセルしたかったのよ。本当よ。でも、こんな直前で断るのは、彼を見捨てるような気がするんだもの」

　エマが喋り続けているあいだに、スカウトの温かな舌が曲げたままの肘の内側から腕をぺろぺろとなめ始めた。心臓の鼓動と同じくらい、エマの思考も乱れていた。

「ゆうべ、ブライアンが言ったことと、そのあと彼が——ほら、わかるでしょう？　あれはただの偶然。そうに決まっている。彼が写真を見せた四人——全員が確かにあそこにいたけれど……でも彼があのステージにいたとき、だれも近づいたりしなかった。だれひとりとして。彼は死んだの。ただそれだけ」

　エマはスカウトの鼻を引き寄せて、目と目のあいだにキスをした。

「このレンタル友人のビジネスはわたしたち向けじゃないってことを、宇宙が教えようとしているのかもしれないわね。明日のビッグ・マックスのダンスが終わったら、振り出しに戻って、また違うことを考えたほうがいいみたい」

　スカウトの舌が動きを止めた。

　尻尾も止まった。

「心配ないから。あなたを飢えさせたり、放り出したりはしないから。よかれあしかれ、あなたはわたしから離れられないのよ」エマはもう一度スカウトにキスをすると、左耳のうしろを掻いた。「幸いなことに、わたしたちはどちらも聡明だから、きっとなにか考えつくわ」

尻尾がまた動き始めるとエマは立ちあがり、彼を従えて廊下に出た。

「さあ、散歩に行こうか。きっと追いかけられたがっているリスがいるわよ。怠けもののわたしの体は、ちょっと動かしてやらないと——」

エマはひゅっと息を吸うと、向きを変えてオフィスに入り、机に近づいた。二十四時間前は誇らしくてたまらなかった名刺の山を脇へ押しやり、卓上カレンダーを開いて、ぱらぱらとめくった。ビッグ・マックスと高齢者センターという文字のすぐ上に、もうひとつ書き込みがあった。取り消してしまいたい、もうひとつの約束。

ステファニー・ポーター

5:30 a.m.

メインストリート・ジム

四十歳。色白

5

顔が青白くなくても、こちらに向かって歩いてくる女性がステファニー・ポーターであることはわかっただろう。火曜日の午後の電話で聞いた特徴が、具体的な形になっていた。五時三十分の約束の時刻にたっぷり十五分遅れてきた人間のせわしない足取り……滅多に外出しないせいで、夜に町に繰り出すときとワークアウトの違いを忘れてしまった人間の、きれいにブローした髪と塗りたての口紅……届いたばかりの箱から取り出してきたように見える、有名ブランドの高価なスポーツバッグ……

髪や、唇や、スポーツバッグのストラップや、いかにも信じられないといった顔で時間を確かめながら携帯電話をしきりにいじる指……

エマは形の崩れた（スカウトったら！）ダッフルバッグを肩にかけ直すと、もたれていた赤いレンガの壁から体を離し、一歩前に出た。

「ステファニー・ポーター？」

彼女が驚いたように、けれど熱心にうなずいたのを見て、手を差し出した。

「ハイ。エマよ――エマ・ウェストレイク」

「エマ……ハイ。ごめんなさい、わたし――」ステファニーの緑色の目が電話に向けられ、それからエマに戻ってきた。さっきまでの信じられないといった表情にパニックの色が混じる。「ちょっと遅れてしまって。ちょうど私道を出ようとしたところにゴミ収集車が来て、いつまでもどいてくれなかったの」

エマはどこまで本当だろうと思いながらその言い訳を聞き流し、新しい依頼人を観察した。エマとほぼ同じ背丈の一六三センチほどだが、彼女より少し猫背で、少しやつれている。髪も同じ茶色だが、蜂蜜色に近い色合いのエマに対して、ステファニーの髪はココアパウダーに灰色の粉をまぶしたような色だった。

近くで見ると、目の下――彼女もまた、エマの品定めをしているのがわかった――の隈《くま》からそのまわりに深く刻まれたしわまで、あらゆるところに疲れと不幸の影が貼りついていた。

エマは咳払いをすると、メインストリート・ジムの入り口であるガラスのドアを親指で示した。

「どう？　汗をかく準備はできている？」

「ええ？」

「それって、答えじゃなくて質問に聞こえるけれど」

「わたしの答えを意見として言っていたら、〝ええ〟ではなかったでしょうね」ステファニーの下唇の左端が一瞬見えなくなったと思ったら、不安そうな笑い声とすくめた肩と一緒に戻ってきた。「普段、わたしが汗をかくのは、ボスが来たっていう知らせを聞いたときと、いつも以上に休めなかった夜だか昼だかその両方だかのあとで、クレジットカードの請求書を見たときだけだから」

「クレジットカードの請求書？」

ステファニーはうなずくと、エマが開けたドアを通って建物に入り、ネイビーブルーのジムバッグをぽんぽんと叩いた。

「わたしはこれと同じものの色違いを黒とクリーム色と紫色と黄色とえび茶色で頼んだの」

エマはなにか言おうとして口を開いたが、ステファニーが言葉を継いだので、ドアと一緒に口も閉じた。

「ほかのみんなが自分の人生を生きているとき、わたしは買い物をするのよ。そうすればすることができるし、わたしの通りを担当している配送の男性は、見た目もそれほど悪くないんだもの」

「そう」

エマはステファニーと一緒に、退屈そうな顔をした十代の子が待つ受付へと向かった。数枚の書類にサインをし、写真を撮り、会員証にラミネート加工をし、メインストリート・ジムのネックストラップをつけたあと、ふたりはロッカールームに案内された。バッグをそこに置き、まずはそこで奮闘しようとふたりで決めたトレッドミルへと向かった。左側を同じような早起きの（そのうえハンサムだ！）男性に、右側をやはり早起きの（こちらはまったくハンサムじゃなかった）男性に挟まれた、二台のマシンを選んだ。

雇われている立場のエマは、ステファニーに左側のマシンを譲り、自分は右側のマシンを使うことにして、コントロールパネルの様々なボタンを素早く操作した。五分後には、汗について語ったステファニーの言葉が冗談ではなかったことが（ゼイゼイ、ハーハーの息遣いといくらかの泣き言によって）明らかになった。

「わたし……これじゃ……本当に……死ぬ」ステファニーはマシンの手すりごしに訴えた。「いったい……みんな……どうやって――」細めた目をエマに向けた。「いったい……どうしたら……あなたは……こんなこと……毎日……できるの？」

返事代わりのエマの笑い声は、早起き男一号（ハンサムなほうだ）の笑い声と重なった。ステファニーはそちらをちらりと見たが、彼はマシンについているテレビが面白かったのだというふりをするくらいの良識は備えていた。

ステファニーは念のため、動くベルトの音に負けない程度に声のボリュームを落とした。

「あなたはどうしてこんなことをするの？」

「実を言うと、ジムに来たのは初めてよ」

ステファニーはまじまじとエマを見た。「初めて？」

「そう」

「あなたが初めて……」

「そう」

「汗ひとつかいてないじゃないの」

「あと四十分もしたら、汗をかくわよ。たっぷりと」

「これを始めて――」ステファニーはトレッドミルに備えつけのトラッカーを見た。「六分半だけど、わたしはもう死にそう」

「いいえ、大丈夫」

「大丈夫じゃない」

「ううん、そんなふうに感じているだけ。続けるの」

「あなたってサディストかなにか？」ステファニーはぜいぜいというあえぎと早起き男一号の密やかな笑い声の合間に尋ねた。

「いいえ」

「それじゃあ、その四十分の話は冗談？」

「いいえ。まずはほどほどに始める必要があるっていうこと」

「どういう意味？」

「初日は四十分くらいから始めるのがちょうどいい」

「始める？」

「そうよ。少しずつ増やしていくのが大切なの」

「ジムが初めてだっていう人が、そんなことを言うわけね」

「ジムは初めてよ。でも長い距離を歩いている」エマは少しペースをあげ、ステファニーを見つめた。「わたしは犬を飼っているの。ゴールデンレトリバー。半年前に引き取って、それ以来、一日に三度散歩に連れ出されている」

「あなたが連れ出されているの？」

「ほぼそういうことね」

「子犬？」

「いいえ。成犬よ」

「名前は？」

「スカウト」

ステファニーはタオルで汗を拭きながら笑みを浮かべた。「かわいい名前。わたしも犬を引き取ろうかと思ったことがあるの。保護施設に行った。気に入った犬がいた。書類にサインをして、寄付をした。でもいざ引き取ろうとしたら、その子、檻から出てこなかったのよ。だから寄付を返してもらったわ」

なんと返事をすればいいのかわからず、エマは黙ったままでいた。早起き男一号も静かだった。

「でもあとから考えてみたら、それでよかったのかもしれない」ステファニーは言葉を継いだ。「わたしは、お祭りで買った魚を記録的な早さで死なせてしまったし、大学時代のルームメイトの猫のカドルズを殺したようなものだし」

エマは早起き男一号とほんの一瞬目を合わせてから、ステファニーに尋ねた。「車で轢《ひ》いちゃったとか?」

「ううん」

「それじゃあ、どうやって殺したの?」

「わたしたち、駐車場を見おろす四階建てのアパートに住んでいたの。窓には網戸がついていなかった。暑かったから窓を開けた。なにも考えていなかったのよ。そうしたら、カドルズが落ちた」

エマの息を呑む音が、早起き男一号のしかめた顔の伴奏をした。

「まあ。それは辛かったわね」

「わたしになにが言える?」ステファニーは肩をすくめた。「わたしはいつもそうなの。逃げるなら、いまのうちよ」

ステファニーはまだぜいぜいと息を切らしていたが、ふたりはそれから一分、黙って歩き続けた。とりあえず彼女はまだ足を動かしている。

「わたしも聞いてほしいことがあるの」エマはマシンのスピードをあげた。

「いいわよ」

「昨日はニュースを聞いた? 水曜日に〈ディーターズ〉であったオープン・マイク・ナイトで、作家が死んだこと」

「わたしが聞いていなくても、母さんが教えてくれたでしょうね」ステファニーはまた顔を拭いた。「母さんは、その手のことに命を懸けているから」

「わたし、あの場にいたの」

ステファニーはコントロールパネルにタオルを置くと、横目でエマを見た。「本当に？」

「本当。それどころか、彼と一緒にいたのよ」

ステファニーはパネルを押して、ゆっくり動いていたベルトを止めた。「恋人だったの？」

「ううん」

「友だち？」

「それも違う。あんなことになる二十分ほど前に会ったばかりだった」

「最初のデート？」

「ううん。彼に雇われてあそこにいたの。拍手するために」

「拍手するため？」

「そう言われた」

ステファニーはコントロールパネルの上のタオルを再び手に取り、顔を拭いた。

「わお。そんなことありえないって思っていたけれど、わたしって地球上で一番情けない人間じゃないのかもしれないわね。少なくとも、水曜の夜まではそうじゃなかったのかも」

「あなたは情けなくなんかないわよ、ステファニー」エマもマシンを止めた。「あなたは違う」

そのとおりだった。さっきまで新品だった、けれどいまはぐっしょり濡れているタオルの向こうからエマを見つめている女性には、人の心を惹きつけるなにかがあった。

「それって、今日は早めに切り上げようって言っている？　その夜に受けたトラウマのせいで？」

エマはまずいと知りながらも唇の端が持ちあがって笑みを作るのを感じたが、どうすることもできなかった。「そうは言っていない……」

「ほのめかした」

「絶対に違う」エマは反論した。

「あなたは今日一日、ゆっくりするべきだと思うわ。あなたの健康のために」

「わたしの健康？　本気で言っている？」

「これの上にいるわたしを見ていた？」ステファニーは暗くなったコントロールパネルを顎で示すと、また顔を拭いた。「走るどころか、ろくに歩けなかった。だから今日のところは潔く帰らせて。あなたとは、月曜の朝にまたここで会うから」

「本当に？」

「そうよ、絶対に――絶対、絶対、本当」ステファニーはマシンから降りると、ロッカールームのほうへと歩きだした。エマはあとを追った。

「でも、よかった。それどころか、楽しかった。だけど、もしどうだったたって訊かれたら、さっきまで耐え忍んだ拷問についてそんな言葉を口にしたなんて、頑固として否定するから」

「言葉？　どんな言葉？」エマはからかった。

ステファニーの笑い声がジムに響いた。「これって」自分とエマを示しながら言った。「うまくいきそうじゃない？」

二十分後、エマはシャワーを浴びてさっぱりし、想像していたよりもずっと元気になってロッカールームを出た。外に出て、頭をはっきりさせて、ひとこと言うたびに顔をなめたりしないだれかと言葉を交わすのは、いい気分だった。ステファニーとの電話のあとはいくらか不安だったし、初めてのレンタル友人ビジネスが依頼人の死で終わったあとは、もっと大きな不安に囚われていたけれど、彼女はいい人だった。楽しい人と言ってもいい。

「すみません。お嬢さん？」

出口のドアに手をかけたまま振り向くと、早起き男一号が大股で通路を歩いてくるところだった。その鋭いまなざしは、ほかのだれでもないエマに話しかけていることを告げていた。それでもエマは彼を観察することを怠らなかった。たとえば彼の髪（濃い金髪、横のほうは短く刈られているが、頭頂部は指がからまるくらい）、彼の目（バハマの海のような青）、彼の鼻（折れたことがありそうだ）、笑ったときには（いまは笑っていない）えくぼになると思われる、左頰のごく小さなくぼみ。

「きみの友人が帰るのを見たんで、まだきみはここにいるんだろうと思っていた」彼は手を差し出した。「ぼくはジャック」

エマは握手を交わしてから、バッグのストラップを握りしめた。「エマよ」

「苗字は？」

「ずいぶんとぶしつけね」

「そのために金をもらっている」エマの視線は、黒いズボンのポケットから銀色のバッジを取り出す彼の手を追った。「スイート・フォールズ保安局のリオーダン保安官補だ」

「朝のエクササイズをしていたのね？」

彼はエマから視線をはずすことなく、うなずいた。「さっききみときみの友人が交わしていた会話を小耳にはさんだもので、ちょっと話を聞かせてもらいたい」

「小耳にはさんだの？　それとも盗み聞きしていた？」エマは笑いながら訊き返した。「わたしがあなただったなら、彼女のルームメイトの猫の話を聞いたあとでは、耳を澄まさないようにするのは難しかったでしょうね」

「ぼくが言っているのは、その話のすぐあとの会話だ」

エマはひと束の濡れた髪を額から押しあげると、バッグのストラップに手を戻した。

「とりあえず、盗み聞きしていたことは認めるわけね」

「きみはあの夜、〈ディーターズ〉でブライアン・ヒルと一緒にいたと言ったね？」

エマはあとずさった。「ええ……」

「ミスター・ヒルとの関係を聞かせてもらえるだろうか？」

「彼とは会ったばかりだった」エマは彼の顔から、彼の手のなかのバッジへ、そして再び顔へと視線を移しながら、軽くなっていた気持ちが沈んでいくのを感じていた。急速に。「あの夜に。どうしてそんなことを聞くの？」

「オンラインデートかなにか？」

「そんなことをわたしに尋ねる理由でもあるの？」彼がなにも言わなかったので、エマは彼の質問を思い出して答えた。「彼はわたしの依頼人だったの」

「きみはどんな仕事を？」

「わたし……」エマは言いかけてやめ、唾を飲んでから息を吸った。「レンタル友人をしているの」

「レンタル友人？　その手の仕事がスイート・フォールズでは違法だっていうことは、わかっている？」

「その手の仕事――ちょっと待って！」エマはストラップから手を離し、彼の当てこすりを振り払おうとするかのように手を振った。「エスコート・サービスじゃないから。あなたがそんなことを考えているなら、違うから。わたしがしているのは――その……名前のとおりなの。友だちを貸しているの」

「友だちを借りなきゃならない人間がどこにいる？」

「意外なことに、あなたが――実はわたしも考えている以上に、いるのよ。今日だって、さっきの女性は……」エマはもう一度手を振ったが、今度はステファニーを裏切るような言葉を口にしないためだった。「とにかくミスター・ヒルは、オープン・マイク・ナイトの観客の中に、友好的な顔がほしかったの」

「どうして友好的な顔がほしかったんだ？」

「彼はこの町では、あまり人気があるとは言えない人でしょう？」

「現場できみを見た記憶がないんだが」

「わたしは帰ったから」

彼は顔をひきつらせた。「帰った……」

「彼はわたしの目の前で倒れて死んだの。わたしはすごく動揺した。とにかく、あの場を離れたかった」

「だがきみは供述しなかった」

「あの場には、供述するような相手がいなかったのよ」喉の奥の塊は大きくなる一方だったが、エマはかろうじて言った。「悲鳴と混乱……わたしはパニックになっていたんだと思う」

「パニックね。それできみは帰ったわけか……」

「そう言ったでしょう」エマは保安官補をにらみつけた。「どうしてそんなことを訊くの？」

「それがぼくの仕事だ」

その口調とエマを見つめる目つきに、彼女の背筋がぞくりとした。「それって、昨日ニュース番組のキャスターが言っていたのは……本当だっていうこと？　彼の死にはなにかあるの？」

「いまのぼくはその話をする立場にない」

「でもわたしとブライアンの関係を訊いたわ」

「事実を収集しているだけだ。それだけだよ」

「事実を収集……。でもブライアンが倒れたとき、あそこには保安官がいたのよ。彼は、なにも質問していなかった」

「ぼくが現場に到着したときは、していた」

「そう、わかった……でもブライアンが死んだとき、彼はあの場にいた。だれもブライアンに触っていないって、彼が証言できるわ。違う？」

「方法はひとつだけじゃないからね」

エマはたじろいだ。彼の端的な言葉に頭の中が激しく渦を巻き始め、反論するどころかなにかを考えることすら難しかった。

「驚いたようだね」

「いいえ――ううん、そうじゃなくて……その、わたし……」

彼は腕を組んだ。「どうなんだい？　イエス？　それともノー？」

「わからない……」エマは首を振り、受付のうしろにある時計をちらりと見てから、ドアに再び手をかけた。「家で犬が待っているの」

「ゴールデンレトリバーのスカウト」

彼の記憶力はたいしたものだったが、その分エマは落ち着かない気持ちになった。

「そうよ」

「わかった。だがほかに訊きたいことができたときには、どうすればきみに連絡がつくんだろう？　エマ——すまない、苗字を聞きそびれた」

「ウェストレイク。エマ・ウェストレイクよ」エマはバッグをおろし、外ポケットのファスナーを開くと、名刺を取り出して彼に渡した。「わたしの住所と電話番号が載っているから。そこで連絡がつくわ」

彼は名刺を眺めていたが、エマに視線を戻したときにはその青い目に用心深い表情が浮かんでいた。「きみはトラベル・エージェントになっている」

「だってそうだったから」エマはバッグを持ち直し、ドアを押し開けた。「いまもそうなれるなら、なんだってするわ」

6

スイート・フォールズ高齢者センターからほんの二ブロックの待ち合わせ場所までやってきたところで、エマはビッグ・マックスの外見を聞いていなかったことに気づいた。彼が高齢者であること、声が低めであること、だれかに朝食のフレンチトーストを作ってもらいたがっていることは知っているけれど、それ以外はなにもわからなかったので、途方に暮れた。

センターのほうに目を向けると、シンプルだけれど趣味のいい春の服を着た三人の女性が、入り口に向かって歩いているのが見えた。そのうしろを、カーキ色のズボンと半袖のゴルフシャツ姿の三人の男性が、いくらかゆったりした足取りでついていく。

ふたつのグループのやりとりを見ていたエマは、彼らは夫婦かもしくは親しい友人だろうと見当をつけた。彼らの半ブロック先にはよく似た装いのカップルがいて、エマが五年前に彼女の家の外で出会ったときにドッティとアルフレッドがよくそうしていたように、手をつないで歩きながら数歩ごとに立ち止まっては、木や花や家を眺めていた。

「それじゃあ、それがミントグリーンなんだね？」

ぎょっとしてエマが振り返ると、七十代後半のひょろりと背が高い男性が短すぎるしわだらけのタキシードに身を包み、誇らしげに花束を抱えて立っていた。

「ビッグ・マックス？」

「どうぞなんなりとお申しつけください、マイ・レディ」彼は花を持った手を広げ、お辞儀をした。

あんぐりと開いた口を元通りにしたエマは、ゆっくりと唾を飲む時間を利用して、さらに彼を観察した。地面に生えているものを切り取ってきたのだとわかる、茎の切り口がギザギザの花……タキシードの胸ポケットから見え隠れするハンカチの役割も果たしている、不格好な三角形に折られたペーパータオル……それに――

エマは彼の靴を眺め、もっとよく見えるように一歩右に移動し、さらにもう一度目を凝らした。間違いない、片方は黒で片方は茶色だ……

「手首につけたらどんなふうだか、見てみよう」エマがなにも言えないでいるどころか、なにが起きているのかすら把握できていないうちに、彼はエマの手を取ると花束を手首に添え、輪ゴムをかけた。数秒後（数輪の花の犠牲を伴って）、〝コサージュ〟はあるべき位置に納まり、ビッグ・マックスは満面の笑みを浮かべた。「自分で言うのもなんだが、実にきれいだ」

「ビッグ・マックス、わたし……」手首をもう一度眺め、それから彼のにこやかな笑顔に目を向けたエマは、言う必要のないそのあとの言葉を呑み込んだ。彼が肘を曲げて作った空間に手を滑りこませ、奇妙なことは承知のうえで、このまま成り行きに任せることにした。

「ありがとう、ビッグ・マックス。とてもきれい」

ふたりは揃って向きを変え、高齢者センターへと歩きだした。きれいに磨かれたビッグ・マックスの黒いほうの靴が日差しを受けて光っている。彼は歩きながら、昔、スパイが住んでいた家や、町は直す気がないらしい歩道の裂け目や、ずっと昔、彼が建てるのを手伝った町の展望台を指し示した。

数歩ごとに語られるその話はささいなものだったが、それなりに面白かったので、もう少し歩く距離が長ければよかったのにとエマが思うほどだった。

「彼女だ」ビッグ・マックスが不意に足を止めた。

「彼女？」

「ベアトリス」

彼の視線の先には、足早に高齢者センターの玄関へと向かう白髪の女性がいた。歩き方（まさにさっそうとしていた）からまとっているデザイナー・ドレス、見るからに高価そうなブローチまで、華やかに着飾ったその女性は、エマの祖母が好んで言っていた言葉を借りれば、金のにおいを振りまいていた。エマはひと目見ただけで人を判断したりはしないほうだが、タキシードを着て、花を摘んで、輪ゴムでそれを留めたビッグ・マックスの思いを気泡シートで包みたくなるようなオーラがベアトリスにはあった。

「彼女は……素敵ね」

「ベアトリスは本当にきれいなんだ。それにとても聡明だ」ビッグ・マックスは、空いているほうの手でしわだらけの上着を撫でた。「彼女がパーティーの話をしているのを聞いたんだよ。上等のタキシードを着ている男は素敵だと言っていた。なんで、このダンスの話を聞いて、そしてあんたが一緒に行ってくれることになったんで、わしはバスでクロヴァートンまで行って、たったの十五ドルでこのお洒落なタキシードを見つけてきたってわけだ――信じられるかね？」

もちろん、信じられた。けれど、たとえズボンが太すぎて（そして短すぎて！）、上着のボタンが不ぞろいであっても、彼が選んだタキシードはだからこそ彼を愛らしく見せていた。

「十五ドルだ」彼は誇らしげに繰り返した。

エマは彼の腕を叩いた。「とても格好いいわ、本当よ」

「あんたが洗面所かどこかに行っているあいだに、ベアトリスがわしと踊ってくれるくらい格好いいだろうか？」

「ええ……もちろん」なにも飲まないようにしようと心の中でメモを取りながら、ベアトリスが建物に入るのを待つため、エマは足取りを緩めた。「センターに来ている、ほかの女の人たちのことを教えてもらえる？　素敵な人はほかにもたくさんいるでしょう？」

エマの言葉を考えているのか、彼のふさふさした白い眉毛が中央に寄った。

「エセルはいい人だが、あまり見栄えがしない」

「見た目がすべてじゃないわよ、ビッグ・マックス」

「ゼロでもない」彼は入り口へとエマをいざなうと、彼女が通るあいだ、ドアを支えていた。

「ベアトリスと亡くなった彼女の夫は、ダルトン元市長と彼の妻テレサと親しかったんだ。

彼女はいまも彼らのディナーパーティーに行っているよ。いまはひとりでだがね」

声を潜めたつもりらしかったが、いささかもその目的は果たせていなかった。彼が手を離すと、ふたりのうしろでドアが閉まった。「こういったパーティーでは、あのちびっこいソーセージがあるはずなんだ。わしはあれが大好きでね。あんたはどうだい？　あれをマスタードの容器にたっぷり浸して、それからひと口で食べる。みんなが突き刺している小さな茶色い棒は、わしは使わない。あれは無駄だよ。自分の指で十分だ」

エマは笑いたくなるのをこらえ、風船や吹き流しで飾られた広間を示した。そこではバンドが演奏の準備を整え、約十メートル四方の当座のダンスフロアを囲むいくつかのテーブルには春色のセンターピースが置かれ、横の壁に並んだビュッフェのテーブルにはすでに列ができていた。

「ほら、あそこにはあなたの好きな小さなソーセージがあるんじゃないかしら」

「いや、今日はデザートだけだと思う。だがひょっとしたら、今日みたいなわしを見たら、ベアトリスがいつかダルトン元市長のパーティーに招待してくれるかもしれないぞ。まあ、市長じゃなくなって、それだけのことができなくなったというなら、話は別だが」

そのつもりはなかったのにこぼれてしまった笑いと彼の視線のプレッシャーから逃れたくて、エマはバンドが最初の曲を奏で始めるのを待って、広間の奥を示して言った。

「クッキーかブラウニーでもいただこうかしら。あなたは？」

「彼女は新しいやつのパーティーにも行くんだろうか？」

「新しいやつ？」エマは、チョコレートチップ・クッキーらしく見えるものからビッグ・マックスに視線を戻した。

「彼を倒した若いやつだ」

エマはどういう意味かと尋ねようとしたが、ビッグ・マックスが言葉を継いだので口をつぐんだ。「もしベアトリスが行くのなら、わしは彼女のきれいな顔を汚さないように、ジャムを使うのはやめるよ。それとも、彼女の写真を切り抜いて、取っておいてもいいな。そうすれば、毎日、朝食のとき彼女が一緒にいるみたいに思えるように、そいつを砂糖入れにたてかけておける。新聞のある日だけじゃなくてね」

彼の視線はぐるりと広間をたどり、探していた顔の上で止まった。「ふむ、そうだ、もしそうなったら、わしは二度と文句は言わんよ」ビッグ・マックスは茶色の目を細め、自分の言葉を改めて考えているらしかった。「まあ、ほとんどは」

エマはなんとか話についていっていたが、前といまの市長とジャムのあたりでわからなくなった。「ダルトンを負かして新しく市長になった人の話をしていたんだと思ったけれど」

「セバスチャン・ジェラード。そうだ」

「そうなのね……」彼がうなずくのを見て、エマはさらに言った。「でも写真を切り抜くとか、砂糖入れにたてかけるとか——それはどういうこと？」

「ベアトリスが新しい市長のパーティーに行くなら、わしは新聞を開くたびに彼女の顔が見られるってことだ。新しい市長の妻は、見られるのが好きだからな。だがわしに言わせれば、ベアトリスのブローチのほうが彼女のブローチよりずっときれいだ」

「ああ、わかった。そういうことね」エマはジムから帰ってまもなく、スカウトが外階段の下から嬉々として運んできた新聞を思い出した。耳のうしろを掻くことと引き換えに渡してくれた新聞はもちろんよだれまみれだったが、保安官補の質問にひどく動揺していたエマは、気にかけるどころではなかった。

「あんたは数えたことがあるか？」ビッグ・マックスが訊いた。

エマはあわてて現実に意識を戻した。「なにを？」

「彼らの写真が新聞に何度載るかってことだ」彼は薄い胸をふくらませた。「わしはある。毎回だ。最初は、彼が勝ったときだ――前の市長と握手をしたり、スピーチをしたり、スイート・フォールズ市役所の机の前に座っていたりといった写真だった。だがいまも写真は載る。公園にいる彼、アイスクリームの屋台の前に立つ彼、教会にいる彼、だれかの子犬を撫でている彼。だからもしも彼らがダルトン元市長みたいなパーティーをするなら、もちろん写真が載るはずだ。ベアトリスがその写真に写ろうとするなら、市長の妻が近くにいるときには、きっと市長の近くに立つようにするだろうな」

「どうして？」

「彼の妻が写真に写っていないのなら、それを撮っているのは彼女だからだ」

「どうして彼女が撮っているってわかるの？」

「わしがいま言ったような写真の下に書かれている名前を見たことがあるかね？　どれもリ

タ・ジェラードが撮ったものだ。セバスチャンの妻だよ」

なんの前触れもなく、エマは〈ディーターズ〉に引き戻されて、まだ生きているブライアン・ヒルとテーブルをはさんで座り、彼女と同じくらいの年齢の女性の写真を眺めていた――ブライアンに名前を教えてもらわなくてはならなかったが、どこかで見たことがあると思った女性。

リタ・ジェラードと彼は言った……

あの夜のオープン・マイクに招待した、彼の死を望んでいるという四人のうちのひとり……

そしてその後、彼は死んだ。ステージの上で。

そのあとに続いたイメージを振り払うようにエマは目を閉じ、気持ちを落ち着けようとして息を吸った。

「エマ？」

ゆっくりと目を開いたエマは、好奇心と懸念の混じったまなざしで自分を見つめている十五ドルのタキシードに身を包んだビッグ・マックスを見て、現実に引き戻された。

「大丈夫よ、ビッグ・マックス。大丈夫」

「本当に？　まるで幽霊を見たような顔をしているじゃないか」

エマはごくりと唾を飲んだ。「本当に大丈夫だから」

「自分の彼氏とここに来たかったと考えていたとか？」

「いいえ」

「どうして？　喧嘩でもした？」

「いいえ。彼氏はいないの」

ビッグ・マックスは耳に指を突っ込み、しばらくごそごそと動かしていた。

「彼氏がいないって言った？」

「ええ」

「あんたには彼氏がいない……」

「そうよ」

「彼氏がいない……」彼は繰り返した。

「いないの」

彼は目を細くした。「彼氏が欲しい？」

「そのうちにね。いい人なら。でもその日がくるまでは、スカウトとわたしでうまくやっているから」

「スカウトって？」

「わたしの犬」エマは、ビッグ・マックスの視線がベアトリスと彼女に近づいた身なりのいい長身の男に向けられたことに気づいた。

「彼はタキシードを着ていない」ビッグ・マックスが言った。

エマは彼の腕に手を添えてその視線が自分に戻ってくるのを待ってから、広間の反対側にある、みるみるうちに数を減らしているデザートのテーブルに彼を連れていこうとした。

「クッキーかなにかをつまむのはどう？　それから、あなたにペットがいるかどうかを聞かせてくれる？」

「ペットはいない」

「それなら、わたしがスカウトの話をするわ」

彼は再びベアトリスと彼女が見つめているタキシードを着ていない男に視線を向け――

「いや、わしの腕前を見せるときだと思うね」ビッグ・マックスはエマの手を取ると、ダンスフロアの中央に連れ出した。「踊ろうじゃないか」

7

エマは手でひさしを作って午後の日差しを遮りながら、この三十分ほどのあいだに少なくとも十二回は投げた不格好なテニスボールを追いかけて丘を駆けおりてくるスカウトを眺めていた。これがほかの日であれば、とっくに彼にリードをつけ直して、スイート・フォールズ公園をぐるりとめぐる毎週恒例の散歩の続きをしていたはずだ。けれど今日はほかの日ではなかったし、そのとおりにしなかったからといって、彼女以外に彼女を責める人はいない。

ダンスから帰ってきたあとはスカウトを散歩に連れていき、夕食にサンドイッチを作り、ベッドに入る前には本を読むつもりだった。読みたい本が何冊かあって、そのどれもがナイトテーブルの上で、彼女が手に取るのを待っていた。

けれど……スカウトの散歩のあとは、軽いサンドイッチで済ませたくなくなってしまったので、手早くタコスを作ってテレビの前で食べることにした。シットコムを一話だけ見るつもりがその続き、そのまた続きと止まらなくなって、気づいたときには十一時のニュースのオープニングの時間だった。エマはあくびをし……スカウトの鼻がどこかに押しこんだリモコンを探して、いつものごとくクッションのあいだに手を差し入れ……そして――ドカン！

キャスターが読みあげたトップニュースに、足元がぐらりと揺らいだ気がした。

ブライアン・ヒルの死は、他殺だと正式に認定された。そのとたん、お気に入りのパジャマを着ることも、朝までスカウトといちゃいちゃすることもすっかり頭から消えて、夕食に食べたものと不愉快な再会をする羽目になり、その後は寝室の絨毯が擦り切れるくらい、何時間もただひたすらドアと窓のあいだを行ったり来たりした。最初は、荒くなった息遣いを落ち着かせるために体を動かす必要があったからだが、それが一段落したあとは、意味もなく歩き続けながら、自分をなだめたり（あなたはなにも見ていない）、ショックを受けたつぶやきだったり（殺人……本当に？　嘘……）、時折は心配そうなスカウトを安心させたり（わたしは大丈夫よ、ボーイ）した。

毎晩お約束のいちゃいちゃタイムが始まりそうにないことを知ったスカウトがベッドに飛び乗り、開いたままのハンドバッグを尻尾で落としていなければ、エマはまだうろうろと歩き続けていたかもしれない。

財布がバッグからこぼれた……

鍵……

常に持ち歩いているけれど、一度も使ったことがないポケットティッシュ……

ダンスのあと片づけをするボランティアがデザートのテーブルに襲いかかるほんの一秒前に、ビッグ・マックスがエマのために手に入れてくれた、ナプキンに包まれた半分のクッキー……

そして、持って帰ってくるどころか、そもそも最初から見たくなどなかった、ありえないほどしわくちゃになった一枚の紙。あの元気いっぱいのニュースキャスターによれば、殺人現場だと判明した場所から持って帰ってきてしまった紙。

わたし、エマ・ウェストレイクは犯罪現場から逃げ出した。おそらくはとても重要な——唯一とは言わないまでも——証拠を持って。

もちろん意図したことではない。あの紙は、混乱を引き起こすのが好きな男のたわごとだと思ったのだ。そして彼の死は自然死だと。

けれど自然死ではなかった。

そしてそのせいで、警察は彼女が証拠を盗んだのだと考えるかも——

「彼は棒も取ってくる?」

いきなり現実に引き戻されたエマは、顔の上でひさしを作っていた手を曲げた膝に移動させたが、左側から背の高い影が近づいてきたことしかわからなかったので、またすぐにその手を戻した。それでもその人物をはっきりと見て取ることができず、もう一方の手を添えて、顔の角度を変えると……

ああ。

「それとも、ボールだけ?」早起き男一号（またの名を、驚きのあまり思い出せなくなった名前の保安官補）は、大きく二歩進んでふたりのあいだの距離を詰めると、自分の顔がよく見えるように野球帽をあえてかぶり直した。「ジャック。ジャック・リオーダンだ。昨日、ジムで会ったね」

エマはうなずくと、芝生の上に脚を伸ばし、そのあいだに息を整えた。「テニスボールが一番好きなんだけれど、わたしが投げたものならなんでも追いかけて取ってくるわ」

「ぼくの子供は、そういう犬が好きなんだ」

彼の口から出たのが、豊かすぎる想像力が予期していた〝きみを逮捕する〟ではなかったことに安堵しながら、エマはジャックに視線を戻し、かろうじて笑みらしいものを作った。

「手に入るわよ……郊外にある保護施設には、家を探しているかわいい犬がたくさんいる」

「きみはそこであの子を？」彼の青い目は、こちらに駆け寄ってくるスカウトを追っている。

「保護施設で？」

「そうよ」

「後悔している？」

「まさか」

番犬としてはまったく役立たずのスカウトは、長身で（すごく大柄というわけではないけれど、とてもたくましい）帽子をかぶった見知らぬ男にまっすぐに駆け寄ると、ジャックの靴の上に歪んだテニスボールを落とし、いつもぱたぱたしている尻尾の速度をさらにあげた。

「名前はスカウトだったね？」ジャックはスカウトの目（と舌）と同じ高さになるようにしゃがみこんだ（ので、エマの顔がまた日光にさらされた）。

「そうよ」

「そうか、やあ、スカウト」スカウトの舌がジャックの顎から額まで撫であげると、つかの間彼の青い目が見えなくなり、左の頬にえくぼがあることが明らかになった。「人懐こいんだね」

「そうなの」

「保護本能はないの？」彼はスカウトの舌が届かないところまで顔をあげた。

「ええ、ないわね」

「ゴールデンレトリバーだよね？」

「ほとんどはね。でも少しラブの血が入っているかもしれないって、獣医さんが」

スカウトは芝生の上でごろりとあおむけになり、ジャックの手が思惑どおりに動き始めると、だらりと舌が横に垂れた。

「子犬のときに引き取ったわけじゃないんだよね？」

「違うわ。四歳だった」

「前の飼い主はどうして手放したんだろう？」

「赤ちゃんができたんだと思う。引っ越したのかもしれない。その両方かも。あまり詳しいことは聞かなかったの。彼を見た瞬間、連れて帰るって決めていたから」エマは胸元に引き寄せた膝を両手で抱え、いかにもうれしそうなスカウトに応えるように笑みを作った。「あなたのお子さんに犬を飼わせてあげられない理由を探しているのなら、スカウトとわたしではお役に立てないわ」

ジャックは最後にもう一度スカウトの腹を撫でてから、地面に座りこんだ。

「心配ないよ。残念だが、飼えない理由はひとつあるんだ」

「そうなの？」

「この子のような犬は時間が必要だ――ぼくが持っていないものだよ。少なくとも、欲しいと思っているほどにはね」

「お子さんはいくつなの？　犬の世話をするのは、責任感を学ぶいい機会だわ」

「トミーは責任感があるよ――おそらくは、八歳の子がそうあるべき以上に。でも、親が離婚した子供ではよくあることなのかもしれないな」彼は斜面の芝生を引き抜くと、指のあいだでくるくると回した。「本当はトミーに犬を飼わせてやりたいんだ。そうすればもっと子供らしくなれるから。でも元妻は犬が好きじゃなくてね」

「トミーがあなたの家に来たときのために、あなたが犬を飼えばいいんじゃない？」

「そうなんだが、トミーがいないあいだのことが問題で、犬を飼えないんだよ」

ジャックにもうお腹を撫でてもらえないと感じ取ったスカウトは、くるりと腹ばいになってエマに鼻をすり寄せた。「あなたが保安官補だっていうことは知っているけれど、働きながら犬を飼っている人は大勢いるわ」エマは反論した。「昼間に散歩してくれる人を雇ってもいいし、ランチタイムに自分で散歩してもいい。スイート・フォールズはそんなに大きな町じゃないんだから」

「そうだな。だが、仕事のある日のことだけじゃないんだ。週にひと晩かふた晩、トミーに会うためにハートヴィルまで行かなきゃならないし、シフトの合間には睡眠を補わなきゃならないし、それ以外にもいろいろとしなきゃならないことがある」

「それなら、いつかそのうちね」エマはパチンと指を鳴らしてボールを持ってくるようにスカウトに命じると、丘のほうへと投げた。まるで閃光のようにスカウトは駆けだしていき、尽きることのないエネルギーを再び存分に披露した。

「それまでは、いつでも土曜日に息子さんとこの公園にくれば、わたしたちはここでこれと同じことをしているわよ。あるいは、家に帰る途中で、池の近くでアヒルを脅かしているかのどちらかね。スカウトはいつでも、だれとでも、持ってこいの相手をするわ。とりわけ、スカウトが新しい友だちを作るのが大好きなくらい、犬のことが大好きな八歳の男の子なら」

「ありがとう」

「どういたしまして」エマはスカウトがボールをくわえ、地面に落とし、そのあたりのにおいを何度か嗅ぎ、それからまたボールをくわえて小走りに丘をあがってくるのを見つめていた。芝生に置いてあったリードを手に取ると、スカウトを呼び寄せて首輪に取りつけてから立ちあがった。「わたしたちはそろそろアヒルのところに行かなくちゃ。でないと、暗くなるまでここにいることになるわ」

ジャックも立ちあがり、引き締まっているけれど筋肉質の体がエマの行く手を遮った。

「ぼくはどうして昨日までジムできみを見かけなかったんだろう？」

「昨日まで行ったことがなかったからよ。スカウトが来るまでは、仕事が忙しかった。スカウトが来てからは、わたしが必要な運動は彼がさせてくれるの」

「それじゃあ、昨日はどうしてジムに？」

「ああ、あれね」エマは手を振った。「仕事で行っただけ」

「仕事……」

「そう」

「きみの新しい仕事？　それとも古い仕事？」

不安が戻ってきた。「新しい仕事」

「レンタル友人ビジネスのこと？」

エマは唾を飲んだ。「そうよ」

「それじゃあ、猫を殺した女性はきみを友人として雇ったんだね？」

「相互利益のあるパートナーって言ったほうがいいかも」リードを握るエマの手に力がこもった。「とにかく。スカウトとわたしはもう行かなくちゃ。持ってこいで遊びすぎたわ」

ジャックはふたりと並んで歩き始めた。「ぼくがようやく声をかけるまで、きみは気もそぞろに見えた」

「ようやく？」エマは彼の言葉を繰り返した。「それって、あなたはしばらく前から見ていたっていうこと？」

「そうだ」

エマは面食らって足を止めた。「でも……どうして？」

「犬と持ってこいをして遊んでいる人間にしては、ずいぶん不安そうに見えたから」

エマは少しスカウトの歩調を速めさせたが、ジャックは楽々とそのペースに合わせてきた。

「疲れていたの、それだけ。ゆうべはあまり──っていうか、全然、眠れなかったから」

「そうなの？」

エマはその場から走り去りたくてたまらなかった。けれど彼は保安官補で、すでに彼女を見張っていたというのだから、そんなことをしてもいい結果にはならないだろう。そこで彼女は足を止め、スカウトを脇に引き寄せて、こちらを見つめているジャックの顔を見あげた。

「ゆうべのニュース番組のキャスターが、確定事項として言っていた──ブライアンは殺されたって」

「そうだ」

「でもそれって筋が通らない。わたしはあの場にいたのよ」

「薬物検査の結果が出れば、もっとくわしいことがわかる」

「薬物？」

「そうだ」

スカウトが足元の芝生をくんくんと嗅ぎ始めたが、エマの思考は混乱していた。「でも、彼がなにかクスリをやっていたのだとしたら、それは殺人じゃないでしょう？」

「自分から進んで摂取していたのなら、殺人とは言えない。だがそうじゃなかったり、あるいはなにかの毒だったりしたなら……」

彼の口がまだ動いているのはわかっていたし、集中するべきだということも感じていたけれど、その瞬間、エマの頭の中にあったのは——見えていたのは——ブライアンと一緒にレストランに入ったときにテーブルでふたりを待っていたマッシュルームの皿と彼の姿だけだった。

それってありうること？

あらかじめだれかが——

「エマ？」

エマはスカウトのリードをいま一度握り直し、問いかけるような彼のまなざしに答えるように、ばかげた考えを振り払った。

「なにかぼくに話したいことがあるんじゃないか？」ジャックが訊いた。「なにか——」

エマは、持っていてほしいとブライアンに言われた紙に載っていた四つの顔のことを思い起こし、ひどくなる手の震えを必死になって隠そうとした。白状したがっている彼女がいた——あの紙のことを彼に打ち明けて、慈悲を請いたがっている。けれど、怖がっている彼女もいた。

逮捕されるのが怖い……

捜査の妨害だか邪魔だか知らないが、証拠を隠していた罪で刑務所に入れられているあいだ、だれにも面倒を見てもらえないスカウトを残していくのが怖い……

報復が怖い――

「あの夜、会う前にミスター・ヒルのことを調べたから、彼が扱いにくい人だと言われていたことは知っている」

「調べた？」

エマは肩をすくめた。「もちろんよ。知らない人に会うんだから」

ジャックのまなざしがあまりに鋭かったので、エマは身震いしたくなるのをこらえなくてはならなかった。

「きみは、依頼人を全員調べるの？」

「彼は、友人の推薦ではない初めての人だったのよ」

ジャックは彼女の言葉を考えているのか、剃《そ》ったばかりの顎を撫でた。「彼は、どうやってきみを見つけたんだろう？」

「わたしが町のバーチャル掲示板に貼ったチラシで」

「それできみは彼のことを知らなかったから、引き受ける前に調べたわけだ」

エマは半分うなずき、半分肩をすくめた。「この数年のあいだに、彼が書いたことを知らずにいくつかコラムは読んでいたと思う。でも、彼がこの町の出来事についてどれほどたくさん書いていたかは、インターネットで調べるまで気づかなかったの。その多くがスイート・フォールズに手厳しいものであることも、その記事がもたらす影響も」

「手厳しい、か。そういう言い方もあるな」ジャックは手で口を押さえ、しばらくそのままでいたが、やがて体の横にその手をおろした。「ブライアン・ヒルはトラブルメーカーだった。それは間違いない」

「トラブルメーカー」エマは余韻を残すように、その言葉を繰り返した。「それって、彼はあなたにもトラブルを起こしたことがあるっていうこと？　それともあなたのボスに？」

ジャックのまなざしが険しくなった。「なんだって？」

口を開くべきときと閉じておくべきときがあると、彼女の中の声が叫んでいた。大声で。けれど理由はどうであれ、犬と遊んでいるときにジャックが彼女をこっそりと見張っていたという事実が、エマの心を乱していた。「ブライアンが本当に殺されたのなら、だれの仕業なのかを突き止めるためにまずすべきは、彼がトラブルを起こした相手を全員調べることなんじゃないかしら」

「もちろんそうだ」

「本当に？　だって、あなたはわたしに目をつけているみたいに思えるけれど」

「殺されたとき、彼が一緒にいたのはきみだ」

「わたしと、三十人ほどの店いっぱいの人たちがね」

彼は胸の前で腕を組んだ。「その全員があのあとも残っていた。きみ以外は」

「みんなに話を訊いたの？」

彼は首を傾げた。「きみ以外という意味かい？」

「わたしはいまあなたの質問に答えているでしょう？」

「きみはなにも教えてくれていない」

どれほどそうしたいことか——ブライアンの紙を渡して、なにもかも終わりにしたかった。けれどもしそうしたら、ジャックは彼女が証拠を隠していたという事実にばかりこだわって、本当の犯人を逃がしてしまったりしない？

「わたしは、ブライアンにこんなことをした人間に責任を取らせたい」

「ぼくもだ」

「それがだれであっても？」

ジャックは前に歩み出て、ふたりのあいだの距離を詰めた。「ミス・ウェストレイク、きみはなにかぼくに話したいことがあるんだろうか？」

突然彼女を苗字で呼んだことと明らかに冷ややかになったその口調に、エマの心の中で警報ランプが灯った。「いいえ。わたし——わたしはただ、この捜査を指揮するのは大変だろうと思っただけ」

「指揮するのはぼくじゃない。保安官だ」

「保安官？」エマは驚きのあまり、訊き返した。「それはだめよ！」

ジャックの返事代わりの笑い声に、スカウトの尻尾の速度があがった。

「だめ？　どうして？」

「ブライアンが死んだとき、彼は観客の中にいた。それって、利害の対立でしょう？」

「きみは本気で……」

「ふたりのあいだにいさかいはなかったの？」

「だれのことだ？」

「ボーリン保安官とブライアンよ」エマの言葉にパンチを食らったかのように、ジャックは一歩あとずさった。不意に血の気が引いた彼の頬の色は、ケーキのアイシングそっくりだった。「痛いところを突いたみたいね。違う？」

「いや、そうじゃなくて……」彼は言葉を切り、視線を地面に落とし、次に空を見上げ、それからゆっくりとエマを見つめた。「たしかに反目があった。だが一年前のことだ。彼の再任直後だった」

「だれの再任？　保安官？」

彼は小さくうなずいただけで、その後は長い沈黙が続いた。ようやく口を開いたときには、その口調は疲れたようにこわばっていた。「これ以上は、きみたちがアヒルに会いにいくのを邪魔しないよ」

「ありがとう」

ジャックは来た方向へ数歩進んだところで足を止め、エマに呼びかけた。

「エマ」エマとスカウトは振り返ったが、彼の表情を読むことはできなかった。「町を出ないようにしてほしい」

8

一キロほど走るうちに、エマが先週感じていた不安は開いた運転席の窓から流れ出ていった。頬に当たる風とドライブにわくわくしているスカウトのいかにもうれしそうな様子が相まって、エマは気分がよかった——本当にいい。朝食を終えたあとでふと思いついたドライブは、いまの彼女に絶対必要な気分転換になるだろうと思うと、心が浮き立った。

「今日は穴掘りを手伝ってくれるつもりなの、スカウト？」

スカウトは風を受けていた顔を車の中にひっこめると、尻尾を振って吠えた。彼女の犬が世界一賢いという——少なくともエマにとっては——確かな証しだ。

「そうだろうと思った。でもね」スカウトは再びエマを見つめたが、また窓の外に顔を出して風を受け止めたいと考えているのは間違いなかった。「掘るのはやめてっていったら、やめてほしいの。いい？　地面に植えた植物をあなたが全部掘り返したら、意味がないもの。そういうのって、非生産的っていうのよ。それにこれじゃあ——」エマは、文句を言い始めたときにスカウトの顔があったあたりを手で示した。「余裕がなさすぎね」

エマは古い家がまばらに立つスイート・フォールズの田舎の道を走りながら、手に入れたいと願っている花や植物のことを、そして限りある予算内で実際に手に入れることのできる花や植物のことを考えた。手に入れたいと願うことと実際に手に入れられることとは、数光年もの隔たりがあるが、いまは考えまいとした。とりあえずいまは。

つまるところ、彼女は一週間もたたないあいだに、ふたつの仕事を——オープン・マイク・ナイトを入れれば三つだ——

「だめ……だめ……今日はそのことは考えないんだから。そうよね、ボーイ？　今日は土を掘って楽しむんだから。トラウマになるようなことはお呼びじゃないの」

もちろんスカウトは、ボーイの言葉に尻尾を振り、掘ると聞いてさらにその速度をあげたが、顔は窓の外に突き出したままだった。風を顔で受け止める楽しさは、なにものにも代えられないらしい。エマに文句はなかった。

アクセルをさらに踏み込むと、エマはデイヴィス・ファーム・アンド・グリーンハウスまでの残り数キロを走りながら、顎をあげて風を受け止めた。スイート・フォールズ郊外の五十号線沿いに位置するその農園は、苗床と隣接する果樹園を含めて、数代前からデイヴィス家が所有していた。一族の末裔であるナンシーがいまのオーナーだ。園芸の才能を持って生まれたナンシーは、母なる大地の遠い親戚だと自認していて、スイート・フォールズを北アメリカでもっとも美しくて、もっとも緑豊かで、もっとも景観のいい町にするのだと決心していた。遠大なゴールではあるものの、それが実現するチャンスがわずかでもあるとしたら、可能にできるのはナンシーだった。

「いい機会だから言っておくけれど」エマが言うと、助手席の同乗者は義理で尻尾を振った。「あなたっていかにも男よね、スカウト。話を聞いていないときでも聞いているような顔をするんだから。たいしたものよ」

四つめの大きなカーブを過ぎたところで、エマは速度を落とした。百メートルも離れていないところに苗床の入り口がある。助手席側の道路にあるデイヴィスの名前を記した手書きの看板を見て、エマはウィンカーを出した。スカウトは風の速さが変わったことに気づいて、方向転換したことを視覚でも確かめるため、上半身を車の中に戻した。駐車場へと続く土の道に無事に入ると、いっそう激しく尻尾を振りながら窓からの観察に戻った。

見事な緑の天蓋を作る大きなオークの木立のあいだを、車はがたがた揺れながらゆっくりと進んだ。並木が途切れた先はまばらに砂利を敷いた広々とした駐車場で、エマは左に曲がって、デイヴィス・ファーム・アンド・グリーンハウスのロゴが車の横に書かれた小さめの白いSUVのほうへと進んだ。駐車場の先には、庭園と温室と本館と果樹園がある。

「わお、人気《ひとけ》がないわね」エマはナンシーのバンの隣に車を止めると、エンジンを切った。すべての動き（と風）が止まったので、スカウトは窓から顔を引っ込め、座席のあいだのアームレストを乗り越えて後部座席に移った。新たな見晴らし場所からしばし外を眺めたあと、助手席に戻ってきてエマの顔をぺろりとなめ、土や植物や木のにおい、そしてそれらがもたらす様々な楽しみを思って尻尾を振った。

「しちゃいけないところでは、おしっこしないのよ。いい？」スカウトはだらりと垂らした舌をエマに向け、ぺろりと自分の唇をなめたかと思うと、興奮しているのか返事代わりにハッハッと息をした。

「さあ、行くわよ、ボーイ。今日はすいているみたい」

エマは運転席のドアを開けて駐車場に降り立ち、スカウトが足元につくとドアを閉めて、納屋を改装した店舗へと向かった。ところどころで足取りを緩め、花をつけたいくつかの植物の名前（と価格）を確認した。スカウトはそのあいだにもあちらこちらのにおいを嗅いでいた。土……いくつかの植物……落ちていたおしゃぶり……子供の大きさの足跡……午後の風の中でけだるそうに回っているプラスチックの花が並ぶ木製のプランター。

「気に入ったの？」エマは、足元のプランターに植えられているものすごくかわいらしい黄色い花の前で足を止めた。だが値段をひと目見ると、しゅんとなったスカウトを従えて歩き始めた。

納屋の入り口でスカウトの首輪にリードをつけた。店の中は、頭上の蛍光灯がいらないくらい、自然光で十分に明るい。右側には、ガーデニング用の道具（移植ごてや熊手や折り畳み式のショベル）や作業を簡単にするアイディア商品（膝当て、コンパクトな折り畳み椅子、手を汚したくない人のためのかわいらしい手袋）が並ぶ通路があった。すぐ左手では、羽目板張りの壁に吊された手作りの小さなポケットに数十もの種の小袋が展示されていた。自分で野菜を育ててみようと考えている人は、濃い茶色のポケットに興味を持つだろう。種から花を育てたい人は淡い茶色のポケットだ。エマの目の前には、わからないことを尋ねたり、商品を購入したり、列に並んでいるあいだに自称専門家たちが初心者にアドバイスを送ったりするカウンターがあった。

右へ進めば、スカウトと一緒に外階段の隣に花壇を作ろうとしたとき、案の定なくなってしまった移植ごての代わりが見つかる……

左に行けば、春と夏に窓のシャッターの青色を引き立たせる花を探せる……

まっすぐカウンターに向かえば、彼女の限られた資源（金と読む）を最大限に有効利用するための方法を尋ねることができる……

エマが心を決めかねて迷っているあいだに、スカウトはさっさとカウンターに近づいた。水の入ったグラスとガーデニング雑誌のあいだに、ベルが置かれている。エマはそのベルの代わりに、ジーンズの前ポケットに入れたキーをじゃらじゃら鳴らし、意味もなく咳払いをし、さらにもう一度咳をした。

思ったとおり、従業員専用エリアと店を仕切っているアコーディオン式衝立の向こうから、ナンシーの声がした。「すぐに行きます！」

あえて鳴らさなかった、けれど実は鳴らしたかったベルから視線を逸らし、エマは待っている時間を利用して、レジの背後の壁に飾られた額入り写真をじっくりと眺めた。これまで列で並んでいるあいだに、幾度となく眺めた写真だ。最初の数枚は白黒で、写っている人たちは古い時代のものであることがわかる服装をしている。

その右側の二枚の写真は、ナンシーが家業を継いだときに撮られたものだ。一枚目は、白黒写真の中の老いた男のひとりが、前部にデイヴィス・ファーム・アンド・グリーンハウスのロゴの刺繍があるエプロンを彼女に手渡している写真。二枚目は、そのエプロンをつけたナンシーが、いままさにエマが立っているカウンターで客の応対をしている写真だった。すっと背筋を伸ばした姿勢や満面の笑みに、彼女の誇らしさがはっきりと見て取れた。

さらに壁の下へと視線を移すと、そこには現在のナンシーの写真があった。片手に賞状を、もう一方の手にリボンのついたじょうろを持ってにこやかにほほ笑んでいる。彼女の隣にはスティーブがいて――

「お待たせしてごめんなさい。いらしたのが聞こえたとき、ちょうど昼食を終えたところだったの。手を洗っておきたかったのよ」豊満な腹部に手早くエプロンをつけながら、ナンシーが衝立の向こうから姿を見せた。エマに気づくと、はたと動きを止めて笑顔になった。

「エマ！　会えてうれしいわ。このあいだ買ったペチュニアはどんな具合？」

「わたしがなにを買ったかを覚えているの？　わお。あれは――」エマは最後にお金に余裕があったのはいつだったかを思い出そうとした。「――何ヵ月も前なのに」

「そうね。でもそれがデイヴィス・ファーム・アンド・グリーンハウスだってこと、あなたもよく知っているでしょう？　カスタマー・サービスよ」ナンシーはカウンターに近づいた。

「メイム・ロジャーズのこと、聞いた？」

「メイム・ロジャーズ？　そんな人は――待って！　大おばのアナベルがビンゴでどうしても勝てない人ね」

ナンシーは笑った。「そのとおり」

「それで、彼女がどうしたの？」

「結婚するらしいわ」そうなの……」

ナンシーはカウンターに身を乗り出した。「あのホームの雑役係に知り合いがいるの。の毒なその老人は、ホームにいる女性みんなと仲良くなっているんですって。メイムのルームメイトも含めて」

エマは笑った。「おやまあ」

「そうなの、おやまあよ。メイムは負けるのが嫌いなの」ナンシーは唇をぴくぴくさせながら、カウンターから体を引いた。「でもあなたはゴシップを聞くために来たわけじゃないわよね……それで、庭はどんな感じ？　写真はないの？」

「あるかも。ちょっと待って」エマはうしろのポケットから携帯電話を取り出すと、アルバムを開き、昨日スカウトと公園から帰ってきたあと、なぜか撮っておかなくてはならないような気になって写した写真を見て、体をこわばらせた。どうしてそんな気になったのか、いまもわからないけれど、でも……

「なにか見つかった？」ナンシーが訊いた。

エマはブライアンが死の直前に彼女に押しつけた紙の画像を眺め、その死に関わっているはずのない人物――いま目の前にいて彼女の返事を待っている人物――を見て、体を震わせた。

「エマ?」

ばかげた考えを振り払い、携帯電話をポケットに戻すと、無理やり笑顔を作った。

「ないわ。新しいものはなにもない」

「それじゃあ、今度ね?」

「もちろん」エマは息を吸い、ゆっくりと吐き出した。「あの夜は、あのあとどうしたの?」

「あの夜?」ナンシーが訊いた。

「〈ディーターズ〉よ。オープン・マイク・ナイト」

夏の嵐にも似た雲がナンシーの顔に広がり、彼女はしわはできていないかと何度もエプロンを確かめた。「〈ディーターズ〉?」

「ええ。あなたのテーブルから三つ離れたところに、わたしもいたのよ」

「そうだったの? 覚えていないわ」

「無理もないわよね。ステージにあがったブライアンがどうなったかっていうこと以外、覚えていなくても当然よ」エマは息を吸うと、首を振りながら吐き出した。「わたしは、どさりという音が頭の中で何度も繰り返されて、そのあとの息を呑む音や悲鳴が聞こえてくるの」

ナンシーはエプロンをいじる手を止めた。「どさり?」

「彼の体がステージに倒れたときの音」

「ああ、そうね」ナンシーは落ち着かない様子で、今度はカウンターの上のメモ用紙の束で作ったペン立てをいじり始めた。「わたしは店に広がった沈黙に意識を集中させていたんだと思う。ほかの音に比べれば、そっちのほうがずっとましだもの」

エマはたじろいだ。「沈黙なんてなかったと思う」

「あら、あったわよ。本当よ。それに、もしそれがうまくいかなければ、なにか楽しくなるようなことに没頭するといいのよ。花とか植物とかあなたの素晴らしい犬とか」

エマはスカウトを見おろしてにっこりした。「彼は本当に素晴らしいの」

「まったくね」

エマは壁に視線を戻し、スイート・フォールズの前市長スティーブ・ダルトンの横で笑顔で立つナンシーの写真を眺めた。「すごく幸せそう」

ナンシーは戸惑ったように眉を寄せたが、エマが指さす先を見て、すぐに笑顔になった。「幸せじゃないはずがないでしょう？　スイート・フォールズ美化委員会が初めての賞を受賞したんだから。夢がかなったのよ」

「よくわかるわ」エマは右側に並べられた、最高の状態にある町の広場の何枚かの写真を示した。「本当に素晴らしいもの。まるで、お洒落な雑誌に載っている写真みたい――実際に存在するなんて思えないくらい美しい町だわ。存在するんだけれど」

ナンシーはカウンターの下に置かれていたスツールを引っ張ってくると、使い古したクッションに腰をおろした。「人間って、すぐに忘れるものなのね。責めるわけにはいかないけれど」ナンシーは親指を曲げて、壁の写真を示した。「あれはほんのいっときのものだったから。でも、おとり商法に引っかかるのって、ああいうことなんでしょうね」

「おとり商法？」エマはスカウトを見ながら繰り返した。

「見たものと手に入れたものがまったく違うっていうことよ」

「おとり商法の意味は知っているわ」エマはリードを握っていた手を緩め、カウンターにもたれた。植物の話がしたかったけれど、彼女がふと口にした言葉の意味が聞きたくなった。

「あなたが使った言葉が気になるんだけれど。というか、それと賞がどう関係があるのかが」

ナンシーはつかの間エマを見つめていたが、やがてうしろにある引き出しから携帯電話を取り出した。何度かタップしてから、それをエマに渡す。「その写真を見て」

エマは画面に写し出されている、枯れかかった植物としおれた花を見た。

「ええ」

「見覚えはある？」

「あるはずなの？」エマは写真をじっくりと眺めた。

「それは――」ナンシーは電話機の画面を指さし、それからカレンダーになりそうな壁の写真を指さした。「――一年後のあの場所よ」

エマは薄情に見えないように顔を曇らせまいとしたが、手遅れだった。「まあ。わお」

「植物にまったく興味のない人が世話をすると約束したら、こういうことになるのよ」

「わお」エマが繰り返すと、ナンシーは片方の眉を吊りあげた。

「今年一度でも広場を歩いていれば、その違いを実際に見ているはずでしょう?」ナンシーが訊いた。

見ているだろうか? 記憶になかった。だがナンシーはエマの答えを待っている。

「実を言うと、今年はほかに気を取られることがあって。でもこの写真を見れば、すごく違っているってわかるわ」

「ものすごい違いよ」ナンシーが言い直した。「とんでもないって言ってもいいわね」

エマはうなずいた。「虫かなにかのせいなの? もしそうなら、わたしの植物の近くには寄らせたくない」

「そうじゃない。緑の目の怪物がしたことよ……放置したせいで……不慣れなせいで……膨れあがった尊大さのせいで……好きなのを選んで」ナンシーは不快そうに両手をあげた。「どれも同じことを――同じ人物を表しているんだけれどね」

「そうなの?」

「スポットライトを浴びたい人間がいるのよ。ほんの少しでもほかの人に注目が集まるのが我慢できない人間が。そして嫉妬がどういうものかを理解しないと――」ナンシーは再び額入り写真と急に暗くなった携帯電話の画面を交互に指さした。「――こうなる」

エマは額入り写真をまじまじと眺め、電話機に写っているのと同じ展望台の角を見て取った。同じ角度、同じ風景だが、それ以外はすべてが違っている。

「待って。去年あなたが賞を取って注目を集めたことが気に入らない人間がいたということと？」

「その人間というのが市長の妻のことなら、そうよ」

「ダルトン元市長の妻？」

ナンシーは驚いたように胸に手を当てた。「テレサ？　まさか。テレサは優雅さを形にしたような人よ。一日二十四時間、週七日、彼女は本当に大切にしているグループに自分の時間を割いている。夫の政治的キャリアには関係なくね」

自分が知っていることといまの話に矛盾がなかったのでエマはうなずいたが、ナンシーの言葉を思い出して訊いた。「それじゃあ、あなたが言っているのは新しい市長の妻のリタのことね？」

「なにが手がかりになった？　緑の目の怪物っていうところ？　それとも膨れ上がった尊大さ？　あの女をオフィスに呼びこんだのは、この町の大きな過ちよ。わたしの言ったこと、覚えておくのね」ナンシーは警告するように指を立てた。「大きな過ち。彼女はこの町のことなんて、なにも考えていない」

「彼女の夫を市長に選んだことが……」

「違う。わたしが言っているのは彼女――リタよ。この町の人たちは変化を望んで、それを手に入れたのよ」

「あなたは、あまり好きじゃないのね」

「市長本人？　なんとも言えない。まだよくわからないもの。でも彼の妻？　大嫌いよ。あの女はいつかホワイトハウスで暮らすことを夢見ていて、スイート・フォールズはそこにたどり着くための足掛かりでしかないのよ」

エマはナンシーの言葉をしばらく考えていたが、やがて携帯電話の写真に話題を戻そうとした。

「それで、去年はあんなだった広場がこうなってしまうなんて、リタはいったいなにをしたの？」

「選挙の数ヵ月前に委員会に加わっただけよ。もちろん、見せびらかすため。でも夫が立候補していることはみんな知っていたし、メンバーの中にはそういう人――勝つかもしれない候補者と親しくなることを魅力に感じる人もいた。そうしたら、彼女があれこれといい始めて、彼らは耳を傾けたのよ」

「どんなことを？」

「たとえば、どうしてわたしがマスコミに取り上げられたのか。どうしてわたしが町議会から称賛されたのか。賞を獲得したのは委員会の手腕であって、ひとりのメンバーのおかげじゃないって彼女は言った。まったくばかげているわよ。だって――」ナンシーは両手を大きく広げて、ガーデニング店と外の農園を示した。「――これはわたしの生きがいなんだもの。でもどうにもならなかった。会議では、わたしが入っていくとみんなが黙りこむようになった。わたしがなにか言うと、みんなが天を仰いだ。これからなにをするかをわたしが提案しても、ひどく叩かれるか、完全に無視されるかのどちらかだった」

「まあ、ナンシー。なんて気の毒に。全然知らなかった。わたしって自分で思っている以上に、この町の事情に疎いのね」

「それでよかったのよ。本当にひどいし、有害だし、まったく不必要なものなんだから」ナンシーはスツールからおりるとカウンターの下の元の場所に戻し、レジとアコーディオン式衝立のあいだを行ったり来たりし始めた。「だから、わたしはやめたの。また賞を取れるようにがんばってねって言い残して。でも、この写真を見ればわかるように――」ナンシーはエマの手の中の携帯電話をタップして、再び写真を表示させた。「――その可能性は完全にゼロね」

「でも、委員会はどうしてこんなふうになるまで放っておいたの？」

「この事態の根源となった女が植物にまったく興味がなかったから。彼女にはどうでもいいことだったのよ。夫が市長に立候補したから委員会に加わっただけ――そうすれば、活動しているように見えるから。そしてわたしを追い出せば、賞のことでマスコミが来たときには彼女が応対できるしね」

エマはもう一度、携帯電話を見た。「でも、これって本当にひどい」

「そのとおりよ。ひどい。だから新聞社宛てにどんどん手紙が届くようになったのよ」

「新聞社に手紙？」

「あなたって、あまり新聞を読まないの？」

エマは恥ずかしさに顔が熱くなるのを感じた。「ええ、あまり。それにたとえ読んでも、くだらない記事だけよ」

「だからあなたはここにいるわけね」

「え？」

ナンシーは手を振ってエマの疑念をいなした。「あなたの最初の質問の答えだけれど、手紙はどれも同じことを訊いていた。広場はどうしてあんなにひどい有様なんだ？　去年のあの美しさはどこへ行った？　頭に脳みそが入っているだれかが、その理由に気づくまで延々と続いた」

「去年と今年で違っているのは、あなたがいないこと」

ナンシーはにんまりした。「そのとおり」

「気分はよくなったでしょう？」

「まあね。しばらくはいい気分だった。あのとんでもない——いいえ、いまさらあのときの不快感を話題にする必要はないわね。起きてしまったことは仕方ないもの」

「大おばのアナベルがよく同じことを言っていたわ——起きたことは仕方ないって。前に進むためになにかを忘れなきゃいけないときには、その言葉を思い出すようにしている」

「それしかできないときもあるものね」

かつては賞を取った広場の花壇の哀れな有様を最後にもう一度眺めてから、エマは携帯電話をナンシーに返し、スカウトを車に乗せる前に書いたメモをジーンズのうしろのポケットから取り出した。

「それで……わたしの家の外階段の下の花壇に植えるなら、あなたはなにがいいと思う？色がきれいで、長く楽しめるものがいいわ」

「日当たりはいい？」

エマはふさわしい答えを考えた。「朝遅くから午後早い時間なら……」

「朝遅くから午後早い時間」ナンシーが繰り返した。「ちょっと考えてみましょうか？」

ナンシーが手際よく携帯電話を紺色のバインダーに持ち替えているあいだに、エマは入り口を振り返り、その先に見えるがらんとしたままの駐車場を眺めた。

「ずいぶんすいているのね。前はいつだって混んでいたのに」エマはそう言ったとたんに、後悔した。それが事実ではないからではなく、ナンシーが見るからに体をこわばらせてあとずさったからだ。

「あの――悪い意味で言ったんじゃなくて」エマは図らずも彼女を傷つけてしまった自分の発言を和らげようとした。「それどころか、いいことよ。とにかく、わたしにとっては。だってわたしは、できるかぎり手伝ってもらわなきゃならないし――」

「さっきも言ったとおり、人はすぐに忘れるものよ」ナンシーは元の場所に戻ると、エマに見えるようにバインダーの向きを変え、表紙を開いた。「またすぐに、ここには列ができるようになるわ。さてと、あなたの新しい植物を探しましょうか？」

9

月曜日の朝五時半、エマがジムの外で待っていると、しかめ面のステファニーがうめきながら角を曲がって現れた。

「大丈夫？」エマはもたれていた壁から離れ、歩道に置いていたバッグを拾いあげて肩にかけた。「動きがゆっくりね」

「それでも、動いてはいるんだから。週末はほとんど動けなかったのよ」ステファニーは足を止め、辛そうに長々とため息をつくと、ジムを顎で示した。

「あそこのドアに通知をしておくべきよね。動けなくなる恐れがあります、とかそれともワークアウトは健康に悪いですのほうがいいかも」

夜明け前の静かな朝にエマの笑い声が響いた。「あら、金曜日のワークアウトのあと、そんなに辛かったの？」

「あなたは辛くなかったの？」ステファニーはまじまじとエマを見つめた。

「いいえ、まったく。ただのトレッドミルじゃない」

ステファニーはあんぐりと口をあけた。「ただのトレッドミル？　マジで言ってる？　わたしは九キロも歩いたのよ！」

エマの笑い声は鼻を鳴らす音に変わったが、ステファニーが大きく目を見開いたのを見て、再び笑い始めた。

「ステファニー、あなたが歩いたのは〇・九キロ。一キロにちょっと足りないくらいよ」

「でも九っていう数字が……」

「そうね。ただ、その前の小数点を見逃したのね」ステファニーはぞっとしたように黙りこみ、エマは笑いながら彼女を入り口へといざなった。「でも今日は、小数点の前にちゃんとした数字を出すから」

「どういうこと？」

「一キロ以上歩くっていうことよ」

「無理よ」

「ううん、無理じゃない」

「何日も動けなくなるわ！」

エマはドアを開け、ステファニーをそっと押した。「もちろん動けるわ。やればやるほど、脚が慣れてくるの。そして気がついたときには、十キロ歩いているわよ」

「とんでもない！」

エマはステファニーを連れて受付に向かい、係員にＩＤを見せ、ステファニーがバッグから彼女のＩＤを出すのを待って、ロッカールームに向かった。「それで、週末はどうだったの？　楽しかった？」

　ステファニーは、エマの首から頭が三つ生えてきたとでもいうような顔をした。

「わたしは動けなかったんだってば」

「ああ、そうだった」エマは空いている隣り合ったロッカーを見つけると、髪をポニーテールにまとめ、そのうちのひとつにバッグを押しこんだ。「それじゃあ、なにをしていたの？」

「何本か映画を見て、そのあいだにポテトチップをひと袋食べて、母のうんざりするようなため息を百回聞いたあとは、賃貸住宅の貧弱な市場を調べていたわ」

　エマは近くのベンチに腰をおろすと、ステファニーがバッグからブラシと髪ゴムを取り出し、使わないままブラシを戻すのを眺めた。数秒後、両手で髪を束ねたステファニーが床を見回し、それから開いたロッカーを、次にエマが座っているベンチの上を探すのを見て、笑いながらバッグとブラシを指さした。

　ひとことで言うと、ステファニーはだめな人だ。ちょっと注意散漫で、かわいらしくて、愛すべきだめな人。

「家を探しているの？」

「もう何年もね。母と一緒に暮らしてくれるような男性を見つけるのはわたしには無理だって、あんまり母に言われるものだから」ステファニーはブラシを使い終えると開いたバッグに放り込み、エマから一メートルほど離れたところでベンチに腰をおろした。「でもわたしは四十歳で、まだ実家で暮らしていて、そのうえ――」ステファニーは自分を示した。「実際より十歳も老けて見えるんだから、船はとっくに出ちゃったわよね」

「ちょっと待ってよ。ここは自分をけなす場所じゃないわよ」

「事実を言っているだけ」

エマはベンチから立ちあがり、ステファニーの前で腕を組んだ。「ひとつ目、あなたは十歳も老けて見えない。ただ疲れているように見えるだけ」

「本当に疲れているから。いつもね」

「ふたつ目、四十歳は愛する人を見つけるのに遅すぎない。わたしのふたりのおばは、五十代になってからソウルメイトを見つけたわよ」

「その人たちは、母親と一緒に暮らしていた？」

「それは……違う。でもあなたは出ていくつもりだって言ったじゃない」

「考えることと実際に行動することは、まったく違う。少なくとも、母はそう言っている」

「確かにそのとおりね。でもあなたは体を鍛えたかったから、ここにいるんでしょう？　違う？　それって行動よ」

ステファニーは顔をしかめながら立ちあがった。「本当にそう？　だってざっくばらんに言って、いまはゆっくりと苦痛に満ちた死を迎えているような気がしているのよ」

「そんなことない。ただそう感じるだけよ。いまだけ」エマはベンチの上のステファニーのバッグをつかむと、自分の隣のロッカーに入れ、ドアへと彼女を促した。

「さあ、やるわよ」

「どうして?」

「やり終わったときには、やってよかったってあなたが思うからよ」

「そうは思えない」

「それなら、一緒にワークアウトをするためにわたしを雇っているってこと、思い出してみない?」

ステファニーは目をぐるりと回しながらもエマのあとについて、ロッカールームを出た。

「いつだってあなたをくびにできるのよ」

トレッドミルに向かっていたエマは、足を止めた。「トレッドミルで歩きたくないから、わたしをくびにするっていうの?」

「そうだって言いたいわたしがいる」ステファニーは自分の体を眺めてから、それぞれのウエアに身を包んでエクササイズをしているほかの女性たちを見回した。「でも、わたしにはこれが必要なんだってわかっているわたしもいる」

「どうして?」

「なんのこと?」

「どうして、あなたにはこれが必要なの?」

「トレッドミルの上で心臓発作でぽっくり死ぬほうが、ポテトチップをたらふく食べている最中に心臓発作でぽっくり死ぬよりはましだからよ」

エマが笑ったので、数人がふたりを振り返った。「あなたって面白い人だって言われたこことはないかもしれない」ステファニーの視線はエマの背後にあるずらりと並んだトレッドミルに流れた。「話の続きは、通りの先にあるコーヒーハウスでもできるわ。気が散ることもないし」

「だめ。ここで話をするの。体を鍛えながら」

「体を鍛えながら話をするのね」ステファニーはエマの口調を真似て言った。「あなたって、場を白けさせるって言われたことはない、エマ・ウェストレイク？」

エマはにっこりと笑った。「あるかも。でもかまわない。気にしないから」エマは金曜日と同じトレッドミルにステファニーを呼び寄せると、コントロールパネルを顎で示した。

「どこを押せばいいのか、覚えている?」

「どこを押せば止まるのかは覚えているけれど……」

「それじゃあ、もう一度説明するわね」エマは設定の仕方について、ボタンをひとつずつ辛抱強く説明した。プログラム（平坦。だめ、坂！）や速度（ゆっくり歩き。だめ、早足！）について言い争いはあったものの、ようやくのことでふたりはマシンの上で歩き始めた。

「あなたはどんな家が望みなの？」

「歩き……ながら……話は……できない」ステファニーはあえぎながら言った。「あなたに……払うために……わたしに……生きていて……ほしいなら」

「わかった。わたしが話をするわね。週末は――」

「待って……金曜の夜のニュース……死んだ人……話によれば……」

エマはマシンの速度をゆっくりしたジョギングにあげた。「殺人だった。知っているわ。わたしも同じニュースを見た」

「あなた……怖く……ないの？　あなた……だった……かも……しれない……のに……」

エマはステファニーの言葉の意味を考え、即座に否定した。「それはない。犯人がだれであれ、ブライアンに死んでほしかったのよ。彼が言っていたとおり」

「彼が……言って……いた……とおり？」ステファニーはちらりとエマを見た。「説明……して」

エマはステファニーの向こう側のだれもいないトレッドミルに目をやり、それから、自分の右側のマシンも空であることを確かめた。声の届くところにだれもいないことに満足すると、速度を少しだけ落とした。「あの夜、ブライアンはステージにあがる前に一枚の紙をわたしにくれたの。それには彼の死を望んでいるという四人の写真が載っていた」

「ずいぶん……変わったデートの仕方……」

「デートじゃなかったんだってば。わたしはオープン・マイク・ナイトの観客のひとりとして、彼に雇われていたの」

「ああ、そうだった。わたしみたいに情けない人間がほかにいるなんて……なかなか想像が……できなかったんだと思う。わたしだけかと……思っていたから」

エマはステファニーから彼女がつかんでいない手すりに視線を移し、それからまた彼女を見た。「気がついてる? あなたはいま腕を大きく振っているし、数分前までみたいにぜいぜい言っていないわよ」

ステファニーは自分のマシンを見つめ、ショックを受けたような顔になった。

「あら……驚きだわ」

「ほらね？ すぐに慣れるって言ったでしょう？」ほんの一瞬、それもすぐに消えてしまったが、エマはステファニーの顔に笑みが浮かんだことに気づいた。「それに、昇降マシンやローイング・マシンにもすぐに慣れるわ。ウェイトを使ったものにもね」

「ふーん。〈ディーターズ〉では、間違った人が殺されたのかもしれないわね」

「ハハハ」

ステファニーは話を進めるわよというように指で円を描きながら、話題を変えた。

「あの夜のことに話は戻るけど……〈ディーターズ〉で……あなたが言った紙。そこに載っていた人たちは、あの夜、本当にあの場にいたと思う？」

「全員いたわよ」エマは答えた。「観客の中に」

ステファニーが緊急停止用の紐を引っ張ったので、トレッドミルは即座に止まった。

「わお」

「えーと、まだワークアウトの途中なのよ」

「えーと、いいえ、もう終わり。世界中のほかの人たちがバーベキューをしたり、ハイキングに行ったり、友だちと過ごしたり、赤ちゃんと遊んだり、とにかく普通の人たちがなにかをしている毎週末、わたしがテレビでなにを観ているのか知っている？」

エマはしかめ面になった。「あなたは普通よ、ステファニー。ただ――」

「犯罪ドラマを観ているの」

「なるほどね。それで……」

「つまり、わたしはソファに座ってポテトチップを食べながら、安楽椅子探偵を演じているっていうわけ。知っている？　わたしって、かなり優秀なのよ」ステファニーは言葉を切り、眉間にしわを寄せた。「だいたい五十パーセントの確率で、犯人を当てているわね」

「だからなに？」

「やりましょうよ。あなたとわたし。あなたのデート相手を殺した人間を突き止めるの」

「もう一回言うけれど、デートじゃないってば。依頼人だったの」

ステファニーは目をぐるりと回した。「言い方の問題ね」

「そうじゃない。言い方じゃなくて、事実」

「それならあなたは、彼が殺された事件を解決することにもっと関心があるはずよ」

エマも緊急停止用の紐を引っ張った。突然マシンが止まったせいで、あわてて手すりをつかまなくてはならなかった。「どうしてそうなるの？」

「なに言ってるの？　あなたの依頼人が目の前で死んだんでしょう？」ステファニーは自分のマシンの手すりにもたれた。「あなたのビジネスにとって、いいことだとは思えないけれど」

エマは反論しようとしたが、ステファニーの言葉がまったくの的外れではないことに気づいて口を閉じた。

「でもあの夜あそこにいた人たちはだれも、わたしが彼と一緒にいた理由を知らないわよ」

「いずればれる。捜査の過程で、なにもかもばれるものなのよ――本当だって」ステファニーは顎を叩きながら天井に目をやり、考えこんだ。「じきに警察は、あなたと被害者の関係を知りたがる。そうしたら――」彼女は指で引用符を描いた。「――保安局の〝某情報筋〟がなにかの情報を漏らして、バン！　あなたのレンタル友人ビジネスは町じゅうの噂の種よ」

ステファニーは警告するようなまなざしをエマに向けた。「ちなみに《FYI》、わたしが依頼人だっていうことは言わないでよね？　わたしの人生が情けないものだってことを、あなたに知られるだけでも辛いのに、スイート・フォールズの住人全員に――少なくとも、母さんが一緒にブリッジをしていない人たちに知られる必要はないもの」

「そうできればよかったんだけど」

「なにができれば？」

「あなたが依頼人だって黙っていること」

「どういうこと？」

エマは頭がずきずきし始めたので、トレッドミルの端に座りこんだ。

「保安局に話さなきゃならなかった。少なくとも保安官補のひとりに」

ステファニーは顔をしかめた。「どういうこと？」

「彼は金曜日にここにいたの。あなたの隣のトレッドミルに。水曜日の夜、わたしが〈ディーターズ〉でブライアンと一緒にいたってあなたに話したのを聞いていたのよ。だからシャワーのあとロッカールームから出たら、わたしを待っていた」

「なんてこと」ステファニーは長々とうめき声をあげた。「どうして、ああ、どうしてわたしはあのとき帰ったのかしら？」

「あなたは——」

「言ってみただけ」ステファニーは手をあげて、エマを黙らせた。「それじゃああなたは、ブライアンに雇われてあの場にいたって、保安官補に言ったのね？」

「ええ」

「ブライアンがあなたにくれた、容疑者が載っていた紙のことは？　彼はなんて——」

今度はエマが手をあげた。「彼らが容疑者かどうかはわからないのよ、ステファニー。ブライアンがコピーして紙に貼っていた人たちっていうだけなんだから」

「彼を殺したがっているって、彼が言った人たちよ」ステファニーが反論した。「全員が——どこだと思う？——彼が殺された場にいたのよ。わたしの中では、彼らは容疑者だわ」

今度はエマがうめく番だった。

「保安官補にその紙を渡す前に、わたしたちが調べられるように写真くらいは撮ったんでしょうね？」ステファニーは訊いた。

エマは顔をあげた。「調べる?」

「捜査するのよ。わたしたちで」

「ブライアン・ヒルが陰謀論者だってわかっている? それって、彼は常々、だれかがなにかを企んでいるって考えていて……」

「これは陰謀論には分類できないわよ。いいかしら、(A)彼は四人全員が――」ステファニーはエマを横目で見た。「――四人で間違いないわよね?」

エマがうなずいたので、彼女は言葉を継いだ。「四人全員が彼の死を望んでいると言った。(B)四人全員があの夜その場にいた。(C)彼はその夜死んだ」

エマがそのことを考えなかったわけではない。それどころか、ステファニーの口から発せられた事柄はすべて、ブライアンの死が他殺と断定されて以来、エマがなかなか眠れなくなった――まったく眠れないとは言わないまでも――理由そのものだった。どうにかして無視しようとしていた考えが人の口から発せられるのを聞くと、控えめに言っても不安になった。

エマはもう一度うめいた。

「それで?」ステファニーはエマと向かい合うように座った。「もう一度訊くわよ。保安官補に渡す前に、その紙の写真を撮ったの?」

エマはぎゅっと目をつぶった。「写真を撮ったわ」

「よかった。賢明ね」

「その言葉を保留したくなるかもしれないわよ」

「どっち？　よかった？　それとも賢明？」

「両方かも」エマがゆっくりと目を開くと、彼女をじっと見つめているステファニーがそこにいた。「わたし、まだその紙を持っているの」

「もう一度言って？」

「彼にもだれにも渡していないの」

「なんですって？　マジで言っている？」ジムにいる人たち全員が振り返ったことに気づいて、ステファニーは声を潜めた。「どうして？」

エマはごくりと唾を飲んだ。「わからない。最初は――あの直後は、ブライアンには死の原因となるような健康上の問題があって、わたしにくれた紙は陰謀論者だった彼にとっては珍しくないことなんだって、自分を納得させようとしていた。よくあることなんだって。わかるでしょう？」

「ううん、わからない。でも続けて」

「殺人だって発表されてからは、現場から証拠を持ち出してしまったって気づいて、頭が働かなくなったのか、びくついたのか、それともその両方だったのかもしれない。そして昨日、保安官補に公園であれこれ訊かれたときには、わたし――」

ステファニーは必要以上に身を乗り出したので、エマの膝の上に落ちないように、トレッドミルの端をつかまなくてはならなかった。「昨日、同じ保安官補に会ったの？」

「ええ」

「公園で？」

「そう」

「彼はいまあなたを尾行しているってこと？」

エマは唾を飲んだ。「わからない。そうかも」

「あなたを容疑者だと思っているのかもしれない」ステファニーは立ちあがった。「それって悪いことじゃないわ」

エマはまじまじと彼女を見つめた。「わたしが殺人事件の容疑者かもしれないことが悪いことじゃない？　いったいどういうこと？」

「あなたはやっていないのよね？」

「もちろんよ！」

「それなら、警察はあなたに気をとられるだろうから、わたしたちと同じものには目を向けないだろうってこと」ステファニーは三つ先のトレッドミルまで歩いていき、そこから興奮を隠しきれない顔でエマのところまで戻ってきた。「つまり、本当にできるわけよ」

「なにができるの？」

「現実の生の殺人事件の捜査よ。あら、これって矛盾した表現かもしれないわね……とにかくこれで、孫の顔が見たいって文句を言う母の話を聞く以外のことができるんだわ」

エマは足元を見つめていた。唾を飲む。「彼には渡せなかったの」

「なにを？　紙？　保安官補に？　どうして？」

「そうしたら彼は、署の人たちにその紙を見せなくちゃならなくなるから」ステファニーがその続きを待っていることがわかると、エマは両ひざを顎のところまで引き寄せ、両手で顔を覆った。「それが問題なの——大問題。四人のうちのひとりが関わっているかぎりは」

「なにを言っているの？」自分のトレッドミルに戻ってきたステファニーが尋ねた。「紙に載っていただれかが、保安局と関係があるの？」

今度は、エマはステファニーの顔をまっすぐに見ながらうなずいた。「わたしは被害妄想？ただ紙を彼に渡せばよかった？ボーリン保安官のことをほのめかすんじゃなくて？」

「ボーリン保安官？」ステファニーは甲高い声で繰り返した。

エマはステファニーの頭越しに、再びふたりのほうを見ている人々に目を向けた。「シーッ……。声を落として！」

「ボーリン保安官がその紙に載っていたの？」ステファニーは声を潜めて繰り返した。「マジで？」

「そうなの」

「わお」ステファニーは髪をかきあげたので、ポニーテールが乱れた。「それじゃあ、わたしたちこれからどうする？」

「わたしたち？」

「そう、わたしたち。わたしは仲間になってもらうために、あなたを雇っているのよ。覚えている？」

「ジム仲間としてね」止めていたことに気づいていなかった息を吐き出しながら、エマは立ちあがった。半秒後、ステファニーも続いた。

「これは話が別よ」

「倍払うわ！」

「倍？」

「そう！」

「あなた、頭がどうかしているんじゃない？」

ステファニーは肩をすくめた。「そうかもしれない。でもいいじゃない、楽しいわよ！それに、自分の人生を生きているほかの人たちを眺めるだけじゃなくて、わたし自身が人生に参加していることを知れば、母さんも喜ぶし」

耳の奥でわんわん鳴り響く音のせいで頭痛が始まっていた。それとも、その音はただの会話だったかもしれない——頭の中でだけ聞こえていたあいだに、どうにかするべきだったのだろう。そうすれば、眠れないのもそのせいにできたのに。

「だれかが彼を殺したのよ、エマ」ステファニーは言い張った。「とんでもないことだわ」

「それはわかっている」

「それだけじゃない。彼はだれかが自分を殺そうとしているってわかっていて、それがだれなのか、そしてその理由をあなたに知ってもらいたがっていた」

「理由はなにも言っていなかった」

「それはそれよ」ステファニーは肩をすくめた。「捜査ってそのためにあるんだから。そういうことを突き止めるために。捜査を始めれば、もっとも怪しい容疑者が浮かんでくるわ」

「ジャックに任せるべきかもしれない」

「保安官のジャック？」

「保安官補ね」

「彼の上司があの紙に載っていたのよ、エマ」

エマはため息をついた。「わかっている」

「つまり、彼はなにもできないっていうことよ」

エマは公園でのことを、ブライアンと保安官のあいだのいさかいについて考えていたジャックの顔を思い起こした。「そうは思わないわ」

「ほんの三日前に会ったばかりの人を、ずいぶん信頼しているのね」

「そうかもしれない」

ステファニーは長いあいだエマを見つめていた——わたしが自分自身に疑念を抱くのを待っているのだろうと、エマは思ったが、なにも言わなかった。

「そう、わかった。彼には少し時間をあげましょう。そのあいだ、わたしたちはほかの三人に集中することにして」

エマはステファニーをトレッドミルに戻し、今日のワークアウトを終えて、それぞれの暮らしに戻りたくてたまらなかった。けれどそれはできなかった。ブライアン・ヒルは死んだ

——殺された。認めたくはなかったけれど、ステファニーの言っていることは正しい。彼はエマの目の前で殺された。それどころか彼女は、四人の容疑者——ブライアン本人が名指しした容疑者——の名前が載ったフォルダーが置かれたテーブルから、彼が死ぬのを見たのだ。関わり合いになりたくなかった。本当にいやだ。けれどブライアンのせいで、それ以外の選択肢はなくなった。

「わかった」エマはようやく言った。「捜査しましょう。すこしだけ」

10

三時ちょうどに、エマはリモージュ焼きのティーポットをドッティのカップの上で構え、爪先まで達した疲労感が声に現れないようにしながら言った。

「紅茶よ、ドッティ」

彼女がうなずくのを見て、エマはソーサーと揃いのティーカップの金色の縁からちょうど五ミリのところまで紅茶を注ぎ、さらにクリームを少々と砂糖をふたつまみ入れた。

いつものように〝いいわね、ありがとう〟と返ってくるのをきっかり三拍待ったが、その声が聞こえてくることはなかった。ドッティは上品な遠近両用眼鏡の向こうからエマを見つめ、小さいとは言い難い音で舌を鳴らした。「ひどい有様ね、エマ。本当にひどい」

思いがけない台本の変更に対応できず、エマはリネンのクロスをかけたテーブルをぐるりとまわって、この一年半、毎週火曜日にはそうしてきたように、自分のカップの前に腰をおろした。「ビスケットはいかが？」

「けっこうよ」

バスケットの上でエマの手が止まり、彼女はまじまじとドッティを見つめた。

「それは、あなたが言うはずの言葉じゃないわ」

「それなら、言い直しましょうね」間延びしたとしか表現のしようのない口調で、ドッティは言った。「ええ、そうね、エマ。やめておくわ」

「なにをやめるの？」

「ビスケットをいただくのを」

「でも食べなきゃだめよ。あなたはいつもそうしているんだから」エマはドッティの前でビスケットを持ったまま言った。「ビスケットはいかがってわたしが訊いて……あなたは、ええ、もちろんいただくわって答えて……それからあなたがあーとかえーとか言っているあいだ、わたしは心の中で三回ミシシッピーと繰り返しながらバスケットを持っているの。そしてあなたが〝本当は食べるべきじゃない〟二枚めのビスケットに手を伸ばしてきたら、もう少しバスケットを近づけるのよ」

エマを見つめるドッティの目が大きくなった。「まるで、台本に従っていたみたいな言い方ね」

「はっきりとそう書かれていたわけじゃないけれど、でも決まったルーティンがあった」エマはテーブルからナプキンを取ると膝に広げ、ため息を押し殺した。「そうするってアルフレッドに約束したの。あなたが望んでいることだって彼は言った」

「時間は――そう。お茶は――そう。陶器は――そう。でも、わたしたちはどちらもあのまずいビスケットが嫌いだってわかってたでしょう？　あれはやめてもいいんじゃないかしら？」

なにも言えなくなったエマは、ただうなずいた。

「あなたがテーブルにバスケットを置いたときに言おうとしたんだけれど、いまみたいなあなたの顔を見るほうが面白いだろうと思ったものだから」ドッティは車いすのブレーキを外すと、テーブルの下で黙って控えていたもうひとりの仲間が見えるくらいにまで、うしろにさがった。「どう思う、スカウト？　ビスケットが欲しい？」

返事代わりに尻尾が振られることはなかったので、エマは笑った。

「彼もその言葉をよく知っているみたい」

遠近両用眼鏡の縁より低くなったドッティの眉は、エマの言葉の意味がわかると、元に戻った。「あれは本当にまずいものね……」

エマが黙ったままでいると、ドッティはティーパーティーの侵入者に再び尋ねた。

「クッキーは欲しい？」

エマはあわてて身を乗り出し、ふたつのティーカップをしっかりと押さえた。スカウトが返事代わりに尻尾を振るたびに、その中身が揺れた。「ほらほら……落ち着いて……」

「それは、イエスっていうことね？」ドッティはつかの間、スカウトから視線をはずして尋ねた。

「そう、イエスっていうこと」エマは紅茶の揺れがおさまったところで立ちあがると、手をつけていないビスケットが入ったバスケットを持ってテーブルを再びぐるりとまわり、その先の廊下に向かおうとした。「それじゃあ、クッキー——」そこで言葉を切り、テーブルと守る者もいないティーカップを見つめ、その下で待ち構えるゴールデンレトリバーに警告するように指を突き付けた。彼は目を輝かせ、エマの次の言葉を待つようにいまにも尻尾を振ろうとしている。「だめよ……そんなこと、考えてもだめ」

三分もたたないうちに、エマはビスケットの代わりに六枚の（居間に戻ってくるあいだに、一枚減っていた）ショートブレッドが入ったバスケットを持って戻ってきた。テーブルの上でバスケットを掲げ、毎週の儀式に急いで戻る。「ドッティ？　これは？」

「ええ、もちろんいただくわ」

エマはにっこり笑いながら、彼女がいつものようにあーとかえーとか言いながらクッキーを一枚つまみ、それから〝本当は食べるべきじゃない〟二枚目に手を伸ばしてくるまで、バスケットを掲げていた。

「ありがとう、エマ」

「こちらこそありがとう、ドッティ。全部を変えるんじゃなくても、物事には手を加えることができるって教えてくれて」エマは再びテーブルからナプキンを取ると膝に広げ、自分の皿にクッキーを二枚のせた。それから最後の一枚をテーブルの下へと持っていった。「家政婦がアルフレッドの書斎の隅で、これを見つけることはないわね」

ドッティの笑い声は居心地のいい沈黙に代わり、ふたりはいつもの火曜日のように紅茶を飲んだ。だが二枚目のクッキーを半分ほど食べたところで、ドッティは再び台本から逸れ、車いすの背にもたれると訳知り顔で眉を吊りあげた。「待っているんだけれど」

エマは自分のクッキーごしに空のバスケットを見た。「もっとクッキーが欲しいの?」

その言葉を口にしたとたん、ソーサーの上でカップがかたかた鳴り始めたので、エマは自分の過ちに気づいた。「ごめんなさい……彼の尻尾は時々騒々しいのよ」

「そうみたいね」ドッティはナプキンで口を拭き、膝の上に戻した。「いいえ、クッキーはもうけっこうよ」

エマは身を乗り出して、ドッティのカップに紅茶がまだひと口、ふた口残っているのを確認した。「わたしはなにを忘れているのかしら?」

ドッティは胸の前で腕を組んだ。「わかっているはずだけれど」

「わかっていたら、そう言っているわ」

「それなら、手伝ってあげないといけないかしらね」

「ええ、手伝ってほしい」

ドッティは咳払いをすると、車いすの肘掛けに手をのせ、すっと背筋を伸ばした。

「〝ああ、ドッティ、やっぱりあなたは正しかったわ。ありがとう——本当にありがとう〟」

「なにが正しかったの?」エマは空のバスケットに視線を戻し、さらに尋ねた。

「わたしのアイディアよ。あなたの生計手段のための」

「わたしの生計手段のための——」エマはそこで言葉を切った。椅子を引いて立ちあがる。

「あなたのアイディアの話がしたいの? いいわ。話をしましょうよ。あなたが送りこんできたふたり。ええ、ふたりから電話があって二件の仕事が来たわ——高齢者センターのダンスに一緒に行ってほしいっていう一度きりの依頼と――」

「ビッグ・マックスね」

エマは正面の窓の下に置かれたテーブルからトレイを取ってくると、その真ん中に空のバスケットと汚れた皿をのせた。「補足すると、彼はとてもかわいらしい人だった」

「もうひとりは？」

「ジム仲間を欲しがっている継続中の依頼人」

「メアリーアンの娘」

「メアリーアンの娘がステファニーなら、そうね」エマは、わずかに中身が残ったドッティのカップを指さし、彼女がうなずいたのを見て、そのカップとソーサーもトレイにのせた。

「わたしは正しかったということね」ドッティはそれもトレイにのせるようにナプキンをエマに渡すと、勝ち誇ったように微笑んだ。「あなたがわたしにしていることは、ちゃんとした仕事になるのよ」

「一度きりの依頼と週に三回のジム通いじゃ、生計は立てられないのよ、ドッティ」

「スイート・フォールズの新聞や大量のメールを使ってもっと宣伝すれば、仕事になる」ドッティはテーブルクロスの上のビスケットのかけらを示した。「そもそも、わたしがあなたの仕事を全部見つけてあげることはできないのよ。少しは自分で努力しないと」

エマは笑うつもりはなかった。本当だ。だが公正を期して言うならば、それは自分をあざ笑うような笑いだった。というより、信じられないという思いが、疲労のせいで皮肉に染まってしまったのかもしれない。「あなたの言うとおり、少しは努力したのよ。あなたにこの話をされたその夜、わたしはほとんど徹夜で名称を考えて、とても素敵な名刺のデザインをして、印刷までしたの。町のバーチャル掲示板にチラシも貼った――バーチャル掲示板って、みんなが捨ててしまうチラシを印刷するより、環境にはずっといいのよ」

「名刺を見せてもらえる？」ドッティが言った。

「いま？」

「ええ」

エマは肩をすくめるとテーブルにトレイを置き、いつもお茶の日にはハンドバッグを置いている廊下から労働の成果を持って戻ってきた。「はい」

ドッティが黙って名刺をしげしげと眺めているあいだに、エマはどさりと椅子に座りこんだ。お茶の時間が終わったことに気づいたスカウトが、テーブルの下から出てきてエマの脚の上に顔をのせた。従順な飼い主らしく、エマは彼の耳のうしろを掻いてやり、指の下のその毛皮の感触に魔法のように心が癒やされるのを感じていた。

「レンタル友人」ドッティがつぶやいた。「賢明ね。創造的。核心をついている。その気にさせる」

「驚いているの？」

「ええ」

「どの部分に？　わたしが賢明だっていうこと？　それとも創造的っていうところ？」

ドッティは最後にもう一度名刺を見てから、テーブルに置いた。「こんなに早く行動したっていうことに」

「わたしは大学を出てからずっと自営なのよ、ドッティ」

「わかっているわ」ドッティはセージグリーンの瞳を再びエマに向けた。「その努力はなにかを捕まえたのかしら?」

エマはスカウトの頭にのせた手を止めて、笑った。「ええ、なにかを捕まえたわよ」

「よかったじゃないの」

「それが、全然よくなかったの。散々だった」エマは再び立ち上がったが、今回はトレイは素通りして正面の窓に近づき、アルフレッドが愛した芝生と花をつけた生け垣を眺めた。

「散々?」

「あれ以上ひどいことにはなりようがなかった」

「話してちょうだい」

「聞かないほうがいいと思うけれど」

「話して」

エマは、アルフレッドが死の直前に薔薇《ばら》の茂みの隣に作った鳥小屋へと視線を移したあと、あきらめたようにゆっくりと息を吸った。「バーチャルチラシを貼ったときには、だれも連絡なんてしてこないだろうと思っていたの。本当よ。名称を考えついて、名刺を作って、それだけでわくわくしていた。でも翌朝起きたときには、いわば帆はたるんでしまっていたの。

そんなわけで、わたしを雇いたいっていう電話がきたときには、どれほどびっくりしたか、わかってもらえると思う」

「わたしは、驚きませんよ」

エマは、ドッティの庭師が刈り残したアザミの上で争っている二羽のフィンチを眺め、また空々しく笑った。「最後まで聞いて。話は終わっていないから。電話をかけてきた男の人は〈ディーターズ〉のオープン・マイク・ナイトで詩を読むことになっていて、だれかに──この場合はわたしっていうことだけれど──一緒にいてほしかったのよ」

「オープン・マイク・ナイト？」ドッティは小さくあえいでから繰り返した。「〈ディーターズ〉の？」

エマは窓に額を押しつけてうなずいた。

「それって、あの男性が死んだとき、あなたはあそこにいたっていうこと？」

「そう、あそこにいたの。それどころか、その真ったただ中に」スツールから前向きに倒れ込むブライアンの姿を思い出すまいとして、エマは目を閉じた。「ブライアン・ヒルの友人として──彼のレンタル友人として」

今度は、はっきりと聞こえるくらい大きくドッティは息を呑んだ。

「冗談でしょう、エマ」

「冗談ならよかったんだけれど」エマはつぶやいた。数秒の沈黙が数分になり、その静けさがのしかかった。ゆっくりと振り返り、テーブルに戻った。雰囲気が変わったことに気づいたスカウトは椅子の横で待っていて、彼女をひとなめすると一回だけ尻尾を振った。「夜ごと繰り返し見ている奇妙な悪夢だって自分に思いこませようとしたの。でもそれだと、わたしは毎晩悪夢が見られるくらい寝ているっていうことになるけれど、実際は眠れていないのよ」

「とても残念な展開になったわね、エマ。あなたの経歴には書かないほうがいいでしょうね」

エマはドッティを見つめた。「わたしの経歴？」

「そうよ、あなたのビジネスの。でも近頃では、ほとんどがウェブサイトを通して行われるものなんでしょう？」

スカウトの顎が脚に当たるのを感じて、エマはテーブルの反対側に座っている年配女性に目を向けたまま、手探りで彼の頭に手をのせた。「わたしがいま言ったことを聞いていた？わたしの最初の依頼人が、一緒にいるときに死んだの——殺されたってニュースで言っていたの。それに——」エマは公園とジャックのことを連想した。「警察も」

「わたしの耳は悪くないのよ。もちろんあなたが言ったことは聞いていたわ。でもね」ドッティはエマに向かって指を振った。「ミスター・ヒルはあなたの最初の依頼人じゃない。ビッグ・マックスが最初よ。そしてメアリーアンの娘が二番め」

「ふたりがわたしを雇ったのはブライアンの前かもしれないけれど、でも実際に仕事をしたのは彼が最初だった」エマは反論した。

ドッティは顔をしかめたものの、さっと手を払って表情を戻した。「どちらにしろ、今後の依頼人にはその話をしないほうがいいわね。怖がらせるかもしれない」

エマはドッティの口が動くのを見ていたが、突然聞こえてきたのは、ブライアンの声だった。

「目を配れ、目を配れ、いまここに座り、賛美する人たちよ、じきに彼らの不正に気付くだろう」

彼の言葉は、ある者の好奇心をそそり、ある者を戸惑わせるために考えられたものだ。その後聞こえてきた咳払いや不安そうな咳からすると、彼の思惑通りになったと言っていいだろう。

「ひょっとしたら」エマの言葉はドッティだけでなく、自分自身にも言い聞かせるためのものだった。「わたしはあの夜、ブライアンと一緒にいる運命だったのかもしれない。彼が殺されたあと、正義がなされたかどうかを見届けるために。ステファニーの言うとおりだわ。わたしたち――わたしは、この件がわたしとは無関係だっていうふりをするのはやめて、だれが、どうしてこんなことをしたのかを探り出さなきゃいけない。その人間に責任を取らせるために」車いすのブレーキを外す音にエマは我に返り、ドッティに視線を向けた。「ドッティ、どこに行くの？」

「あなたも行くのよ」ドッティは素早くテーブルから車いすをバックさせると、くるりと向きを変え、その先の廊下へと向かった。「いらっしゃい、あなたに見せたいものがあるの」

スカウトがぴくりと耳をそばだたせ、尻尾を振った。

「ごめんね、ボーイ。すぐに戻ってくるから」

スカウトの耳が垂れ、尻尾の動きが止まった。

「一緒に来てもいいわよ」ドッティは肩越しにそう言い残すと、行ってしまった。

エマは肩をすくめ、スカウトの頭を軽く撫でてから立ちあがった。「聞こえたでしょう？あなたも招待されたのよ」

エマとスカウトは車いすの女性のあとをついて廊下を進み、家の奥にある主寝室を通って、根っからの読書家が熱狂すること間違いなしの私設図書館とも呼ぶべき部屋に入った。ドッティは、絨毯の上を進む車いすにはあるまじき速度で、本棚とそこに収められている何百冊ものカラフルなマスマーケット・ペーパーバックに近づいた。

「ちょっと待って」エマは、ずっと羨ましくてたまらなかった彼女の蔵書をもっとよく見たくて、車いすの向こう側にまわった。「ようやく、あなたの本を貸してくれる気になったの？」

ドッティは、煩わしいブヨや厄介な子供を追い払うみたいに手を振った。

「いいえ、とんでもない。人に貸した本はめったに戻ってこないし、そうなったらシリーズが欠けてしまうじゃないの。この話は終わったはずよ」

「それはわかっているけれど、でもついてくるように言われたから――」

「これがなんの本だかわかる？」ドッティは本を指さした。

エマは語呂合わせのようなタイトルのペーパーバックを改めて眺め、すぐにその質問の答えにたどりついた。「あなたが大好きなコージー・ミステリね」

「そのとおり」

エマはその続きを待ったが、もちろんドッティが彼女を失望させることはなかった。

「わたしはこの手の本を読むことで、たくさんのことを学んだの」ドッティは車いすから届く範囲の本の背に指を這わせた。「あなたの試みにとって、とても有用なことをね」

「わたしの試み？」

「あの若者が殺された事件で正義がくだされるように仕向けること」

エマは本棚からドッティへと視線を移した。「よくわからない……」

「普通の人は、わたしのようにあれほど大勢の素晴らしい登場人物と一緒に推理をしてきていないし、殺人のことをわかっていないの。実を言うと、犯人と動機を見つけるのは、本の中の探偵よりもわたしのほうが早かったりするのよ」

エマは壊れたレコードのように聞こえることを承知のうえで、改めて言った。

「なにが言いたいのか、やっぱりよくわからないわ」

今どきの若者とその理解力の乏しさについて文句を言いながら、ドッティは天を仰いだ。

「あなたは頭が混乱しているふりでもしているの？」

「いいえ、わたしは頭が混乱してなんか……」エマはそのあとの言葉の代わりにため息をついた。「わかったわよ。わたしは確かに疲れている。疲労困憊よ。でもそれって、目の前で人が死ぬのを見て、数日後にそれが殺人だったって判明したんだから、当たり前なんじゃない？」

「よかったこと。これで軌道に戻ったわね」

エマはまじまじと彼女を見つめた。「軌道に戻った？　なんの軌道？」

「ミスター・ヒルが殺されたとき、あなたは彼と一緒に〈ディーターズ〉にいる運命だったのかもしれないって、さっき言ったわよね？　正義がなされたかどうかを見届けるためにって」

エマはうなずいた。

「同じように、あなたはわたしの前でその思いを口にするべき運命だったたって、わたしは思うの」

「よくわからない……」

ドッティはエマの視線を本棚へといざなった。「なぜならわたしには、ミスター・ヒルが殺された真相を突き止めるために必要な経験があるからよ」

「そんな……あなたまでそんな……」エマはすべて――ブライアンの死、フォルダー、ドッティの口から出たばかげた提案――を消し去ろうとするかのように、両方の手のひらで顔をこすったが、無駄だった。「いったいどうしてだれもかれもが、探偵の真似事をしたがるの？」

「だれもかれも？」

「ステファニー……」

「あなた……ステファニー?」

エマはため息をつきながら、ひとつきりの読書椅子に近づき、たっぷりしたクッションにぐったりと座りこんだ。「ステファニー・ポーター——あなたのお友だちの娘よ」

「彼女がどうしたの?」

「彼女は週末に犯罪ドラマを観ることにはまっているの」

「それで……」ドッティは冷ややかな口調で促した。

「それで、彼女はだれが、なぜブライアンを殺したのかを突き止める手伝いをしたがっているのよ」エマは椅子の上で前かがみになり、両手で頭を抱えた。「こんなおかしなことってないわ。だってあそこにいたのはわたしで、そのわたしがまったく関わりたくないって思っているのに」

「彼女は年が近すぎる」

妙な台詞に虚を突かれ、エマは顔をあげた。「だれと年が近すぎるの?」

「あなたよ」ドッティは本棚を眺め、目を細くして一番上の棚を見つめていたが、やがて杖を使って一冊の本を引き寄せると、いかにも大切そうに膝で受け止めた。「一番長続きするふたり組は、どこかが対照的なものなのよ、エマ。それが性格の違いであることもあれば、体格や、ほかのもののときもある——カップケーキ探偵のメルとアンジーみたいに。メルが頭脳で、アンジーが体。ときには——わたしたちの場合がそうなるように年齢が重要になることもある。あなたのような世間知らずで未熟な三十そこそこのだれかと、彼女よりもずっと親しみやすい年寄りの隣人か友人の組み合わせね」

エマはおかしくなって眉を吊りあげた。「あなたが後者だっていうことね？」

「もちろんよ。わたしはマーガレット・ルイーズ・デイヴィスで——八人の孫はいませんけれどね、あなたはトーリ・シンクレアということね」ドッティは膝の上の本を大切そうに手に取り、エマに見せた。「南部裁縫サークルミステリよ。ただし、マーガレット・ルイーズ・デイヴィスはまだ六十代だから、年寄りって呼ぶべきではないけれど。たぶん、その点について読者から何通かメールが届いたんじゃないかしらね。ともあれ、話がそれたわ」

エマは再び顔をこすった。さっきよりも強く。けれどその手を離してみても、ドッティはまだそこにいて、まだ話し続けていた。

「少なくとも、わたしたちの場合は、わたしは年寄り。それに金持ちで、車いすに乗っていて、魅力的で、この小さな町では顔が広い。つまり、あなたの相棒としては、メアリーアンの娘よりわたしのほうがずっとふさわしいということよ」

「ちょっと待って。あなたがわたしの相棒になりたいの？　つい先週、わたしがあなたの相棒だって言っていなかった？」

「この家の中ではそうよ。わたしがアイディアを出してあげて、立ちあげたとたんに台無しにしてくれた、とても創造的なビジネスにおいてはね。でも——」

エマは全身を使って反論した。「わたしが台無しにした？　冗談でしょう？　わたしから雇ってくれってブライアンに頼んだわけじゃないのよ！　それどころか、あなたがあの創造的なビジネスの話なんて思いついていなければ、わたしは溶かしたバターをかけたポップコーンを膝の上において、この事件を取り上げる十一時のニュースをのんびり見ていたんだわ！」

ポップコーンという言葉を聞いて、本棚のまわりのにおいを嗅いでいたスカウトが尻尾を振りながらエマに近づいてきた。「そうでしょう、ボーイ？」エマは彼に同意を求めた。

「そんなことはこの際どうでもいいの」ドッティは不機嫌そうに言った。「落ち込んだり、頭を掻きむしったりする時間はもうおしまい。気を取り直して、この件を解決するために動き出すときなの――わたしとあなたとで」

「ごめんなさい。手遅れだわ。手伝ってもらうって、もうステファニーと約束したの」

遠近両用眼鏡の奥でドッティの目が暗くなった。「それで彼女はなにを提供してくれたの？」

「まだなにも」エマはスカウトの耳を掻いていた手を止めた。「ステファニーは、平日はとんでもないくらい働いているのよ。たぶん、明日の朝ジムで話をして、実際になにかするのは週末になると思う」

ドッティはエマを見つめた。「ちゃんとした捜査っていうのは、週末だけするものじゃないのよ、エマ。わかっているんでしょうね」

「たぶん。わたし――わからない。どっちにしても、本当に解決できるなんて思えないし」

「そんな考えとステファニーとじゃ、そうなるでしょうね。でもいくらかの——」ドッティはまた膝の上のペーパーバックを手に取って、エマの前で振ってみせた。「——経験と専門知識、そして相棒としてのわたしがいれば、今週のうちに犯人をボーリン保安官に突き出せるでしょうね」

「今週のうちに？」

「おそらくは。わたしたちが熱心に、要領よく取り組めばね。それができなかったとしても、来週末までには必ず犯人を檻の中に送りこめる」ドッティは膝の上に本を戻し、人目を引く表紙を指でなぞったあと、ゆっくりとエマに視線を戻した。「わたしにあなたを手伝わせてちょうだい。お願い」

「ステファニーはどうすればいいの？　彼女には仕事以外になにもすることがないのよ。やめさせたりしたら、彼女はものすごく落ち込むわ」そのとおりだろうと思えた。

ドッティはエマの問いを考えているかのように、首を傾けた。「そういうことなら、チームで取り組んでもいいかもしれないわね。マーガレット・ルイーズの妹のレオーナも、時々は手を貸していたことだし」

「マーガレット・ルイーズ？　レオーナ？　それっていったいだれなの？　さっきから、どうしてその名前を口にしているの？」

ドッティは目をぐるりと回しながら、車いすをエマに近づけ、大切な本を彼女に手渡した。「これを読むのね。でも本の背に折り目をつけたり、返さなかったりしたら——シリーズが欠けたりしたら——スイート・フォールズで二件目の殺人が起きるわよ、エマ。その被害者はあなた」

11

ジムのバッグを肩にかけ直したちょうどそのとき、エマはメールを受信したことを知らせる、短いけれど間違いようのない振動を感じた。密やかとは言い難いうめき声と共にバッグをおろし、外側のポケットのファスナーを開けて、携帯電話を取り出した。画面には、行方《MI》不《A》明のジム仲間ではなくドッティの名前が表示されていた。

メールを開いた。

昨日あなたが帰ったあと、いくつかリストを作った。

エマは疲れた目を通りの先に向けた。まだステファニーの姿は見えない。急いで返事を打った。

いま、朝の5：40だってわかっている？

三つの点滅する点が、すぐに返事が来ることを教えていた。

もちろん。ミスター・ヒルが死んだままだということもね。

「一本取られたわ」エマはつぶやいてから、キーパッドに指を戻した。

それで、このリストはなに？

点が点滅をひたすら繰り返した。

「小説を書く必要はないのよ、ドッティ……」

動機のリスト。彼の死因のリスト。捜査をするうえで、わたしたちがするべき、尋ねるべき、見つけ出すべきことのリスト。

エマが返事を打つより早く、さらにメールが届いた。

八時ちょうどに会いましょう。グレンダがスコーンを焼いている。

エマは断りのメールを打ち始めたが、予期していたものとは違う見慣れた顔が通りの先に現れたので、手を止めた。メールアプリを閉じて、もたれていたレンガの壁から体を離すと、身構えるように息を吸った。

「やあ、エマ」

「こんにちは、リオーダン保安官補」

「だれかを待っているの？　それとも入るのを遅らせている？」

手にした携帯電話がまた震えたので目を向けると、画面にドッティの名前が表示されたので、メールを読むことなくバッグの中に押しこんだ。「朝のこの時間には、ふさわしくない質問じゃないかしら？」

「そうは思わないな」

「このあいだの友だちを待っているのよ」

「カドルズを殺した人？」彼は長い脚で数歩進み、ふたりのあいだの距離を詰めた。「別の猫を早死にさせようとしているのかな？」

早朝の空気の中にエマの笑い声が響いた。「そうじゃないといいけれど」

「そうだね、そうじゃないといい。それでなくても、するべきことはたくさんあるからね」

彼の口調が変わったように思えて、エマは道路の角に向けていた視線をハンサムな保安官補に戻した。思ったとおり、さっきまでその声に含まれていた笑いはすっかり消えていた。目はどうだろう？　バハマの海を思わせることに変わりはなかったけれど、砂が舞いあがったみたいに透明度が落ちていた。

「長い夜だったの？」エマは尋ねた。

「そうかもしれない」

エマは彼女をじっと見つめている彼を見つめ返したが、そのとき携帯電話が——メールのときはバイブレーション、電話のときは呼び出し音が鳴るように設定してあった——鳴った。ドッティの名前が表示されていることを予期しながら、バッグから再び電話機を取り出したが、そうではなかった。

「ごめんなさい。この電話は出ないと」

「もちろんだ。かまわないよ」

彼がジムに入るつもりがないことがわかったので、エマは電話機を耳に当てながら彼から離れた。「ジムにいるわよ。外に。どこにいるの？」

「家」

肩越しに振り返ると、ジャックがこちらを見つめているのがわかった。

「どうして？　今日は水曜日よ。五時半……少なくともわたしが来たのはその時間だった」

「ごめんなさい、エマ。ゆうべは、カルテの山に埋もれていたの。ようやくベッドに入ったときには疲れ切っていて、アラームに気づかずに寝過ごしてしまったのよ」

「いまこっちに向かっているなら、待つわよ。いまは——」エマは携帯電話を耳から離して、時刻を確かめた。「まだ五時五十分だもの」

「実をいうと、まだベッドの中なの」

「あら」

「わかってる。わたしって情けないわよね。その言葉以外のことを言ってくれる？」

「あなたは情けなくなんてないわ、ステファニー」

「情けなくなければ、夜中の三時まで働いたりしていないわよ。そうする代わりに、格好良くてハンサムな男の人が大きな裁判の締めくくりの弁論をしたあとか、それともどこかの気の毒な人の命を手術台で救ったあとで用意してくれた食事をしながら、ワインを飲んでいるんだわ……」ステファニーはため息をついた。「わたしの言いたいこと、わかるでしょう？」

「あなたは寝坊したのよ。たいしたことじゃない」

「そうね、でもいま何時なのかに気づいても、わたしは起き出して着替える代わりに、電話を手にしたのよ」

「だれだってそんな日はあるわ」

「そうかもしれない。でも毎日のようにそんな日々を過ごしている人間が世の中にはいるの。だからわたしには友だちがいなくて、社会生活がないのよ」

「わたしがいるじゃない」

「それはわたしがあなたを雇ったからよ」

「そうね。でもあなたのことが好きじゃなかったら、いまスポーツウェアでこんなところに立っていないわ。どこかの保安官補に見張られながらね」

ステファニーの声から眠気がふっと消え去った。「先週のあの人？」

「そう」

「なにが目的？」

エマは道路にあるなにかを見るふりをしながら歩道の端へと移動し、ゆっくりと背後を振り返った。「スポーツウェアを着ているけれど、この電話が終わるのを待っているみたいに見える」

「ガイシャがくれた紙は彼に渡していないのよね？」

「ガイシャ？」

「警察の言葉で被害者のこと。あなたはこういうことを知っておかなきゃだめよ」

「そんな必要はないわ。あと、答えはノー。いまは持っていないの」

「証拠を隠蔽《いんぺい》した罪で刑務所に行きたくはないのよね？」

エマは胃が飛び出しそうになるのを感じた。「そういう言い方はやめてくれない？」

「どうして？　本当のことじゃない。あきらめるのね」

「あきらめる？」エマは訊き返した。

「彼に話すの……あれを渡すのよ……」ステファニーは息を吸った。「わたしはまるで、専門用語のカンニングペーパーね」

エマはうめいた。「お願いだから、やめて」

「とにかく、あなたはこれからジムに行ってワークアウトするの？」

「たぶんね。とりあえず、しばらくは」

ステファニーの声の調子が不意に変わったので、ベッドから出たのだとわかった。

「今日の仕事は十時からなのよ。いまからシャワーを浴びて、何枚かのカルテに目を通すから、ミセス・ビーンズの店で八時に会いましょうよ」

「それともいまからここに来て、それからシャワーを浴びてカルテを……」

「ミセス・ビーンズの店のほうが話がしやすいわ」

エマは天を仰いだ。「話がしやすい？　それとも楽っていうこと？」

「黙秘権を行使する」

「わかった。でもコーヒーをテイクアウトして広場に行くことにしない？　そうすればスカウトも連れていけるから」

「いいわ。彼に会うのが待ちきれない」電話越しでもステファニーがほほ笑んでいるのが伝わってきた。「それじゃあ八時ね？」

「ええ。でも金曜の朝はトレッドミルに戻ってくるのよ――言い訳はなし、いいわね？」電話の向こうで急にステファニーが黙りこんだので、エマは思わず笑った。「真面目な話よ、ステファニー」

「ええ、ええ……」

エマはくすくす笑いながら電話を切り、バッグにしまってから、ジムと……ジャックのところに戻った。「彼女が来ない言い訳として、猫が傷つけられることはなかったわ」

ジャックは笑顔を作ろうとしたが、その途中で顔がこわばった。

「それじゃあ、きみはひとりなんだね？」

「そうね」エマは一度言葉を切った。「あなたは、とても疲れているみたいだけれど」

「いろいろと考えることがあってね」

エマは手の震えを止めるためにジム用バッグのストラップをしっかりと握りしめ、正しいとわかっていることをしようと決めた。「わたし――わたし、間違いを犯したの。大きな間違いを。だから――白状しなきゃいけないと思う」

一歩前に進み出た彼からは、疲労の色がすっかり消えていた。「続けて」

「あの夜、ブライアンはあるものをわたしにくれた。ステージにあがる直前に」エマは言葉を切った。首を振った。胸の中で心臓は激しく打っていたが、なんとかその続きを口にした。

「でも、わかってほしい。わたしは本当になにもかもが偶然だって思っていたの。あなたの言うとおり、彼はトラブルメーカーなんだって」

ジャックはただじっと彼女を見つめていた。その表情は、穴からネズミが出てくるのを待つあのおなじみの猫によく似ていた。

「殺人だってわかって、証拠になるかもしれないものを持って帰ってきたって気づいて、わたしは怖くなった。最初は自分のことを思って。それからブライアンを思って。そしていまは……」エマは息遣いと口調をゆっくりにしようとしたが、彼に見つめられている中では難しかった。「わからない。あなたが正しいことをしてくれるって、信じたいんだと思う。どういうことになるとしても」

エマはバッグに手を伸ばしかけたが、動きを止め、もう一度ジャックの顔を見た。

「バッグから携帯電話を出してもいい？　あなたに見せたいの」

彼は素っ気なくうなずいた。

エマは震えを抑えることのできない手をバッグに入れ、携帯電話を取り出し、アルバムを開いた。「あの夜、ステージにあがる前に彼はこれをくれたの」

ジャックはエマから携帯電話を受け取ると、画面に表示された写真を眺めた。

「この人たち全員が彼の死を望んでいるって、ブライアンは言った」

ジャックは四人の顔を順に眺め、それからようやくエマに視線を戻した。

「これを送ってきたの？」

「ううん。わたしにくれたの。紙で。わたしはそれを写真に撮っただけ」

「どうして？」

「どうして写真に撮ったか？」エマは両手を上にあげた。「わからない。スカウトが紙をぐしゃぐしゃにすることが多いからかも……なんとも言えないわ」

彼は長いあいだエマを見つめていたが、やがて再び写真に視線を向けた。「そうじゃない。どうして彼は、この人たちが彼の死を望んでいると言ったんだろう？」

「それなのよ。それは教えてくれなかった。彼はフォルダーをわたしに差し出して、開くように言った。その中に、この紙が入っていたの。彼らを知っているかって訊かれたわ」

「知っていたの?」ジャックは顔をあげることなく尋ねた。

「ナンシー・デイヴィスとボーリン保安官は知っていた。ほかのふたりは見たことがあったけれど、だれなのかはブライアンに教えてもらわなきゃならなかった」

「続けて……」

「店内を見るようにって彼に言われた。その四人全員がそこにいるからって。偶然ねってわたしは言ったけれど、そうじゃなかった。彼が招待していたの」

ジャックはさっと顔をあげたが、なにも言おうとはしなかった。

「友人が来ているのなら、どうして観客としてわたしを雇う必要があったのかってわたしは訊いた」

「彼はなんて?」

エマは肩をすくめた。「彼らは友人じゃないっていうのが答えだった。全員が、彼の死を望んでいるんだって」

「きみはなんて言ったの?」

「うめきたくなるのを我慢したわ。彼について調べたことが目の前で現実になったんだと思って。でもわたしは彼に雇われている身だったから、そんなことはないって言わなきゃいけない気がしたの」

ジャックは再び写真を見た。「ほかには?」

「本当だって彼は言った。彼の詩がそれをはっきりさせるって」

また彼の視線がエマに戻ってきた。「彼の詩?」

「彼がスツールから落ちたとき、朗読し始めていた詩」エマは目を閉じて息を吸った。再びその目を開けてみると、ジャックが彼女の言葉を待っていた。「わたしはものすごく混乱していて――会ったばかりの人が目の前で倒れるのを見たんだもの、だから帰ったの。その紙を持って。わたしをばかだって思うだろうけれど、本当なのよ。誓うわ」

沈黙が数秒から数分になり、エマは手錠をかけられる覚悟を決めた。やがて、いまにも涙があふれそうになったそのとき、ジャックは再度エマから携帯電話に視線を向けた。

「これを見せてくれる直前、きみはブライアンを思って怖くなったって言った。どうして?」

「あなたのボスがリストに載っているから」

ここに現れたときに彼の顔にはっきりと浮かんでいた疲労の色が戻ってきて、彼は手で口を押さえた。「そうだ。載っている」

「だから――正しい裁きがくだされないかもしれないって不安になったの」かろうじて聞き取れるくらいの声だった。

ジャックは彼女から目を逸らし、だれもいない歩道の左右を確かめた。

「少し、調べてみた。たいした量ではないが」

「あなたのボスを?」

彼はためらいながらうなずいた。「ふたりはまるで油と酢だ」そう言って、頭頂部の髪をかきあげた。「保安官があの男を軽蔑しているのは知っていたし、もっともだと思っていた。

ヒルは必死になって、ボーリンの再選に疑念を投げかけようとしていたからね」

「どうやって？」

「ありとあらゆる方法で。投票数の正確さを疑う……結果をごますためにボーリンが賄賂を贈ったとほのめかす……そのほかなんでもだ」

ジャックの言葉が、忘れていた記憶を刺激した。「そういえば、選挙の一週間くらいあとで、そんな記事を読んだ気がする。でもその後、なにかあったっていう記憶はないけれど」

「なにもなかったからね。このあいだも言ったとおり、ブライアン・ヒルはトラブルメーカーだった。彼はドラマを生み出し、あらゆるものや人を問題にし、議論のための議論をし、すべてのことに反対するために生きていたんだ。それがどれほど大きかろうと、小さかろうと関係なくね。それが彼という人間だった。警察官で父親であることがぼくであるように」

ジャックは長々と息を吐いた。「町の広場をパトロールしていたとき、公園のベンチに座っている彼を見かけたことがある。ひとりで座っている人を見かけたときにいつもそうするように、ぼくは声をかけて天気の話をした——気持ちのいい日だったんだ。そうしたら彼は、地下水の水位がさがっているから、雨が降るほうがずっといいと返事をしたよ」

「まあ……」

「確かにたいしたことじゃない。だが、きみは彼が死ぬ直前に会っただけだということだから、なんでも反対するっていうのがどういうことか、これでわかってもらえると思う」

エマは壁までさがり、またもたれかかった。「実を言うと、彼が詩を朗読するためにステージにあがるまでのほんの短い時間で、わたしも実際に経験したわ」

「ほう?」

「あなたの話と同じでたいしたことじゃないけれど、わたしはいやな気分になった」

「続けて……」

「わたしの犬の話をしたの——」

「スカウトだね」

彼の記憶のよさに感心して、エマはうなずいた。「そうよ。それで、スカウトがテーブルの上の残り物を食べるっていう話をしたら、ブライアンに非難がましいことを言われたの。そしてわたしが犬好きだっていうことがわかったら、彼は嫌いだってわざわざ教えてくれた。まったく必要のないことなのに」

「ほかの人間ならそうだろうね。だがブライアン・ヒルにとってはそうじゃない」ジャックはまたいらだちを振り払うように、髪をかきあげた。「だがぼくときみの例はささいなことだ。ブライアンはだれとでもいさかいを起こすのが好きなんだ——それが大きければ大きいほど、彼は喜ぶ」

エマは続きを待ったが、ジャックは葛藤しているらしかった。「たとえば、去年のボーリン保安官の再選に疑問を投げかけるとか?」

「そうだ。そしていま……」彼はもう一度息を吸い、ゆっくりと吐き出した。「ミスター・ヒル——ブライアンは、死ぬ直前にまたボーリンのことを探り始めていたようなんだ」

食事、おやつ、散歩、クッキーといった言葉を聞いたスカウトのように、エマは耳をそばだてた。「どうしてそれがわかったの？」

「たまたまなんだ。ゆうべぼくは町民会議に出ていたんだが、そのあとでメンバーのひとりに脇へ連れ出されて、ブライアンの死について聞かれた。彼の息子が全額支給の軍の奨学金を得たことについて、ブライアンが死ぬ前に調べていたらしいんだ」

「どうして？」

「ぼくがその男の息子を麻薬所持で三回逮捕していたからだと思う――厳密に言えば、二回だが。一度めは、父親が更生させるだろうという前提で大目に見た」

「まあ。大学に通わせるための奨学金なのに、軍が麻薬の逮捕歴を見逃してくれるなんて知らなかった」

ジャックはエマと並んで壁にもたれ、空を見あげた。「見逃してはくれない」

「でも、そのメンバーの息子は全額給付の奨学金をもらったって、あなたはたったいま言ったのよ」

「そうだ、そう言った」

「でも――」

「彼の記録がなくなっていた」

「なくなった？」エマは訊き返した。「どういう意味、なくなったたって？」

「息子の名前は、スイート・フォールズのシステムのどこにも残っていなかった」

「でもあなたは彼を三回捕まえて、そのうち二回は逮捕したって言ったわ」

「そのとおりだったからね」

「それじゃあ、どうして記録が残っていないの？」

ジャックは再びだれもいない歩道の左右を確かめてから、肩をすくめた。

「だれかが、彼の逮捕記録を消したんだ」

理解することも、受け入れることも簡単ではなかったが、ジャックの顔が伝える暗黙のメッセージは明らかだった。「ボーリン保安官が手を貸したと思っているのね？」

「そのメンバーがぼくの肩をつかんで、ぼくの協力に感謝すると言ったことを考えると……そうだ、そう思っている」

エマはまじまじと彼を見つめた。「ちょっと待って。あなたの協力？」

「表面上は、逮捕した警官であるぼくの協力が必要だったわけだから。だがゆうべまでぼくはそんなことは知らなかったから、それはありえない」

「それじゃ――」

「まだあるんだ」彼は息を吐いて、また空を見あげた。「いい金の使い道だったと思うと、そのメンバーは言ったよ。息子はしっかりやっているらしいから」

「お金？」

「そうだ」

「お金？」エマはおうむ返しのように繰り返した。

ジャックはゆっくりとエマに顔を向け、黙って彼女の視線を受け止めた。「彼はぼくの協力に感謝して、いい金の使い道だったと言った」

「それは聞いた。でも……」その意味がこれ以上ないほど明らかになると、エマはひゅっと息を吸った。「ボーリン保安官が賄賂を受け取ったって考えているのね」

ジャックは壁から離れると一メートルほど歩き、ありありと不安の色を浮かべて戻ってきた。「考えたくないんだ。だが考えずにはいられないだろう？　あの若者の記録は残っていない。父親はぼくの協力に感謝して、金の話をした……そして――」

「そしてブライアンは死ぬ前にそのことを調べていた」エマも行ったり来たりし始めながら、あとを引き取って言った。「保安官が関わっているとすると、賄賂を受け取っていたなら厄介なことになるわよね？」

ジャックは頭のうしろで手を組み、不安げに息を吐いた。「ああ。ものすごく」

「それで、どうするの？」

「もっと調べてみる」彼は体の横に手をおろした。「いまは、こんなことをきみに話すべきじゃなかった」

エマは問題を抱えた保安官補の前で足を止めた。「わたしもブライアンのために真実を突き止めたいのよ、ジャック。トラブルメーカーであろうとなかろうと、殺されていいはずがない」

「その紙がほしい、エマ。彼からもらったという紙だ」

「もちろんよ」エマは空を見あげ、ありったけの勇気をかき集めてから、ジャックに視線を戻した。「あの紙を持っていったせいで、わたしは刑務所に行くの?」

「いいや」

安堵のあまり、エマの肩から力が抜けた。「ありがとう。そしてごめんなさい。本当に」

「わかっているよ。だが――」

「心配しないで、ジャック。どこかに行くつもりはないから。スイート・フォールズはわたしの故郷なの」

12

エマはスカウトのリードを長く伸ばすと、アルフレッドが大切にしていた薔薇の茂みから、まわりに花が咲いている鳥小屋に沿って進み、広々としたドッティの地中海風屋敷の東側の境界となっている石畳の小道を横切った。スカウトもエマと同様、裏のパティオをひたすら目指して進んでいたが、エマが朝の空気にのってちらほらと聞こえてくる声を目指している一方で、彼の目的はおそらく一ブロックほど離れたところで気づいたにおいだと思われた。

「もう少し……もう少し……」エマはパティオと庭を隔てている錬鉄の柵のあたりでスカウトに追いつき、鉄格子のあいだに手を伸ばしてゲートを開けた。「ごめんなさい、ちょっと遅れた」

陶器のバター皿とお揃いの砂糖壺とクリーム入れ、そしてそのあいだにスコーンの皿が置かれたテーブルの向こうから、ドッティが手を振った。

「あなたの仕事にとって遅刻はほめられたことではないけれど、エマ、でも今回に限っては、ステファニーとわたしに互いをよく知る時間をくれたわね、ディア」

この一年半、火曜日の午後のお茶には一度も遅れたことはないと指摘したくなるのをこらえ、エマは目を見開いてスカウトを見つめている四十代の女性に意識を集中させた。

「ステファニー、彼がスカウトよ。スカウト、こちらがステファニー」

「まあ、エマ。なんてかわいい子なの」ステファニーは椅子をうしろに引いて自分の膝を軽く叩き、スカウトがそれに応じて片方の前足をちょんとそこにのせると、うれしそうに声をあげた。

「ありがとう、ステファニー。仲良くできそうね、そうでしょう、ボーイ?」スカウトが返事代わりに大きく尻尾を振るのを見て、エマは車いすの女性に視線を移した。

「スカウトを放してもいいかしら? それとも足元に座らせておくべき?」

ドッティは自宅の裏口に目を向けたが、目的のものが見当たらなかったらしく、肘のそばにあったベルを鳴らした。「自由にさせてやっていいわよ。グレンダに頼んで、あなたたちが来る前にアルフレッドのスズランは金網で囲ってもらったの。だから、大丈夫」

「花屋以外で、こんなにたくさんの花を見たのは生まれて初めてだわ」ステファニーがつぶやいた。

「ドッティの亡くなったご主人のアルフレッドは、本当に植物が好きだったの」エマはあたりに漂う花の香りを楽しみながら、スカウトを撫で続けているステファニーに向かって言った。「直前になって会う場所を変えたりして、ごめんなさいね、ステファニー。でも――」

「わたしがメールを送ったときに読んでいれば、直前にはならなかったのに」ドッティはブルーベリー・スコーンらしきものをつまみながら言った。「そうすれば、たっぷり二時間は余裕があったわ」

午前担当の家政婦グレンダがテーブルを回って、全員のカップにコーヒーを注いでいるあいだに、エマはドッティが示した椅子を引いて、クッションが利いた座面に腰をおろした。

「あのときは、保安官補に集中するべきだって思ったのよ」

遠近両用眼鏡の奥でドッティは大きく目を見開き、家の中に入っているようにとグレンダに身振りで示してから、皿にスコーンを戻した。「保安官補？」

「そう」

「それって、エマ……。一週間のあいだに三度？」ステファニーもスコーンを手に取った。ひとかけらちぎって、口に押しこむ。「わたしに言わせれば、あなたは尾行されているっていうことよ」

ドッティは目を細くしてエマを見た。「あなたは保安官のひとりに尾行されているの？どうしてわたしはいままで知らなかったのかしら？」

「だってわたしは尾行なんてされていないからよ。もしされていたとしても、いまはされていない」エマはスターリング・シルバーのホルダーからナプキンを引っ張り出すと、膝の上に広げた。ジンジャーブレッド・スコーンだとドッティに教えられたものを手に取って、ひと口かじった。ぱっと口の中で広がった味を楽しんでから、コーヒーと一緒に飲み込んだ。

ステファニーはコーヒーカップをかたかた言わせながら、しゃんと背筋を伸ばして座り直した。「それって、彼がなにかをつかんだっていうこと？」

「つかんだっていうのはあまりふさわしい言葉じゃないかもしれないけれど、まあ、そういうことね」エマはもうひと口スコーンをかじり、もう一度コーヒーを飲んだ。「わたしたちが探偵の真似事をする必要がなくなった可能性は、かなり高いと思うわ」

ステファニーと同じようにドッティも肩をがっくりと落としたが、すぐに立ち直った。

「あなたはまだ読んでいないということかしら?」

「昨日、わたしに貸してくれた本のこと?」ドッティがうなずくのを見て、エマはまたスコーンを口に運んだ。「読んだわよ。思っていたより面白かった」

「あなたはわかっていない」ドッティは、彼女の無言の合図で家政婦が魔法のように準備したノートとペンを置くために、皿を脇へと押しやった。「読んだのなら、真犯人を見つけるのは最初に思ったほど簡単ではないことが理解できたはずだけれど」

エマは突然食欲を失って、スコーンの残りを見つめた。「ある特定の人に対する証拠が決定的だと思えたとしても?」

「そうよ」

ステファニーにちらりと目をやると、彼女もうなずいていた。

「ああ、もう!」エマはぐったりと椅子の背にもたれた。「わたしはもう、こんなこと終わりにしたかったのに」

「わたしたちはしたくないの」ステファニーの言葉にドッティは力強くうなずいた。

「それで、保安官のことがなにかわかったわけ?」

「保安官?」ドッティが訊き返した。

今度はステファニーがうなずく番だった。「そうよ。彼は、あの夜ブライアンがステージにあがる直前にエマに渡した紙に載っていた、四人のうちのひとりだもの」

ドッティは鋭いまなざしをエマに向けた。「ミスター・ヒルは死ぬ前に写真が載った紙をあなたに渡していたの？」

「エマはあなたに話していなかったの？」ステファニーは興奮した様子で身を乗り出した。「ドッティ、よく聞いてね……紙に載っていた顔はね、自分の死を望んでいるってブライアンが思っていた人たちだったの。そうしたら――」ステファニーはテーブルを叩いて、スプーンとカップをかたかたと揺らした。「――バン！　十分もたたないうちに、彼は死んだ……紙に載っていた四人全員がその場にいるところで！」

ドッティはゆっくりと――いかにもわざとらしく――ステファニーからエマへと視線を移した。エマは、自分の体が焼けるにおいを嗅いだ気がした。「本当なの、エマ？」

「わたし……その……」

「もちろん本当よ」ステファニーは自分のスコーンがのった皿を脇へ押しやり、待ち構えるように両手をテーブルにのせた。「さあ、見せてよ、エマ！」

ドッティから目を逸らせば全身が燃えあがるような気がして、エマはとりあえず唾を飲んだ。「なにを見せるの？」

「その紙よ！」

「もうないの」

ステファニーはあんぐりと口を開けた。「どうして？」

「ここに来る前に、彼に渡したから」

「どうして？」

「だってあれは証拠だから。彼は警察官だから。ブライアンの死が自然なものじゃなかったって知ったときに、彼に渡すべきものだったから」

「彼はあなたを逮捕しなかったの？」ステファニーは目を丸くした。

「ええ」

「怒っていた？」

エマはパティオのテーブルの縁を指でなぞった。「機嫌はよくなかった……」

「はっきり言うけど、あなたって勇気があるよね」ステファニーはエマに体を寄せた。「でも写真は持っているでしょう？」

エマはうなずいた。

「それじゃあ……」ステファニーは手を伸ばした。「写真を見せて」

「わかった」エマの椅子がパティオの床にこすれる音を聞いて、鯉がいる小さな池を興味津々で見つめていたスカウトが戻ってきた。「まだ帰らないのよ、ボーイ。バッグに入っているものを出すだけ」

エマはバッグを引き寄せて膝に置くと、底から携帯電話を取り出した。テーブルの下にバッグを置き直そうとしたところで、手を念入りになめられたので、犬のおやつも出すことになった。「さあ、どうぞ。ずるい子ね」

「あら、かわいい子の間違いでしょう?」ステファニーはまた彼女の椅子にもたれかかったスカウトを見ながら言った。「これも、わたしが重い腰をあげて、住むところを探さなきゃいけない理由のひとつなのよ。でもたとえ家を見つけたとしても、犬は飼えないわ。わたしは留守にすることが多いんだもの」

エマはドッティの視線を感じながら、携帯電話に写真を表示させてテーブルに置き、ふたりによく見えるように向きを変えた。そして待った。

「あらま」ステファニーは画面がよく見えるように背筋を伸ばした。「これだけ? 彼はこれをくれたの?」

エマはうなずいた。

「この人たち、知っている! っていうか、知り合いっていうわけじゃないけれど、この人たちがだれなのかを知っているわ!」ステファニーは自分の言葉を強調するように、画面を指でなぞった。「ボーリン保安官、農園の女性——」

「ナンシー・デイヴィス」ドッティはステファニーの指先を見つめながら言った。「そしてジェラード市長の妻リタ。それから——」

「マクナニーのパンフレットに載っている男!」

ドッティはうなずき、もう一度四人の顔を眺めてからエマに視線を戻した。

「この全員が、あの夜あそこにいたのね？」

「ええ」

「これをあなたにくれたとき、彼はそれぞれについてなんて言ったの？」

「ほとんどなにも。彼らを知っているかって訊いただけ。もちろん保安官とナンシー・デイヴィスは知っていたけれど、ほかのふたりは顔に見覚えがあるだけだった。彼はふたりのことを説明してくれて――」

「具体的にどんなふうに説明してくれたの？」ドッティはノートの上のペンを手に取って構えた。

「そうね、市長の妻に関しては、彼女に見覚えがあるのも当然だって言った。彼女は新聞に載るのが好きだからって。このあいだビッグ・マックスも同じようなことを言っていたし、日曜日に彼女の店で会ったときにはナンシーもそう言っていたわ」

ドッティはまた目を細くしてエマを見た。「あなたはもう捜査を始めたの？　自分だけで？」

「捜査？　いいえ」

「でもナンシー・デイヴィスと話をしたのよね……」

「自分の家の前庭をどうすればいいのか、彼女に相談しに行っただけ」エマは悩んだ挙げ句、スコーンはこれ以上食べないでおこうと決めた。「どうしてわたしが捜査だなんて……」ブライアンが自分の死を望んでいると指摘した、ボーリン保安官をはじめとする容疑者たちの写真を見て、そのあとの言葉は途切れた。「そういうことね」

ドッティはステファニーと顔を見合わせ、互いにぐるりと目を回してから、またエマに視線を戻した。「最後のひとりについては、彼はなんて？」

エマは携帯電話の写真に目をやり、肩をすくめた。「ただ名前を言っただけ。ロバート・マクナニー。マクナニー・ホームズのマクナニーかってわたしが聞いたら、そうだって答えた」

「それで？」

「それだけ。写真は四人だけだった」

「そのあと彼はなんて？」未就学児と話をするのにふさわしい口調でドッティが訊いた。「その四人がだれなのかがわかったあとは？」

「ええと、そうね」エマはついにスコーンの誘惑に屈して、残りを――もっと上品な女性なら、二度に分けていたところだ――口に放りこんだ。「紙を返そうとしたんだけれど、彼は受け取らなかった。理由を訊いたら、四人全員がいまその場にいるからだって彼は言ったの」

ステファニーはコーヒーをごくりと飲み、口をぬぐった。「わたしだったら、見ないではいられないわ」

「もちろん見たわよ。彼の言ったとおりだった。全員がいた」

「それから？」ドッティが促した。

「〝彼らはわたしの死を望んでいる。四人全員が〟って、彼は言った」

ドッティはその言葉を書き留め、書いたものをじっと眺め、それからエマに尋ねた。

「それであなたは？」

「本当じゃないですよねって言ったけれど、彼からはいや、本当だって返ってきた」

ノートの上でドッティのペンが止まった。「ほかにはなにか言っていた？」

「ほかになにか……」エマはいま一度、ブライアン・ヒルと過ごした最後の瞬間のことを思い出した。「彼の詩でそれがはっきりするって言っていたわ」

ドッティが身を乗り出した。「続けて」

「それだけ。〈ディーターズ〉のオーナーがステージに現れて、オープン・マイク・ナイトが始まったから、ブライアンはそれ以上なにも言わなかった。そしてそれから十分もたたないうちに、彼は死んだの」

ステファニーは身震いした。

ドッティはものすごい速さでなにかを書いている。

「なにを書いているの？」エマはテーブルの中央に置かれたコーヒーポットの向こう側をのぞきこんだ。

「計画よ」

「なんの？」

「ミスター・ヒルとその四人の関係を探る計画」ドッティはペンで顎を叩きながら答え、再びペンを走らせ始めた。彼女が言っているのは、エマがまだ目を通していないリストのことだろう。「その四人が自分の死を望んでいると彼が考えていたということは、なんらかの関わりがあったはずよ——彼らをひどく怒らせるとわかっているなにかが」

ステファニーがうなずいた。

「その詩を覚えている？」ドッティがノートから顔をあげて尋ねた。

「倒れたときは、まだ二行めか三行目を朗読しているところだった」

ドッティは明らかにいらだった様子で、ぐるぐるとペンを回した。

「なに？」エマは訊き返した。

「彼が読んだ部分だけでも覚えていないの？」

「朗読したのよ、読んだんじゃなくて」エマは言い直した。「それから、答えはイエス。ありがたいことに、頭にこびりついているわ」

ステファニーは姿勢を正した。「教えて……」

「目を配れ、目を配れ、いまここに座り、賛美する人たちよ、じきに彼らの不正に気付くだろう。わたしはしばしば口にする、いまも口にする、暴いた真実を、これがわたしの誓いだ。これまでだれもがあまりに長い間、見ぬふりをしてきた、ウィンクと笑顔に隠された悪行。だが真実を追い求めれば、本当の理由がわかる。法は問題を回避し、役割は……」エマは肩をすくめ、またコーヒーを飲んだ。「ここまで。ここで彼は倒れたの」

「わお。面白い」ステファニーはドッティに向かって言った。「途中で終わったのが残念よね。最後まで聞いていれば、動機の一部は除外できたかもしれない」

エマは携帯電話のアルバムを閉じ、インターネット・ブラウザーを開いた。何回かタップしたあとで、読み始める。「殺人の主な動機は、強欲、復讐、そして恐怖」

「情欲、自己防衛、権力欲、恐怖もあるわ」ステファニーが付け足した。

「恐怖はもう言ったわよ」エマは携帯電話から顔をあげ、まずステファニーをそれからドッティを見た。「恐怖と言えば、ボーリン保安官にはブライアンを怖がる理由があるみたいなの」

エマは、書き留めておきたいというドッティの要望に応えたり、投げかけられた質問に答えたりしつつ、ほんの二時間足らず前にジャックから聞いたことをすべて伝えた。それ以上話すことがなくなると、携帯電話の画面にもう一度視線を向けた。「そういうわけだから、たぶんボーリン保安官が犯人だと思うわ」

ステファニーはなにかを言いかけたが、腕時計に目をやると、ため息をついてスカウトを振り向かせた。「ああ、もう行かなくちゃ。でないと、わたしの人生を徹底的に難しいものにするっていうボス――ミスター悪魔の日々の試みが、あっさり成功してしまうわ」ステファニーは椅子をうしろに引くと、スカウトの顔を引き寄せて鼻にキスをした。「すごーーーく、あなたを家に連れて帰りたいのよ。知っている？」

スカウトは尻尾を振った。

「彼はあなたにすごーーーく、そう思わせているのよ」エマはそう言って笑った。

「いいの」ステファニーは立ちあがった。「ドッティ、朝食に押しかけさせてもらってありがとう。とてもおいしかった。テレビがついていないところで最後に座って食事をしたのがいつだったのか、思い出せないくらいよ」

ドッティはしわのある顔をよぎった嫌悪の表情を隠そうともしなかった。

「どう返事をすればいいのかわからないわ」

「わたしでもそうだったと思う」ステファニーは次にエマの携帯電話を指さした。「わたし抜きで解決したりしないでよね？　週末にはいくらか時間が取れるはずだから。運がよければね」

「こほん。金曜日は週末の前に来るのよ……」ステファニーの顔に理解の色がかけらも見えなかったので、エマはまわりくどい言い方をやめた。「つまり、あなたとは朝早くジムの外で会うっていうこと」エマは携帯電話で時刻を確かめた。「四十五時間後に」

「ううん、会わない」

「会うのよ」

「だめなの。今週の金曜日は、毎月恒例のミスター悪魔との会合なのよ」ステファニーは顔をしかめた。「つまり、あなたとトレッドミルで汗をかくんじゃなくて、金属製のオフィスの椅子の上で汗をかくっていうわけ」

カレンダーを書き直すことと、エマは頭の中でメモを取った。「知らなかったわ」

「そうね、ごめんなさい。言うつもりだったんだけれど」ステファニーは言葉を切って、首を振った。「わたしったら嘘ばっかり。金曜日の朝、どうしてジムにいないんだってあなたが電話をかけてくるまで、言うのを忘れていたと思うわ」

「それじゃあ、いま確かめてよかったのね」

「ごめんなさい」ステファニーはもう一度謝った。「整理するのが得意だって言えればよかったんだけれど、そうじゃないんだもの。さあ、わたしは本当に帰らなくちゃ」

ステファニーの姿が見えなくなると、エマはテーブルの向こうの空いた席に手を伸ばし、空の皿を取って自分の皿に重ねた。

「なにをしているの、ディア？」

ステファニーの椅子に残されていたナプキンを拾って顔をあげたエマは、ドッティがじっと自分の動きを見つめていたことに気づいた。

「片づけているのよ。そうすれば、あなたが片づけなくてすむでしょう」

「今日は火曜日じゃないのよ。あなたはわたしに雇われているわけじゃない」

「あら、そうだった。ごめんなさい」

ドッティはノートの上にペンを置くと、険しいまなざしをエマに向けた。

「あなたが持っていた証拠についてわたしだけ教えてもらっていなかったことは、かなり不愉快だけれど、それは忘れましょう。今回だけは。大事なのは、いまではそのことを知って、攻撃計画を立てられるということ。一方で、人手を割り振って、それぞれの容疑者の捜査を分担できるのはメリットがあると思うけれど、ステファニーがこの捜査に全神経を集中できるかどうかということについては、かなり不安があるわね」

「彼女はとんでもないくらい働いているのよ、ドッティ」

「それはそれ、これはこれよ、エマ。わたしたちには捜査して、尋問しなければならない四人の容疑者がいるの」

「わお」エマは交通指導員のように両手をあげた。「尋問？」

「当然でしょう」ドッティはこつこつとノートを指で叩いた。「ミスター・ヒルが殺された事件を解決するために必要な答えを、それ以外にどうやって得られるというの？」

エマが答え――まともであろうとなかろうと――を考えつくより早く、ドッティが言葉を継いだ。「まずはボーリン保安官と会って、彼の事務所がいま必要としているものがないかどうかを確かめるところから始めましょうかね」

「待って。彼に賄賂を贈ろうとしているの？」

「まさか。寛大な寄付をするというよく知られたわたしの評判を盾に彼と接触して、探りを入れてみるだけよ」

「わかった。でも――」視界の中になにも動くものがなかったので、エマは言葉を切り、パティオから通路、そして花が咲く生け垣を見回してスカウトを探した。どこにも見当たらないことがわかると、さらに遠くまで見渡せるように立ちあがった。「スカウト？　どこなの？」

ドッティは座りなさいと言うように手を振った。「大丈夫よ。フェンスがちゃんと張られていることは、わたしが自分で確かめたから。それで、残りの三人についてだけれど、ミスター・ヒルとどんな関係があるのかを突き止める必要があるわね」

「たとえば、彼がボーリン保安官について議会のメンバーに尋ねていたみたいなこと？」ドッティがうなずくのを見て、エマはもう一度あたりを見回してスカウトの姿を探した。「彼の死因はわかったの？」

「まだよ。警察はおそらく一般市民には隠しておくでしょうね。でもだからといって、内部情報を手に入れるために、始まったばかりのあなたと保安官補との関係を使えないというわけじゃない」

「わたしたちに関係なんてないわよ、ドッティ。始まったばかりだろうとなんだろうと」

ドッティは、エマの言葉を推し量るように首を傾げた。「必要なものを手に入れるまで、そういうふりをしてはいけないっていうことでもない」

「ドッティ！」

「ステファニーは医療従事者なのよ、エマ。つまり、あなたの保安官補から正式な解剖報告書を手に入れられれば、彼女が読めるっていうこと」

「始まったばかりの関係？　わたしの保安官補？　いったいどこからそんなことを思いついたわけ？」

「あなたはミスター・ヒルが殺された事件を解決したくないの？」

「べつにそれほどでもない。警察にやってもらいたいと思っている。だってそれが彼らの仕事なんだから」

「それじゃあ、言い直しましょうか。あなたは自分の家を手放したくないわよね？　自分の車を？　自分の犬を？」

それがどういう意味なのかはわかっていた。好むと好まざるにかかわらず、彼女の言葉が的を射ていることも……

「わかった。ジャックからなにを訊きだせるか、やってみる」

ドッティの眉が吊りあがった。「ジャック？」

「彼の名前よ」

「保安官補のこと？」

「いま話していたのは彼のことじゃないの、違う？」

ドッティが——いかにも得意げに——にんまりするのを見て、エマは地面に置いていたトートバッグを手に取り、立ちあがった。

「スカウト！　帰るわよ……いますぐに！」

13

「トラブルメーカーって言っていたのは、冗談じゃなかったのね、ジャック」エマは画面を次々とスクロールして、このわずか一年のあいだにブライアン・ヒルが書いた、あるいは彼について書かれた記事を読みながらつぶやいた。

記事はどれも決まったパターンをたどっていた。スイート・フォールズでなにか――住民が苦情を訴える、委員会や高校生が賞をもらう、図書館が大がかりな改装を行う――が起きる……その記事や写真がなにかに掲載される……すると――ドカン！――ブライアンがスイート・フォールズの一住民として、反対意見を署名入り記事や論説にして書く。だがそれがどのような形式を取っていようと、彼の目的は常に醜悪な事実を暴露することでしかなかった。

そして元々の話題がなんであれ、住民や当局がブライアンの見解に反論しようとすれば、彼は再び嚙みついてくる。さらに激しく。ブライアン・ヒルの批判から逃れられる者はだれもいない。

エマの祖母がよく言っていたように、彼はそれが可能なら悪魔とも議論するような人間だった。

皿の上に一枚だけ残っていたポテトチップをつまむあいだだけマウスから手を離し、口を動かしているあいだに肩と首をほぐした。電源を入れてから四十分近くもコンピューターの前に座っているつもりはなかったのだが、わかりきったことを確かめるだけのつもりが、トラブルを起こしたがるブライアンの餌食となった人たちの長いリストを読む結果となっていた。

確かに、いくつかの請負業者と彼らの入札についてブライアンがしつこく追及しなければ、図書館の改装は必要な額よりはるかに大きな負担を納税者たちに強いることになっただろう。同じように、消防局が時代後れの部品を無名の納入業者から仕入れているのは、新品の（そして恐ろしいほど高額な）消防車を購入しようとしているからだということを探り出して、町とその住民に恩恵を施したのは事実だ。

だが、暴露して罰を与えるというその考え方が、環境に優しくないと彼が考える計画に乗り出した幼稚園に向けられたり、教会が駐車場をゴミ収集車のために提供するのを、自分の美学に反するからとやめさせたりした結果、彼は大勢の人から怒りの矛先を向けられることになった。その中には――

エマはさっと背筋を伸ばすと、ノートパソコンの画面の中ほどに表示された、記事ページのリンクのタイトルを見つめた。

新たに選出されたスイート・フォールズ市長の妻、嫌がらせをされたとしてブライアン・ヒルを非難

「まあ、まあ、まあ。どういうことかしら?」エマはマウスに手を戻し、そのリンクにポインターを移動させて、クリックした。まばたきをするあいだに、『スイート・フォールズ・ガゼット』紙の編集者宛ての手紙が、死ぬ前にブライアンから渡された四人のうちのひとりの写真と共に画面に表示された。

編集者さま

わたしは礼儀を守るようにと育てられました。年長者を敬うようにと育てられました。人には親切にするようにと育てられました。品位と謙虚さを失うことなく、負けを認めるように育てられました。また、いいことが言えないときは、なにも言うなと繰り返し言い聞かされて、育ちました。スイート・フォールズで新たに選出されたファーストレディとして、この町のすべての住人の方々も同じような礼儀を守って暮らしていることを願っていました。けれど残念なことに、そうではないことがわかりました。

この町には、たとえそれがもはや最善ではなくなっているとしても、自分たちが知っていることにしか安らぎを見出せない人がいるのだと知りました。だからこそ、わたし

の夫が市長選挙に勝ったとき、スイート・フォールズは運が尽きたというようなことをまさにこのコラムで書いた人がいても、あまり気にしないようにしていました。いずれは、反対論者が間違っていることを夫が証明し、わたし——そしてこの町の有権者の多くの方々——がすでに知っていることを、彼らも理解するだろうとわかっていたからです。

町のならず者ブライアン・ヒルがいなければ、そのとおりになっていたことでしょう。ブライアン・ヒルは往生際の悪い敗者の見本です。なにか思い通りにいかないことがあると、彼は癇癪《かんしゃく》を起こします——ただし、閉じたドアの向こうではなく、あなたの新聞上でするのです。そして、幾度となくあなたはそれを許してきました。

なぜでしょう？

わたしたちは、他人を貶《おとし》める人にはそれなりの報いがある時代に生きているのではないのでしょうか？　わたしはそう考えていました。ですが、あなたは立つべき台を彼に与え、彼の不愉快で敵意のあるやり方が、わたしたちのコミュニティの感受性の強い人たちに影響を与えることを許しています。残念なことです。なぜなら、わたしの夫が政治の次の段階へと進んだとき、そしてそのまた先、さらにその先へと進んだ暁には、人々は彼の出身地である町に注目するだろうからです。わたしたちは、スイート・フォールズの評判を高めなくてはいけないのです。

あなたとあなたのスタッフが、スイート・フォールズとこの町の住民の評判を汚すこの男に、書く場所を与えるのをやめることを願っています。

リタ・ジェラード
スイート・フォールズのファーストレディ

「ふう……」二度目は素早く目を通した。頭の中で内容を整理しながら、カーソルをプリンターのアイコンに合わせてクリックした。印刷しているあいだに、自称ファーストレディの手紙に対する反応を読んでいく。リタと同じように、ブライアンのしていることを、町に暗い影を落とすものだと考えている人がいる一方で、町の役人たちがサボらないように監視する人間がいることを歓迎する人もいた。最初の十五ほどのコメントを読んだかぎりでは、ブライアンの告発のやり方を好む人と嫌う人はほぼ半々であったことに、エマは驚いた。

好奇心にかられてスクロールを続けていくうちに、コメントの最初の文章でその人物がどちらの側なのかがわかることに気づいた。ブライアンを評価する人たちは、監視人や町民といった言葉をあちこちにちりばめているが、彼にうんざりしている人たちはトラブルメーカーや役立たずといった言葉を好んだ。応酬を繰り返すうちに、コメントは元々の手紙についての論争ではなく、互いに対する攻撃のようになっていた。

エマはマウスから手を離し、両手を頭上にあげて伸びをしながら、満足そうにあくびをした。彼女の元へ戻ってくるスカウトの爪が廊下の床を叩くカチャカチャという音が聞こえて、思わず笑みを浮かべた。「ボーイ、わたしのことを忘れたのかと思い始めたところよ」

スカウトはエマの膝に頭をのせると、彼女が世界のすべてだと疑いもなく信じているまなざしを彼女に向けた。

「ええ、とりあえずいまはおしまい。外に行って、持ってこいをする？」スカウトが尻尾を振ったので、エマはマウスに手を戻し、いい加減読むのに飽きてきたコメントをちらりと見ると――

「わお……」エマは座ったまま身を乗り出し、次のコメントを書いた人間の名をまじまじと見つめた。

ブライアン・ヒル

名前の横にある日付は、そのコメントがリタの手紙が掲載されてからひと月後、彼の死の一週間足らず前につけられたものであることを教えていた。


目くそ鼻くそを笑うとはこのことだ。実におもしろい……

あの話をしたいかい、リタ？　それともわたしがしようか？


「これはずいぶんと強烈……」

スカウトが短く吠えるのが聞こえて、外に行く時間だと催促しているのはわかっていたが、それもいまは頭の中を駆け巡る思考のホワイトノイズでしかなかった。

ブライアンは、リタのなにかを知っているの？

最後の行は脅迫のように聞こえない？

リタはこれを見た？

エマはマウスに手を戻し、ページをスクロールして、その後のコメントの中にリタの名前を探したが、見つからなかった。それどころか、返事のふりをした何通かの広告以外は、ブライアンのものが元々の投稿に対する最後のコメントだった。

スカウトが再び吠え、最後は哀れっぽい鳴き声に変わった。

「シーッ。わかってるって。でもこれはなにか意味があるかもしれないのよ、ボーイ——わたしたちの捜査に役立つかも……」エマは言葉を切り、首を振った。「あらま。聞いた？捜査だって。笑っちゃう」

それでも、そのページを閉じてコンピューターをスリープ状態にする前に、付箋紙にブライアンのコメントを書き留めることは忘れなかった。「べつに理由なんてないんだから」机の引き出しからテニスボールを取り出しながらスカウトに向かって言うと、立ちあがった。

「さあ、楽しいことをしに行きましょう」

エマはスレートの階段にもたれて手を膝にのせ、顔に当たる遅い午後の太陽の光を楽しんでいた。抜かなければならない雑草があり、洗濯しなければならないものがあり、払わなければならない請求書がある。けれどいまは、どれもどうでもよかった。いずれすることはわかっている。いつもやってきたのだから。けれど、いまはスカウトがいる。スカウトはゆとりを持つこと、息をすること、ありのままでいることを教えてくれた。エマは満足していた。

スカウトが来る前は、仕事ばかりで遊びがなかった。

スカウトが来てからは、エマは……変わったと感じていた。もっと幸せで、もっと落ち着いていて、そして――

「もっと濡れていることは間違いないわね」サンダル履きの足にスカウトがまた濡れたテニスボールを落とすと、エマはつぶやいた。少なくとも三十回目にそのボールをつかみ、腕をうしろに引いて、愛する狩人が次の狩りの準備を整えるのを待った。「用意はいい？」

スカウトが尻尾を振る。

「位置についた？」

もっと強く尻尾を振る。

「本当に？」

さらに強く尻尾を振る。

「行け！」

毛皮と舌と尻尾をひらめかせてスカウトは走り出し、お気に入りの休憩スポットであり、一日の終わりのお気に入りのマーキング・スポットでもあるオークの木に向かって庭を駆けて行った。「急いで……急いで……捕まえて……」エマの掛け声は、獲物を捕らえたスカウトが大きな木の陰から現れると、〝よくやったわ、スカウト!〟に変わり、彼はぱたぱたと尻尾を振った。

スカウトがボールを持って帰ってくると、エマは自分の隣の空いているスペースを叩き、おとなしくそこに座った彼の顎と首を掻いてやった。「愛しているわ、スカウト」

彼も同じ気持ちであることを知るのに、言葉は必要なかった。上目遣いにエマを見たその目に、愛が浮かんでいる。エマはため息をつきながら彼の首に腕をまわすと、一緒に庭を眺めながら、いま見えているものを言葉にしていった。

隣の家の私道に車が入っていく……

十代の子がアルバイトでお年寄りの家の庭を刈っている……

通りの向こうの庭に立っている旗が、密やかにそよいでいる……

網戸越しに電話が鳴る音が聞こえて、スカウトはエマに視線を向けた。「わかっているから。大丈夫よ、だれからの電話でもすぐに戻ってくるから」

立ちあがり、玄関までの最後の二段を駆けあがると、玄関のすぐ内側に置いてあるなんでも置き場テーブルから携帯電話をつかみ、スカウトのところへと戻りながら画面に表示された名前を確かめた。「ビッグ・マックス?」電話機を耳に押し当てて呼びかけた。

「エマ? あんたかね?」

「そうよ、ビッグ・マックス。元気だった?」

「これからあんたに頼もうとしていることの返事次第だな」

エマが笑い声をあげると、スカウトが愛情に満ちた目を彼女に向けた。

「またふたりでダンスに行くのかしら？」

「いや、今度は違うんだ」一拍の沈黙のあと、なにかを引っ掻くような聞こえてきた。「今度は、あんたにパーティーに一緒に行ってもらえないかと思ってね――ガーデン・パーティーだ。だれの主催だと思う？」

「だれなの？」

「ベアトリス」引っ掻く音がゆっくりになった。「わしの取り柄がひとつきりじゃないってことを、彼女に見せるチャンスなんでね」

エマはスカウトの毛皮に手を潜りこませ、首のうしろをゆっくりともんだ。

「取り柄がひとつきりじゃない？」

「そうだ。先週の高齢者センターは、わしが踊れるってことを彼女に見せただけだった。このガーデン・パーティーでは、わしが違いのわかる男だということを伝えるつもりだ。水仙と、えーと……」彼の言葉が途切れたのは、まず間違いなくページをめくっているからだろうとエマは思った。「タンポポの違いを！」

「水仙とタンポポはまったく違うわよ、ビッグ・マックス。水仙はわざわざ植える花だけれど、タンポポは雑草だもの」

「そうらしいが、だからといってタンポポがきれいじゃないってことはない。いっぱいに咲いているところに行けば、一面黄色の日光の海を見ているみたいじゃないか」

エマの手がスカウトの頭に移動した。「日光の海……すてきね」

「ベアトリスもそう思うかもしれないな」また引っ搔く音が戻ってきた。「で？　あんたを雇えるかな？　食事が出るらしい」

「いつなの？」

「明日だ」

「明日」エマは、明日の欄が空白であることがわかっている予定表を思い浮かべた。

「昼だ」

「えーと――」

「ダンスのときと同じだけ払う。五百ドルだ。それに、手首につけるコサージュもまた用意するよ」

エマの頰が緩んだ。「ガーテン・パーティーにコサージュはいらないと思うわよ、ビッグ・マックス」

「ダンスのときだけなのか？」

「ダンスのときだけ」エマはスカウトの頭を撫でていた手を止め、会話の背後で聞こえている引っ搔く音はなんだろうと耳に神経を集中させたが、わからなかった。「そっちから聞こえている引っ搔くような音はなに？」

音が止まった。「引っ搔くような音？」

「ええ」

「なにも聞こえないぞ」

「いまは止まっているからよ」

「よくあることだ。聞こえたり、聞こえなかったり」

音が戻ってきた。

「また始まったわよ、ビッグ・マックス！」

一瞬音が止まり、そしてまたすぐに始まった。「この音のことかね？」

「そう、その音」

「ゴミの山で見つけただれかが捨てたウクレレを磨いているんだ」引っ掻く音がさらに大きく速くなり、やがて止まった。「これでいい。あとは塗装をし直して、新しい弦を張れば、新品同様だ」

「ウクレレが弾けるの？」スカウトの耳と顎に手を移動させながらエマは訊いた。

「いいや。だがこれから習うさ。それで？　どうだね、エマ？　明日、あんたを雇えるかい？　ベアトリスはみんなに挨拶するのに忙しいだろうが、それでもわしがあんたと花の話をしていることにはきっと気づくと思うんだ」

「本当に、高齢者センターにいたほかの人を誘わなくてもいいの？　ほら、あの女性——たしかエセルっていったわ。彼女が、あなたに好意を持っているみたいだったし」

「いいんだ。わしは、一途な男なんだよ、エマ。毎朝、一緒にフレンチトーストを食べたいのはベアトリスなんだ。それができれば」

「ベアトリスがフレンチトーストどころか、料理そのものが好きじゃなかったらどうするの？」エマは尋ねたが、ビッグ・マックスが黙りこんでしまったのであわてて言い直した。「ばかなことを言ったわ。もちろん彼女はフレンチトーストが好きよ。好きじゃない人なんているる？」

「そのとおり」

エマがほっとして息を吐いたので、スカウトがけげんそうに彼女を見た。「明日の正午でいいの？」

「そうだ」

「住所を教えてくれるの？　それともどこかで会って――」

「運転はできる？」ビッグ・マックスが尋ねた。

「ええ」

「よかった。それなら、正午に会おう。このあいだと同じ場所で」

14

高齢者センターから一ブロックと少しのところを南に向かって車を走らせていたエマの視界に、歩道を近づいてくるつやつやした白いシルクハットが映った。彼女がいまいるところとビッグ・マックスとの待ち合わせの場所のあいだには、四方向交差点があったので、エマは止まっている時間を利用してその様子をしげしげと観察した。

つやつやした白いシルクハット……

白いドレスシャツに黒のサスペンダー……

赤と白のストライプのニッカボッカー……

濃い赤の縁取りがある白の長靴下……

エマはくすくす笑いながら、もう少しその場から動かずにいられるように手を振ってほかの車に先を譲り、歩道を振り返って――

「ビッグ・マックス？」

うしろからクラクションを鳴らされて、エマはあわてて口の横に当てていた手をハンドルに戻し、バス停までの残りの半ブロックを走った。彼女の左側では、犬を散歩させていた男性がビッグ・マックスの姿にぎょっとして街灯にぶつかりそうになり、女学生ふたりは彼を指さして笑っていたせいで正面衝突した。エマの前では、双方向の運転手たちが車の速度を落として――止まっている車もいた――物珍しそうに彼を眺めている。

そしてビッグ・マックスは――ニッカボッカーにシルクハットという姿には、それなりの理由がある――丸めた唇で奏でているなにかの曲以外のことはまったく気にも留めず、ただ歩き続けている。どこからくるのかわからない彼の無邪気さに頬を緩めながら、エマはバス停の先で最初に見つけた空いている駐車スペースに車を入れ、慎重に歩道に降り立った。

「ビッグ・マックス、ここよ」

通りかかった車の運転手がさらに速度を落とし、花柄のサンドレスを着たエマからビッグ・マックスへと視線を移すと、この光景を世界中に発信するべく、携帯電話を手に取った。

「どうだい？　どう思う？」ビッグ・マックスは車に近づきながら尋ねた。「今日のガーデン・パーティーで、わしはベアトリスの注意を引くだろうか？」

笑いをかみ殺しながら、エマは彼が求めている肯定の返事に皮肉の響きが混じらないように注意した。背後で速度を落としている車（と通りの反対側から聞こえてくる笑い声）を頭から追い出し、新しい友人の顔にくっきり記された期待の表情を見るようにすれば、それは難しいことではなかった。

「ベアトリスが、いいものを見たときにそれとわかる人なら、きっとあなたは彼女の注意を引くわ、ビッグ・マックス」

彼は車の横でつかの間足を止め、助手席側の窓で自分の姿を確かめた。エマの言葉を聞いて、しわの多い顔に痛ましいほど魅力的な笑みが浮かんだ。「あんたの言うとおりであることを切に願うよ、エマ」

「大丈夫。心配ないわ」エマは車の屋根越しに彼の顔を見つめながら、再びドアを開けた。「行きましょうか？」

ビッグ・マックスは返事代わりに助手席のドアを開け、エマが運転席に座っているあいだに、帽子を脱ぎ、ゆっくりと車に乗りこんだ。

「目的地までどうやって行けばいいのかわかる？　それとも招待状があれば、ナビに住所を入力できるんだけれど」エマは言った。

「招待状はない。だがベアトリスが、ワロビー・ロードに住んでいるのは知っている。彼女がそう言っているのを、このふたつの耳で聞いたんだ」彼はシートベルトを締め、エマの背中の方向を指さした。「家は白だ。黒いシャッターがある」

「わかった」エマはギアをドライブに入れると、車を駐車スペースから出して南へと向かった。車が動き出すと、気持ちのいい風が流れこんできた。「ウクレレはどんな具合？　昨日話をしたあと、作業は進んだ？」

ビッグ・マックスは助手席側の窓枠に沿って腕を伸ばし、指で一定のリズムを取っている。「弦を探しに行ったんだが、見つけたのは凧についている紐だけだった。だから、引き出しの底にあったゴムバンドを使ってみたら、なかなかいい音が出たよ」

エマは道路の突き当たりで車を止め、横目で彼を見た。

「ゴムバンド？　それで本当に音が出たの？」

「見事にね。わしが野外コンサートをするときに、じきじきに聞きにくればいいさ。みんなが毛布と食べるものを持ってきて、すごく楽しい時間になる。わしがみんなの前でウクレレを弾いている間、あんたはベアトリスと一緒にいればいい。わしが弾き終わったあとは、ベアトリスとわしと一緒にいればいいんだ。食べるものはたくさんあるだろうからな——チキン、ブドウ、そしてワイン。だが本当のことを言えば——」彼はちらりとエマを見た。「わしはワインよりソーダ水のほうが好きなんだが、ピクニックや野外コンサートではワインを飲むものだからな」

車は右折して、メインストリートを西へと向かった。ジムの前を通り、図書館、コーヒーショップ、市役所、そして〈ディーターズ〉を通り過ぎた。公園の前の横断歩道に差し掛かったところでエマは速度を落とし、子供ふたりをつれた若い母親を渡らせてから、制限速度に戻した。

「また花があんなふうになっているのを見られてよかったよ」ビッグ・マックスは窓枠を叩いていた指を止めて、展望台のまわりの花をつけた茂みを指さした。「どうして一度なくなったのかは、わしには関係ないことだ。またきれいになってうれしい、それだけだ。まるで、わしら全員が上等の賞をもらったみたいじゃないか」

彼の言葉が妙に引っかかり、エマは彼の顔を見た。「上等の賞？　それって——」

携帯電話の呼び出し音が鳴り響き、エマはダッシュボードの画面に目を向けた。

ドッティ・アドラー

「ごめんなさい、ビッグ・マックス、でもなにか問題が起きたのかもしれないから、この電話には出ないと」彼がうなずくのを見て、エマは右手をハンドルから離して、緑色のボタンを押した。「もしもし、ドッティ、なにかあった?」

「彼の体内には、医者が処方していない薬があったの」

エマは混乱して、スピーカーのボリュームをあげた。「ごめん、ドッティ。よく聞こえなかったみたい。もう一度言ってもらえる?」

すべてのため息を封じ込めるようなため息が返ってきたので、エマはボリュームを少し落とさなくてはならなかった。

「彼の体内には、医者が処方していない薬があったって言ったの」

「いったいだれのなんの話?」

再びため息が返ってきたが、さっきよりも大きいだけでなく、いらだちまでこもっていた。

「わたしたちの被害者よ。ほかのだれだというの?」

「ブライアンのこと?」

「ほかにわたしが知らない殺人が起きているのでもないかぎり、答えはイエス。ミスター・

ヒルの話をしているの」

　エマは不安になって、思わずビッグ・マックスに目を向けた。一方で興味を引かれたので、画面に表示されているドッティの名前を改めて確認した。「どうしてわかったの？」

「わたしにはわたしのやり方があるのよ、ディア」

「あなたのやり方？」

「そう」

　また横断歩道が見えてきたのでエマは再び速度を落とし、歩行者がいなくなるとワロビー・ロードを目指してそのまま西に走り続けた。「間違いなく正しい情報なのね？」

「今朝の当座預金口座の残高が保証してくれている」

「ドッティ？　あなた、なにをしたの？」

「保安官事務所に寄付をしたのよ。例年と同じように。ただ今年はボーリン保安官の秘書のロンダに電話をしただけ。去年はあまり話ができなかったけれど、とてもとても親しい友人なの。彼らが職員のために申し込んでいる新しいジムに寄付をするつもりだって言って、それから彼女の家族や編み物クラブ、そしてもちろん愛するわが町スイート・フォールズで起きた恐ろしい殺人事件のことを話題にしたのよ」

「やっぱり」エマはヘッドレストに頭をもたせかけ、今度は彼女がため息をついた。「つまりあなたは、解剖結果を聞くために、保安官の秘書に賄賂を贈ったって言っているのね」

「結果だけじゃないのよ、エマ。解剖の報告書全部。それに、わたしは賄賂なんて贈っていない。寄付をしただけ。価値のある目的にね。それとこれとはまったく違う」

エマは笑うつもりはなかった。でも実際は笑ったかもしれない。どちらにしろ、言い訳をする気はなかった。けれどドッティの言葉の意味が頭の中のあるべき場所に収まると、笑いたい気持ちはあっと言う間に消え去った。「それじゃあ、本当にクスリだったのね。ちょっと驚いたわ。だって、ブライアンにはあの夜しか会っていないけれど、快楽を得るためのクスリに手を出すなんて想像できないんだもの。そういうタイプには見えなかった」

「快楽を得るためのクスリじゃなかったからよ。医療用の薬だった」

「でも医者が処方していない薬だってあなたは言ったわよ」

「ロンダはそう言っていた」

「それじゃあ――」

「あら、もう切らないと。ステファニーが別の番号にかけてきているみたいだし、通りの向こうではグレンダが待っている……」ドッティの声が途切れたが、またすぐに戻ってきた。

「あなたなの、ディア？」

「なにがわたしなの？」ワロビー・ロードの両側にずらりと止められている車が見えてきたのでエマは速度を落とし、左手に建つ黒いシャッターのある白いビクトリア朝風の家を指さすビッグ・マックスに向かってうなずいた。

「正真正銘のストーカーみたいにのろのろと通りを走っているのはあなたなの？」

「いったいなにを言っているの？」駐車スペースを探してきょろきょろと通りの両側を見て

いたエマは、銀色のバンの横で携帯電話を片手に持ち、ひどく驚いた表情を浮かべている車いすの女性に気づいた。「ドッティ？　いったいここでなにをしているの？」

「もっとふさわしい質問があるわ。あなたこそなにをしているの？」

「あなたが立っている場所の向かいにある家で開かれる、ガーデン・パーティーみたいなものに行くのよ」

「ガーデン・パーティーみたいなもの？」

「ええ。ビッグ・マックスが――」

「マックスウェルが一緒なの？」ドッティは美容院で整えた髪に手を当てた。「ここに？」

「あなたのいうここが、わたしの隣っていう意味ならそうよ」

ドッティは顔と肩で携帯電話をはさみ、車の陰に車いすを後退させたので、エマから見えなくなった。「もう切るわね、エマ。ステファニーがまたかけてきたわ」

15

「招待状を拝見します」

エマはきっちりした身なりの受付係からビッグ・マックスに、そして再び受付係に視線を移した。

「彼は持ってきていないのよ。でも幸いなことに、通りの名前は知っていたし、歩道をぞくぞくと歩いてくる人たちがいたから、ここだっていうことはすぐにわかったわ」

若い女性は、マニキュアを施した指先でしっかりとつかんでいるクリップボードに澄んだ青い目を向けたが、返事代わりのため息が午後の静かな空気の中に漂っていた。

「お名前は？」

「わたしはエマ・ウェスト——でも、わたしは招待客じゃないから、わたしの名前はなんの役にも立たない」エマは脇に寄り、ビッグ・マックスを呼んだ。「あなたの名前ですって」

彼はサスペンダーの下に両手の親指を差し入れ、誇らしげに胸を張った。「ビッグ・マックスだ、どうぞなんなりと」

「ああ、お手伝いの方ね……」二十代とおぼしき女性は、ようやく顔をあげてビッグ・マックスのシルクハットを……サスペンダーを……ニッカボッカーを……そして最後に膝までのスポーツソックスを眺めたかと思うと、その口があんぐりと開き、そして閉じた。

「わたしが頼んだのは、旅回りのマジシャンなのに」彼女は食いしばった歯のあいだから言った。「ピエロじゃなくて」

おやつ（あるいは散歩とかリスとか）という言葉を聞いたスカウトのように、ビッグ・マックスは目を輝かせながらあたりを見まわした。「ピエロ？　ここに？　どこだ？」

不意に怒りにかられて、エマは受付係に視線を戻した。「彼はベアトリスの招待客としてここにいるの。そしてわたしは、彼の招待客なの」

受付係はエマからビッグ・マックスに視線を移し、いらだちから面白がっているようなものへとゆっくりと表情を変えながら、またエマを見つめた。「招待客？」

「そうよ」

「招待状がなければ……」

エマは彼女が手にしているクリップボードのページを指さした。

「彼が言ったでしょう、名前はマックス」

彼女の視線は再びエマから、まだピエロを探しているビッグ・マックスへと移り、また彼女に戻ってきた。どこか人を見下しているような口調で尋ねる。

「マックスには苗字があるんですか？」

「もちろんよ」鋭く言い返してはみたものの、エマはその質問の答えを知らないことに気づいていた。受付係のまなざしは刻一刻と冷たさを増し――

「彼の苗字はグレイベンよ。G-r-a-y-b-e-n」声が聞こえたほうに目を向けると、開いたゲートの脇からドッティが受付係に剣のような視線を向けていた。「でもふたりはわたしの招待客だから、これ以上くだらないことで足止めをする必要はありませんよ」

ビッグ・マックスにもう一度目を向けた受付係は、ショックを受けていることがありありとわかる表情で、音を立てて唾を飲んだ。「ええ、はい、もちろんです。わたしは――」

「さあ、入るわよ」ドッティは車いすをバックさせてゲートをくぐり、ついてくるようにという仕草をした。「いらっしゃい、ディア」

エマはうしろに手を伸ばしてビッグ・マックスの腕をつかむと、彼を引きずるようにして進み、無事にゲートの内側に入ったところで足を止めて、まだ驚いたようにクリップボードを握りしめている女性を最後にもう一度――そして勝ち誇ったように――にらみつけた。

「彼女は自分の仕事をしていただけよ」閉じたゲートからエマが離れたところで、ドッティが告げた。

「え？　あんな意地の悪い――」あたりの光景が視界に入ってくると、エマはそのあとの言葉を呑みこんだ。左手には、花をつけた茂みにはさまれた滝の造形物を囲むように古風なテーブルと椅子が置かれ、高級そうな服を着た二、三人のグループが座っている。右を見れば、ワイングラスを手にしている人や、制服姿の給仕係から差し出されたフィンガー・フードを食べている人や、その両方を楽しんでいる人などさらに多くの人々が、朝顔のアーチ道がある美しく造園された散歩道にいて、なにかの演説のために作られたいまは空の演壇に時折視線を投げかけていた。

「わお！」

「これが招待客リストの厳しいチェックの理由よ、ディア」

「裏庭でするちょっとしたパーティーみたいなものだと思っていたの」

「これはスイート・フォールズ・ガーデン・クラブと美化活動委員会の毎年恒例の集会なのよ、エマ。一年でもっとも大がかりで、もっとも豪華なパーティーのひとつだから、控えめに言っても招待客はかなり制限されているの」

ビッグ・マックスはこちらの給仕係からあちらの給仕係へとうろつきながら、彼らが持つ様々なオードブルのトレイをかたっぱしからのぞきこんでいる。

「ビッグ・マックスはその枠に入ったの？」

ドッティの唇が震えて、ごくかすかに笑みらしいものを作った。「いいえ」

「それじゃあ、彼はどうやって招待されたの？」

ドッティの視線は裏庭に流れた。ビッグ・マックスは、そこにいる別の給仕係たちに興味があるようだ。「彼は間違いなく招待されていないわ、ディア」

「それじゃあ、彼はどうやって――」

〝招待状はない。だがベアトリスが、ワロビー・ロードに住んでいるのは知っている。彼女がそう言っているのを、このふたつの耳で聞いたんだ〟。

「彼はただ、だれかがパーティーの話をしているのを耳にはさんだだけなのね？」エマは髪をかきあげながらつぶやいた。「ああ、ドッティ……わ、わたし、知らなくて……ここに来ちゃいけなかった……」

「いいのよ。わたしの招待状には、三人まで一緒に連れてきていいって書いてあったから」ドッティは顎を使って、左から右へとエマの視線を誘導した。「それに彼は、もったいぶった雰囲気を和らげていると思わない？」

エマはいま一度シルクハットを……サスペンダーを……ニッカボッカーを……スポーツソックスを見つめた。「彼は、このパーティーの主催者に夢中なのよ」

「知っている」

エマはドッティを見た。「彼にはまったく望みがないわ」

「知っている」

「心が痛むわ」

「わたしもよ」

最後のトレイを確認したマックスが、がっくりと肩を落として、庭をこちらへと戻ってくる間、エマはなにも言わずにいた。「あそこで、わたしたちを招待したと言ってくれて、本当に助かった」エマは、選ばれた人たちのためのガーデン・パーティーで見世物となっているビッグ・マックスを顎で示した。「彼とはどこで知り合ったの？」

「マックスウェル？」ドッティは、肩をすくめることで返事をした。「アルフレッドの友だちだったのよ」

とても信じられずに、エマは一歩あとずさった。「アルフレッドの友だち？　本当に？」

「驚いたようね」

「ええ、まあ。だってアルフレッドはとても洗練されていて、とても――」その先の言葉ならわかっていた。「とても心が広かった」

ドッティはうなずき、目を潤ませながら咳払いをすると、車いすが置けてエマとビッグ・マックスが座れるだけの広さがある空のテーブルへと移動し始めた。

「ステファニーと手短に話をしたわ。土曜日に、朝食をとりながら解剖報告書を見てくれることになったから」

「さぞ食欲が増進するでしょうね」エマは彼女のあとを追った。「本当に大丈夫なの？　事件についてなにかを人に漏らしたりしたら、保安官の秘書はすごく困ったことになるんじゃないの？　ましてや、本物の予備解剖報告書だなんて」

「わたしは寛大どころではない寄付をしているのよ、エマ。それにだれもこのことは知らない」

「わたしが知っている……ステファニーも……」

「この事件を解決するつもりなら、知っている必要があるもの」ドッティは車いすのストッパーをかけ、隣の椅子に座るようにエマに指図した。「それまでは、戦略が必要ね」

「なんのための？」

「鉄を熱いうちに打つため。このうってつけの機会を素人の言葉で表現するなら、ワインがふんだんにあって、人々がよそ行きの顔のうしろに隠れている機会を利用するというところかしらね」

エマは意味をなさない点と点をつなごうとしてみたが、どうにもつながらなかった。どういうわけか、どこかで話題が大きく変わっていたことに気づかなかったらしい。「よくわからないんだけど、ドッティ……ワイン？　よそ行きの顔？　わたしはなにか聞き逃した？」

「アルコールが入ると、人は抑止が利かなくなりがちなの」ドッティは、通りかかった給仕係から水のグラスを受け取り、ひと口飲んだ。「つまり、わたしたちに運が向くかもしれないっていうことよ」

エマの左の眉が勝手に吊りあがった。「そうなの？」

「アルフレッドはこのグループの設立メンバーだったから、新しい市長の妻がどこかの時点でわたしに挨拶しに来ても不思議はない。そのときには、わたしたちは準備を整えて――」

「ちょっと待って。リタ・ジェラードがここに来るの？　このパーティーに？」

「もう来ているわよ。ほら」

エマはドッティが指をさした先に目を向けた。そこには花をつけたアーチ道があり、新聞で見かけ、運命の夜に〈ディーターズ〉で確認し、エマの携帯電話の中で不滅の存在となった、すらりとした金髪の女性がいた。「まあ。彼女がここに来るって知っていたの？」

「だからわたしは来たのよ、エマ」

「わお。わかった。これって……興味深いわ」

「それに彼女もいる」次にドッティの指が示したのは、滝の造形物に一番近いテーブルにエマに背を向けてひとりで座っている女性だった。「正直に言って、いまみたいな状況で彼女が来たのは意外だわ」

エマは右へ左へと頭を動かしてみたが、その女性がだれなのかはわからずじまいだった。けれど、ずんぐりしたその体形と白いものがところどころ混じった黒髪にはどこか見覚えがある気がした。

「目に入ったトレイと皿は全部見たんだが、カクテル・ウィンナーはひとつもなかった」ビッグ・マックスはエマの向かい側の空いている椅子に座り、シルクハットを揺らしながら、信じられないというようにゆっくり首を振った。「それにピエロも見つけられないんだ」

ピエロはいないしカクテル・ウィンナーもないと喉元まで出かかったが、エマがなにかを口にする前にビッグ・マックスがぱっと笑顔になった。

「だが、一緒に来たあんたとわしには、魔法のような力があったみたいだ」

「そうなの?」エマはやっぱりよく見えないその女性の正体を追求するのをあきらめ、自分のテーブルに注意を戻した。「どうしてそう思うの、ビッグ・マックス?」

「給仕係と話をしていたら、ベアトリスがわしを見ていたんだ。わしから目が離せないみたいだった」

ドッティと目と目を見かわしたエマは、彼女の目に浮かぶ悲しみと同じものが自分の顔にも浮かんでいることを知った。けれど、あえてだれかの夢を壊すようなことは性分としてできなかったから、できるかぎり笑みに近い表情を浮かべ、ビッグ・マックスが途端にそちらへと向かっていった、新しいオードブルのトレイを持って現れた給仕係に無言で感謝を送った。

「絶対に、永遠に起こりっこないことを黙っているなんて、自分が卑劣な人間になったみたいな気がする」エマは、演壇がある側のアーチ道に集まっている人たちのほうへと歩いていくビッグ・マックスと給仕係を目で追いながらつぶやいた。「でも、彼にそう言ったら、もっとひどい気分になるんでしょうね。まるでだれかの夢を壊したみたいに」

妙な声が聞こえてドッティに視線を戻すと、目を閉じた彼女が辛そうにゆっくりとうなずくところだった。エマはテーブルの上に手を伸ばし、彼女の手を握りしめた。

「アルフレッドが作ったグループがこんなに成功して、こんなに支援されているのを見るのは、辛くもあり、うれしくもあるんでしょうね」

「そうね。そのどちらもよ。でも彼は、いまグループに起きていることを見たくなかったでしょうね――噂話や自慢や狭量は。彼は花の静かな美しさを愛したの。彼のいないところで花が醜いものに囲まれているのを見たら、悲しんだと思う。とても。とりわけ、ナンシーに対するひどい態度には」エマは滝の造形物とそれを見つめるひとりの女性に向けられたドッティの視線をたどった。「アルフレッドは彼女をかわいがっていたのよ」

「ナンシー・デイヴィス？」ドッティがうなずいたので、エマはその女性のずんぐりした体形と白髪交じりの頭を改めて眺め、ひと目で気づかなかった自分を責めた。

「明らかに嫉妬のなせる業だとわたしには思えるけれど」

「どういう意味かしら？」ドッティが追及した。

「ナンシーは去年、スイート・フォールズを百万ドルもの価値があるような町に仕上げた。その結果、州レベルの同じようなクラブから称賛の言葉が集まったの。そうしたら、彼女のおかげで好意的な報道がされたことに感謝するどころか、嫉妬が起きたというわけ」エマは、グループの中心でいることに慣れている、庭の反対側にいる金髪の女性に視線を戻した。

「より重要だと思われている人がそういうことをすると、より効果的になるのよね。悲しいことだけれど」

「でも、あなたもわかっているはずだわ、ドッティ。高校時代のつまらない嫉妬を捨てることができない人が、あまりに多すぎるのよ」エマは首を振りながら椅子を引いて立ちあがった。「すぐに戻るから」

そのトレイにはじっくり眺める価値があると確信したらしいビッグ・マックスを最後にもう一度ちらりと見てから、エマは点在するテーブルの間を縫うようにして、広々としたパティオの奥へと向かった。ナンシーが座っているのは小さな滝がよく見える場所で、その水は岩棚から敷地の北の端に沿って作られた川のような細い水路へと流れていた。けれど、彼女に近づくにつれ、造園の専門家が見ているのはそこではないことがわかってきた。彼女の視線は、その先にいる人々の間をせわしなく移動している。彼女の孤独はエマ以外のだれにも気づかれていないのか、あるいはだれも気に留めていないようだった。

「やっぱりあなただったのね、ナンシー。こんにちは。会えてうれしいわ」

その女性は驚いて顔をあげた。「まあ、こんにちは、エマ。いま来たところ?」

「十分か十五分くらい前かしら。あなたは?」

「わたしは最初からいる」

エマはナンシーの向かい側のクッションつきの椅子を指さし、彼女がうなずいたのを見て腰をおろした。「この場所を選んだのは納得できるわ」エマは滝を指さした。「とてもきれい」

「ありがとう」

ナンシーに視線を戻すと、彼女は訳知り顔でうなずいた。

「あの滝にあなたはなにか関わっているということね」

「わたしが設計したのよ」

「わお。本当にすごいわ」エマは改めて、岩棚を流れ落ち、丸い石の上をゆっくりとくだっていく水を眺めた。「こういうものが、町の広場にあったらすごく素敵でしょうね」

「そうね。でも、そういうことにはならない。新しい体制の下ではね。それに、もしなにか奇跡が起きて、広場にこういうものを作ることが決まっていたとしても、それをするのはわたしじゃなかったでしょうね」

エマは水が再循環する地点まで流れを追い、それから再びナンシーを見た。

「だとしても、今日以降はあなたの電話は鳴りっぱなしになるわ。ここを見た人が、自分の家の裏庭に同じようなものを欲しがるに違いないもの」

ナンシーは笑って応じたが、そこには喜びと呼べるものはかけらもなかった。

「このパーティーがひと月前だったら、そのとおりだったかもしれない。でも悲しいかなそうじゃないから、あなたの言うとおりにはならないのよ」

「なにが変わったの?」

ナンシーはグラスの底をなぞった指で、目の脇をもんだ。「大事なことがなにもかも」

エマはどういうことかと尋ねようとしたが、ナンシーの視線の先で、ほんの三分ほど前まで自分が座っていたところに完璧な装いをした金髪女性が腰をおろしているのを見てその口を閉じた。

「あの女を軽蔑する」ナンシーが言った。

「リタ・ジェラードのこと?」ナンシーがゆっくりと、けれど力強くうなずくのを見て、エマは市長の妻にちらりと視線を投げかけてから、再びナンシーに話しかけた。「州の賞のあと、彼女があなたに嫌がらせをしたのは聞いたけれど、委員会は本当のことを知って、あなたを呼び戻したんだと思っていたわ」

「そのとおりよ」

「それなら、あなたがこんな仕打ちを受けているのが理解できない。あなたは町の広場で実際に賞をもらったのよ。それにここは――」エマは滝を示した。「まるで雑誌から抜け出したみたいだわ」

ナンシーは滝と、滝をもっとよく見ようとしてほとんどひっきりなしに近づいてくる二、三人のグループを眺めた。「それだけで十分だったときもあった。でも、さっきも言ったとおり、すべてが変わったの。美しさは美しさのためだけじゃなくなった。人に気づかれること、梯子《はしご》をのぼること、正しいとされること、より重要だと思われること、これを全部したのが自分だと人から思われることが大事になったのよ」

「すごく冷酷に聞こえるけれど」

「だってそうだから。少なくとも、それと戦おうとした人にとっては予期していなかった結果ね」

「予期していなかった結果？」

ナンシーは怒りのこもったまなざしをエマに向けた。「ほかになんて言えばいいの？」

「わからない。あなたがこんな仕打ちをされる理由が理解できないのよ。まったくわからない」エマは再びドッティのテーブルを見て、彼女がまだリタと話をしていることを確かめてからナンシーに視線を戻すと、そこにあった怒りは消えて……驚きに変わった？

「だれにとってもいいことであるはずなのに、どうして嫉妬なんてするの？　まったくの逆効果だし、目先のことしか見えていないとしか思えない。でも、みんなそのことに気づいてあなたを委員会に戻したんだから、それで終わりのはずじゃないの？」

「そのはずなの。終わったはずだった。でも……」ナンシーは息を吸うと、しばらく止めてから言った。「あなたはメモだか手紙だか、そういったものを見ていないようね」

エマがうしろに引いた椅子がパティオとこすれて音を立て、数人がこちらに顔を向けた。

「メモ？　手紙？　いったいなんの話？」

ナンシーは信じられないといった表情で、しばしエマを見つめていた。

「まあ……。この数週間、わたしのセラピストが言っていたことは正しかったのかもしれないわね。みんな、忙しいのかもしれない。忙しくない人たちの記憶も時間と共に消えていくのかもしれない」

ナンシーは肘の横に置かれていたハンドバッグをつかむと、立ちあがった。

「わたしはこういう励ましを必要としていたのよ。ありがとう、エマ。近いうちにわたしの店に寄って、好きな種を選んでちょうだい。お礼よ」

16

「わたしがいないあいだに、お客さまがあったみたいね」エマはドッティの向かいの椅子に腰をおろすと、水を口に含んだ。「どうだったの?」

ドッティは前菜の皿を脇に押しやると、花柄のナプキンで口を拭いた。

「市長の妻がいつもしていることよ——被写体になりたがるの」

「ふたりで話をしているように見えたけれど」

「天気のこと? イエス。食べ物の話? イエス。今日の出席者について? イエス。わたしたちの事件とミスター・ヒルの容疑者リストに彼女が載っていたこと? ノー。彼女がこのテーブルに来たのは、わたしがいろいろな条件を満たすからにすぎないのよ」

エマはもうひと口水を飲むと、ドッティが脇によけた皿に残された食べ物を眺め、彼女がうなずいたのを確認して、エビのベーコン巻きを口に運んだ。「どういう意味?」

「わたしは老齢者で、車いすに乗っていて、委員会の亡き設立者の妻で、スイート・フォールズに関わることには気前がいいという評判がある」

「わお」エマはエビを平らげ、椅子の背に体を預けた。「あなたとナンシーにかかると、リタ・ジェラードっていう人は、ものすごく嫌な女みたいに聞こえる」

「スイート・フォールズのシンデレラよ」

「なんですって？」

ドッティの唇の端がぴくりと笑みの形を作った。「アルフレッドは、人間に対する感覚が鋭かった。それだけのこと」

「彼がリタのことをそう呼んでいたの？　スイート・フォールズのシンデレラって？」

「ええ。それも、セバスチャンが市長選に立候補して、勝つ前から。いまも生きていたら、アルフレッドはその名前が正しかったことをおおいに誇らしく思ったでしょうね」

「リタは結婚で成りあがったということ？」エマは尋ねた。「少なくとも、アルフレッドはそう思っていた？」

「市役所の書記官の秘書から市長の妻になったのよ。あなたはどう思うの？」ドッティは車いすの肘掛けを指でいじりながら、どこか夢見るような口調で言った。「アルフレッドが人にあだ名をつけるのをまた聞きたいわ。すごく気が利いていて、すごく的を射ていたの。彼は観察する人だった。ごくわずかな人しか気づかないようなことに気づいた――わたしもときには気づいたけれど」

「わたしにはなにか名前がついていた？」

「あなたのことはエマと呼んでいた」

エマは顔をしかめた。「それだけ？」

「それだけ」

「それってすごく――すごく……つまらない。全然特別感がない」

「彼はあなたをそう呼んでいたのよ、ディア」

「ふーん。そういえば……」エマは水をもうひと口飲むと、ナプキンの上に落ちていたベーコンのかけらを口に運んだ。「ナンシーとちょっと話をしたら、無料で植物をもらえることになったの。やった！」

「どうして？」

「それがよくわからないのよ。ふたりで話をしていたの。わたしがなにか言ったら、彼女がメモだか手紙だかの話を持ち出して、わたしがそれを見たことがないってわかると――バン！――無料で植物をあげるから農園においでって言われたの」

「なんのメモ？」

「わからない。無料の植物に気をとられていたから」

ドッティは鋭いまなざしをエマに向けた。「なにかつかんだことはあるの？」

「ない。ただ――待って！　ある、ある！　あそこにある滝みたいなものを設計したのは彼女で、ここから見るより近くで見たほうがあれはずっと素敵なのよ！」

「庭に関するナンシーの能力はだれも否定できないわ」

「でも、実際は否定された」エマはリネンのナプキンで口の端をぬぐった。「それなりに大勢の人たちに――例のシンデレラを含めてね。そのせいで、彼女はしばらく自分の委員会から追い出されることになった」

ドッティは小さく舌を鳴らしながら給仕係に合図を送って、空の皿を片づけさせた。テーブルがきれいになり、また自分たちだけになると、眼鏡をかけ直し、エマ以外の人に話を聞かれないように体を前に乗り出した。

「彼女はほかになにか言っていた？　わたしたちのリストから彼女をはずしたり、もしくは一番上に持ってきたりできるようなことを」

「ナンシーのこと？」

ドッティの鋭いまなざしが戻ってきて、エマはさっきよりもはるかに落ち着かない気分になった。「そうよ、あなたが覚えているかどうか知らないけれど、彼女は容疑者のひとりなの」

「わたしが覚えているかって？　真面目に言っているの？」エマは水を飲んだ。「ブライアンがあの頭痛の種を渡した相手は、わたしなの。あなたじゃない。あなたは自分から進んで関わってきたんだから」

「人がひとり死んでいるのに、あなたは捜査がまったくできないからよ」

「わたしはトラベル・エージェントだもの」

ドッティは片方の眉を吊りあげた。「そうなの？」

「わかったわよ。トラベル・エージェント<u>だった</u>」エマは残りの水を飲み干した。「いまは――わからない。雇われた友人。依頼人はふたり。あなたを入れれば三人ね。でもあなたを入れようと入れまいと、わたしがこの——」エマはふさわしい言葉を探した。「——ビジネスを成功させることができるかどうかにも関係なく、ひとつだけ確かなことがある。わたしは刑事にはなりたくないし、なりたかったこともない。だからあなたの言うとおり、わたしにまったく捜査ができないとしたら、それはいたってもっともだし、わたしにとってなんの問題もない」

「あなたは、わたしが提案したビジネスのアイディアが成功するとも思わなかったわよね」エマはドッティをまじまじと見つめた。「成功していないわよ。最初の依頼人は死んだのよ。覚えているでしょう？」

「ほかにふたりの依頼人がいるし、彼らはまだ生きているわよ」

「ステファニーとビッグ・マックスのこと？　それはあなたがわたしの電話番号をふたりに教えて、わたしが雇われ友人になれるって言ったからじゃないの」

「そうね、そのことについてまだあなたからのお礼をもらっていないわね」

ドッティの乾いた笑い声があたりに響き、エマは肘のそばに現れた新しい水のグラスをつかむと、再びごくりと飲んだ。「あなたは捜査がしたいの？　わかったわよ、教えてあげる……ひとつ目、ナンシー・デイヴィスが載る容疑者リストがあるとしたら、ジェラード市長の妻が被害者だったときだけね。ふたつ目、リストの一番上に持ってこなきゃいけないのは、リタ・ジェラードかもしれない。ふたりのあいだにはまず間違いなくなにかがあったと思えるからよ」

ドッティが身を乗り出した。「リタとミスター・ヒル？」

「そう」

「なにを根拠に言っているの？　ミスター・ヒルがあなたにあの紙を渡したという事実から、それがわかるの？」

エマはグラスをテーブルに置くと、頭の中で十数えてから肩をすくめた。

「いいえ、わたしの捜査に基づいて言っているの」

「あなたの捜査？　なんの捜査？」

「このあいだの夜に始めた捜査よ」エマはドッティと同じように身を乗り出した。

「あなたは捜査の仕方なんて知らないじゃないの！」

「そうかしら？　それなら、夫の評判を貶めようとしていると言って、容疑者のひとりが被害者を公然と非難したことをどうしてわたしは知っているわけ？　そして、そんなことをさせている〈スイート・フォールズ・ガゼット〉紙に文句を言ったことを？」

ドッティはエマの言葉を考えているようだったが、結局はさっと手を振って退けた。

「耳新しいことでもなんでもない」

「そう？　それなら、死ぬほんの一週間前に、ブライアンがリタに喧嘩を売ったという話はどう？」

ドッティのしわのある顔の上で興味と自尊心が争っていたが、興味が勝利を収めた。

「どんなふうに？」

「一ヵ月近くあとのことではあったけれど、リタのオンラインでの攻撃に彼がコメントをしたのよ」

「どうしてそれがミスター・ヒルだってわかるの？」

「だって彼は自分の名前でコメントしていたんだもの」エマはハンドバッグから、ブライアンのコメントをコピーしたものを取り出した。「彼はこう言ったの。〝目くそ鼻くそを笑うとはこのことだ。実におもしろい。あの話をしたいかい、リタ？　それともわたしがしようか？〟」

エマはドッティの顔を見ながら、テーブルの上に紙を滑らせた。

「彼がなんの話をしているのかはわからないけれど、ふたりのあいだになにか問題があったと考えてもいいと思う。それもきっと大きな問題が」

「どうやってこれを見つけたの？」ドッティが紙を引き寄せながら訊いた。

「オンラインで調べたのよ」

「リタのことを？」

「ううん。ブライアン。彼が殺される前に書いたことや、彼について書かれたことについて調べてみた。そうしたら、リタが編集者に当てた手紙が出てきたの」エマはドッティが読み終えるのを待った。「その手紙に対するコメントを読んでいたら、これに行き着いた」

ドッティはその紙を読み直し、読み終えたところでエマを見た。

「脅しのように見えるわね」

「わたしもそう思った」
　ドッティは再び紙に視線を落としたが、さっきまでの好奇心は明らかな歓喜に代わってい
た。「すごいじゃないの、エマ！　本当に、本当にすごい」
「それでもまだ、わたしはこういうことがまったくできないと思う？」
「うぬぼれないの。あなたらしくないわよ」
「そうね」エマはパティオと庭を見回したが、シルクハットはどこにも見当たらなかった。
「ビッグ・マックスを見た？」
「見ていないわ」
「心配するべき？」
「かもしれない」ドッティもあたりに目を向けたが、その表情は判読できなかった。「でも、
ベアトリスが薔薇でいっぱいのトレリス近くで人に囲まれているから、マックスウェルもそ
の近くにいるんじゃないかしら」
「彼は近いうちに気づくと思う？」
「なにを？　ベアトリスは見せかけだけだし、そのうえ、なにも見えていないっていうこと
に？」ドッティはそう言ったものの、自分のその言葉もエマが口にするかもしれない返事も、
手を振って退けた「人それぞれよね、エマ。人それぞれ」
「そうね」エマはもう一度あたりを見回してから、テーブルの反対側に座っている女性に意
識を集中させた。「なにが起きたかを考えると、このビジネスを続けるのが少し怖かったり

もするのよ」

「あなたはいつだって、落馬してもまた馬にまたがってきたじゃないの」

「でも、初めての、そしてわたしが見つけた唯一の依頼人が目の前で死んだのよ。同伴するために雇われた、まさにそのイベントで」エマは椅子の背にもたれると、グラスの縁を指でなぞった。「それって、かなり落ち込むわ」

「そうでしょうね。でも今日のこのパーティーは、マックスウェルとの二度目の仕事で、彼はまだ生きている。違う？」

「そうであることを願うわ」

「それに、ステファニーとは何度仕事をしたの？」

「三回になるはずだったんだけれど、でも三回目はあなたの家で朝食を一緒にすることになった」

「彼女もまだ生きている……」

「そうね。でも、あのふたりはあなたが見つけてくれたのよ。ブライアンは、わたしが自分で見つけた唯一の依頼人で、死んだのも彼なの」

「その割合を変えるには、もっと依頼人を捕まえるしかないのよ。生きている依頼人をね」

笑うべきところではないとわかっていたが、エマは笑った。

「覚えておくようにするわ。ありがとう」

「どういたしまして。それは、ビジネスのアイディアとアドバイスに対するお礼ということね」

「カクテル・ウィンナーはどうだね？」

エマがぎょっとして顔をあげると、カクテル・ウィンナーがのったトレイを持ったビッグ・マックスが椅子の横に立っていた。ピラミッドのように積み上げているのは……紙皿に？

「ビッグ・マックス？　どこにいたの？」

「自分が幸せでたっぷり食べているときに、人は気前がよくなるってベアトリスが言っていた」

エマはにっこりして訊いた。「彼女と話したの？」

「話したかったんだが、薔薇が咲いているところをぐるっと回っていったときには、黒いズボンの男はいなくなっていたんだ。ベアトリスも」ビッグ・マックスはトレイを眺め、ピラミッドから転げ落ちたカクテル・ウィンナーを元の位置に戻した。「黒いズボンの男が言うとおりにしてくれたかどうかを確かめたくて、ほかのトレイもいくつか見てみたんだが、してくれていなかった。同じものを補充するだけだった。だからわしが、手を貸すことにした」

エマはドッティと顔を見合わせた。「どうやって手を貸したの？」

「家の前に座っていた男に金を渡して、これを箱で買ってきてもらうように頼んだ。そいつの家の冷凍庫にあったやつを持ってきてくれたよ」ビッグ・マックスは皿の縁に絞り出したケチャップを指さした。「マスタードはなかったんだが、まあ、かまわない。今日はケチャップで十分だ」

彼はエマに皿を差し出した。「ひとつ、つまむといい。これだけ大勢いると、すぐになくなってしまうだろうからな」

17

キッチンを最後にもう一度ぐるりと見回してから、エマは頭上の明かりを消して廊下に出た。スカウトがぴったりとついてくる。するべきことはすべて終えた。夕食のお皿は洗って片づけたし、ひとり分の食事の残りはラップをかけて冷蔵庫にしまったし、スカウトのボウルに水はいっぱいに入れてある。けれど、ソファでスカウトといちゃいちゃしながらべたべたのロマンス映画を見て一日を締めくくる気にはなれなかった。なにかをしなければならないという、急き立てられるような不安な思いがあるだけだ。

トラベル・エージェントとしての仕事が仕事として成り立っていたときには、そんな夜はオンラインで新しいリゾートを探したり、また予約を入れてくれることを願って以前の顧客にメールを送ったり、顧客が送ってくれた旅先の写真を自分のウェブサイトに載せたりしていた。けれど、そんな日々は終わりを告げた。

仕事部屋のドアの外で足を止め、旅行関連の本で埋められた天井まである本棚や、顧客からもらったお気に入りの手紙を貼ったコルクボードや、顧客が訪れた場所すべてに印をつけた地図や、かつてはずっと電源が入りっぱなしだったコンピューターのいまは真っ黒なままの画面を眺めた。この部屋が大好きだった。彼女の仕事を反映していたこの部屋が――

「わたしはもうトラベル・エージェントじゃない」エマはスカウトを見おろした。「でしょう？」

スカウトは舌を引っ込めて、唾を飲んだ。尻尾を振りながら再び舌を出すと、先に立って仕事部屋へと入っていき、デスクチェアの脇に寝そべってエマを振り返った。

「もうなにもすることがないのよ、ボーイ。計画をたてる旅行はない。ウェブサイトをいじる必要もない。送らなきゃいけないインボイスもない。それに悲しいことに、モバイルで送る小切手もない。わたしはただ……」エマはもう一度部屋を見まわした。「ただ見ていただけ。そしてちょっと思い出に浸っていただけ。とにかく、いまはあなたがそこでくつろぐ理由はないの。求人広告を念入りに眺めるか、来週には連絡を取ることになるだろうヘッドハンターの名前を探す以外に、しなきゃいけないことはないのよ」エマはそれが肩にのしかかる重石《おもし》であるかのように、どちらの考えも頭から追い払った。「いまはそのどっちもしたくないの。だから、ほら、なにか見るものを探しましょう。ね？」

スカウトは前足に顎をのせただけだった。

「ほら、スカウト。ソファでいちゃいちゃする時間よ」

スカウトはつかの間、顔をあげてエマを振り返ったが、その視線がうしろの廊下に流れたかと思うと、また顎を前足の上に戻した。

「わたしに辛い思いをさせているってわかっている？」エマは部屋の中へと足を踏み入れ、

世界地図の前で立ち止まった。赤い押しピンはロマンチックな旅。青い押しピンは冒険旅行。黄色い押しピンは、それがあったおかげでこの仕事を続けることができていた法人旅行。

「こんなに大勢の顧客。こんなにたくさんの生涯の思い出となる旅を予約して、実施した。それも全部終わったんだわ」

エマはため息をつきながら、ぐったりとデスクチェアに座りこんだ。「わたしは自分でビジネスをするのが好きだった。自分が自分のボスでいることが。わたしはうまくやっていた。すごくうまく」

エマはペン立てをつつき、卓上カレンダーに触れ、アフリカへのサファリ旅行を楽しんだ顧客からもらったペーパーウェイトをいじっていたが、つい九日前にあれほど念入りにデザインした名刺の山に目が留まった。

レンタル友人
もうひとりが欲しいときに

新しいビジネスの名前を思いついたときには、ものすごくわくわくした。さらなる創造性が湧き起こってキャッチフレーズが浮かんだときにも、同じくらいわくわくした。最初に聞いたときにはばかげていると感じたアイディアが、突如として……可能性があるとあのときは思えた。

「うまくいく感じがしたのよ。評判になってもおかしくなかった」エマは名刺の右隅に書かれた自分の名前を指でなぞり、さらにこのビジネスのために取得したEメールアドレスに触れた。「ビッグ・マックスがいて……ステファニーがいて……これをアップしてから数時間もしないうちに……」

ブライアンの体がステージに倒れた音がまた聞こえてきて、エマは耳を押さえ、息をしろと自分に言い聞かせた。彼女の記憶にはなかったけれど、ナンシーが言っていた沈黙の瞬間に意識を集中させようとした。ドッティの言うとおりかもしれない。三分の一という割合をさげるためには、やめるのではなく続けるのが一番いいのかもしれない。

「ビッグ・マックスがわたしを必要としていて、ステファニーがわたしを必要としていて――」エマは名刺の山から一枚手に取った。「――ブライアンがわたしを必要としていたのなら、ほかにもそういう人はいるんじゃない？」

スカウトが頭をあげてエマを見つめ、尻尾を振った。

「あなたって本当に素晴らしいわ、スカウト。知っている？」エマは肘掛けの上に身を乗り出し、スカウトの背中を撫でた。首輪が形としてそこにあるように、エマに対する彼の愛もたしかに存在していた。「あなたが来てくれて、これ以上幸せなことはないわ」

スカウトが小さく吠えてから尻尾を振ったので、エマは椅子の背もたれに体を預けて、コンピューターの電源ボタンに手を伸ばした。数秒後、検索バーにコミュニティの掲示板の名前を打ち込み、さらに何度かクリックして、ブライアンからの電話を受けるきっかけとなったバーチャルの広告を表示させた。

レンタル友人
もうひとりが欲しいときに

不安でいっぱいの結婚式に、もうひとり来てほしい？
先送りにしていた訪問に同行してくれる、信頼できるパートナーがほしい？
ひとりで行きたくない旅に、仲間がほしい？

レンタル友人のエマ・ウェストレイクが要望にお応えします。

電話かメールをどうぞ

エマはその広告を二度読んでから、ふと思いついてそのページを最小化し、レンタル友人のために作ったメールアドレスの受信ボックスを開こうとした。二度パスワードを入れて失敗したあと、運よく三回目で正しいパスワードが当たって受信ボックスが開くと、未読のメッセージが三通入っていた。
メールのタイトルと送り主によれば、一通目はエマの広告の詳細を確認すると共に、支払いを確認したことを知らせるスイート・フォールズの市の事務官からのものだった。エマはそのメールを開いてすべて間違いないことを確かめると、税金の記録のためのフォルダーに移動させた。

受信ボックスに戻り、二通目の未読メールのタイトルを見た

助けを必要としています

エマは興味を引かれ、送信者の欄にある見慣れない名前を確かめてから、メールを開いた。

こんにちは。

わたしはアンディ・ウォールデンと言って、クロヴァートンの十五号線近くに住んでいます。これがスイート・フォールズのサイトであることはわかっていますが、相応の支払いをすれば、わたしの家まで足を延ばすことは可能でしょうか？　来月早々、わたしは仕事で家を留守にすることになっていて、そのあいだわたしの父親の様子を確かめ、ちゃんと食事をしているか、きちんと生活しているかを見守ってくれる人を探しています。もちろん留守のあいだも、父とわたしは連絡を取れますが、実際に家に立ち寄って、父の様子を見てくれる人がいれば、わたしの気持ちはとても楽になります。

もしこの話を引き受けてくれる気があるようでしたら、連絡をください。その場合

は、身元を保証するものをいただきたいです。
よろしくお願いします。

アンディ

「これは期待できそう」エマはメールの上部に視線を戻して、送られてきた日付を確認した。とたんに体から力が抜けた。「これって……。たいしたものよ、エマ。せっかくのチャンスを逃すなんて」

エマはキーボードに指をのせると、謝罪のメールを打ち始めた。

ミスター・ウォールデン

申し訳ありません。たったいままでメールに気づいていませんでした。お返事が遅れてしまったせいで、そうは思えないかもしれませんが、わたしはとても信頼できる人間です。お留守のあいだ、お父さまの様子を見てくれる方がまだ見つかっていないようでしたら、くわしいお話を伺いたいと思います。

改めて、申し訳ありませんでした。

エマ・ウェストレイク

自分の書いたものを二度読み直して、誤字やひどい文法間違いがないことを確認すると、エマは祈りながら送信ボタンを押し、受信ボックスの最後の未読メールに目を向けた。送信者の名前を見て、息が止まった。

ブライアン・ヒル

「いったいどういうこと?」

スカウトのほうを見なくても、突然、部屋の空気が緊張したことに彼が気づいているのはわかった。エマもまた、一気に速まった心拍数を感じるのと同様に、緊迫感を覚えていた。送られてきた日付を見て、手のひらが汗ばみ始めた。

空のタイトル欄をクリックすると、一行だけのメッセージが現れた。

控えとして

「控えとして?」エマはつぶやいた。「控えって……」一番下に記された添付ファイルのタイトルに気づくと、そのあとの言葉は途切れた。

オープン・マイク・ナイト爆弾

エマは一分ばかり、あるいはもっと長い間その文字を見つめていた。するのか、それともしないのかという、昔ながらの問いばかりが頭の中で渦巻いている。空のタイトル欄とメールの短い文章と添付ファイルのタイトル、そして最後にメールが送られてきた時刻を見た。

9：33p．m．

オープン・マイク・ナイトが始まる予定だった時刻の三分後……

オープン・マイク・ナイトはブライアン本人の言葉どおりの時間に始まり、彼は立ちあがって——

〝念のため〟

エマは不意に背筋を伸ばし、〈ディーターズ〉のオーナーがステージにあがったときのことを思い起こした。彼が観客に呼びかけた……ブライアンの名前を呼んだ……ブライアンが立ちあがり……テーブル越しにエマをちらりと見て、そして——

「携帯電話の画面をタップした」すると、彼が最後に言った言葉——そのときは意味を持たなかった言葉——が頭の中で渦巻いた。

〝念のため〟

エマは震え始めた手でＪＰＧ添付ファイルを開き、よく見えるように画面に顔を寄せた。

そこに映し出されたページの最初の行を見て、背筋がぞくりとした。

目を配れ、目を配れ、いまここに座り、賛美する人たちよ、
じきに彼らの不正に気付くだろう

わたしはしばしば口にする、いまも口にする、
暴いた真実を、これがわたしの誓いだ

これまでだれもがあまりに長い間、見ぬふりをしてきた
ウィンクと笑顔に隠された悪行

だが真実を追い求めれば、本当の理由がわかる
法は問題を回避し、役割は――

エマは一度そこで息をつき、再び読み始めた。新しい節には、ブライアンが披露できなかった別の言葉、別の行が記されていた。

――汚される

休みなく動く顎は、もっとも好奇心をそそる話を
楽しむ
そして彼女の価値を証明するため、
自らの成果を破壊する

強欲と貪欲、さらなる緑への渇望
財布であれ空間であれ、満足というものはない

つながりによる権力を求める
地元のレディ・マクベスよ
汚れた手から罪を洗い流せることを祈ろう

切望する仕事のために賄賂を贈った男は
そのすべてを取り戻せる立場にいる

スイート・フォールズのよき人々よ、わたしにつどえ
こんな形でだまされはしないことを彼らに示そう

すべての悪行にはそれなりの結果が生じる
すべてを根絶しよう、雑草をそうするように

最後まで読み終えたエマは椅子の背に体を預け、それがなにを意味しているのかはよくわからないまでも、ブライアンの言葉の力に圧倒されていた。古典や詩に興味がなくとも、そこになんらかのメッセージがあることはわかる。とはいえ、具体的になにを伝えようとしているのかは不明だった。だが、ブライアンが自分の正しさを証明しようとしていたこと、万一に備えてエマにこの詩のコピーを送っておくべきだと考えていたことは間違いない。だが基本的な情報すら与えられていない以上、彼の言葉の背後にある意味はつかみどころがなかった。

「やっているのよ、ブライアン」温かな舌に肘をなめられて、エマは画面から、問題がないことを確かめたがっている悲しげな瞳に視線を移した。「ああ、いい子ね。あなたが話せればよかったのに。わたしと一緒にこれを読んで、その意味を考える手助けができればよかったのに」

もう一度スカウトになめられたエマは、お返しにスカウトの頭を撫でてから、画面に視線を戻した。ブライアンの詩を二度、三度、そして四度目に読んだときには、声に出して朗読していた。

「高校の詩の授業では、ずっとCしか取れなかったって彼は知らないのよ」文句を言ったエマは、スカウトが部屋にいないことに気づいた。「わかってるって。本当よ。わたしも詩はあんまり好きじゃないから」

廊下を歩くスカウトの爪の音が、信頼できる仲間であればそうするように、エマの傍らに寄り添おうとしていることを教えていた。だがくわえているのがリードだろうと思ったエマの予想とは裏腹に、戻ってきたスカウトがエマの膝に落としたのは彼女の携帯電話だった。

18

エマはプログラムされたロボットのように、芝生からボールを拾いあげると、丘の麓の大きな木に向かって投げた。傍らにいたスカウトは即座に走り出し、その姿はまるで輪郭がはっきりしない毛皮の塊のようだった。単純な喜びに身を任せたくて公園に来たというのに、気を紛らわせるためにしたことはどれも失敗に終わった。みじめなほどに。

ゆうべはほんの一時間ほどしか眠れなかったことも、さらに事態を悪化させていた。死ぬまでにやりたいことのリストにも将来の目的にも、素人の探偵ごっこなどという項目はなかったのに、運命のいたずらで首を突っ込むことになってしまった。時間を遡ることができて、町のバーチャル掲示板にあの広告を載せるのをやめられるなら……それが無理なら、せめてブライアンの電話に出ないようにするのに。それとも、咄嗟《とっさ》にそうしようと思ったように、彼に電話を折り返して、仕事をキャンセルするのに。

けれど時間を巻き戻すことはできない。ブライアンも戻ってはこない。前に進むほかはない——ブライアンの殺人と、自分の死を望んでいると彼が考えていた四人が存在する未来に。

ナンシー・デイヴィス。

リタ・ジェラード。

ロバート・マクナニー。

ボーリン保安官。

まっとうな市民だとエマが常々考えていた、まったく異なる四人の人々。いまはどう考えている？　ゆうべのあとでは？

ひと晩中、幾度となく読み返した詩がまた脳裏に蘇ってきて、エマは身震いした。分解して、分解してという高校時代の詩の教師の教えが、どれほど無視したいと望んだとしても無視できない考えへと彼女を導いた。

ブライアンは間違いなくトラブルメーカーだ。彼の詩がそれを証明している。けれど、だからといって死んでいいはずがない。それどころか、彼の言葉をエマが正しく解釈しているとすれば、彼が巻き起こした論議はいい結果につながったかもしれない。彼が口を封じられていなければ。

彼の口は封じられた。けれど完全にではない。彼は手段を講じていた。写真の載った紙をエマに渡し、最後まで読むことのできなかった詩を彼女に送った。

エマは気づいたことや、尋ねるべき質問、探り出さなくてはならない事柄、そして——再び身震いした——ブライアンを殺した犯人を捕まえるための計画表のようなものを、何ページにもわたって書き記した。ひとりでするのであれ、だれかが手伝ってくれるのであれ。

ドッティが医者に予約を入れていることを知っていたので、うしろのポケットから携帯電話を取り出して、時間を確かめた。住所録を開いて、ドッティの名前を探していると——

「スカウトっていう名前なんだよ」

画面の上に指を置いたまま顔をあげると、ジャックがこちらに向かって歩いてくるところだった。傍らには、広い肩の形から笑ったときにできる左頬のえくぼまで、彼をそのまま小さくしたような少年がいる。

「やあ、エマ」ジャックは長い脚で数歩進んでふたりの間の距離を詰めると、自分の縮小版の少年の両肩に手を置いた。

「トミー、彼女はミス・ウェストレイク。そして——」ジャックは息子から手を離し、戻ってきたスカウトを存分に撫でた。「——この子が彼女が飼っているスカウトだよ」

「あなたの犬を撫でてもいいですか、ミス・ウェストレイク?」トミーはエマからスカウトへと視線を移しながら訊いた。「すごく優しくしします」

「エマと呼んでね。ええ、もちろん撫でていいわよ。ちゃんと断るなんて、とてもお利巧ね」

エマは芝生の上に携帯電話を置き、膝立ちになった。「スカウトはどこを撫でられても喜ぶんだけれど、とりわけここが好きなの。耳のあいだよ。こんなふうに」

少年はエマとスカウトと並んで地面にぺたんと座った。その指がまさにスカウトの撫でられたい箇所を探り当てたらしく、お返しに顔全体をなめられて、トミーはくすくす笑った。

「スカウトと持ってこいをする?」エマはスカウトが落としたボールを拾い、トミーに差し出した。「スカウトが世の中で一番好きなことが、持ってこいなの」

トミーはジャックを見あげた。「やってもいい、パパ？」

「もちろんさ」ジャックはエマの隣にしゃがみこむと、丘の麓の木を指さした。「あのあたりに投げるようにするんだ」

トミーは右腕を大きくふりかぶると、ありったけの力でボールを投げた。待ちかねたようにスカウトが駆けだしていき、トミーはおおいに喜んだ。トミーもそのあとを追いかけたから、ボールをくわえたスカウトが丘の上まで戻ってくる必要はなかった。トミーは何度も何度もボールを投げた。スカウトは何度も何度もそれを追いかけ、新しい友だちのところにくわえて戻ってきた。

「ありがとう」ジャックは地面に座り、肘をついて体を支えている。

「お礼を言うのはわたしのほうよ」スカウトがとてもうれしそうなのでエマは思わず微笑んだが、すぐにその笑みは消えた。「わたしのやる気がないと、スカウトにはわかるの」

「どうかした？」

エマはあくびをかみ殺した。「ゆうべはあまり眠れなくて」

「仕事？」

「ううん」

「遅くまで出かけていた？」

「ちがうの。ただ――」エマはスカウトとトミーを眺めた。「――考えることがたくさんあって」

「今朝、きみを見かけなかったのはそれが理由なのかな？」

「今朝？」

「ジムで」

「ああ、そうね」エマはあくびをした。「いまから思えば、エクササイズをすればいくらかは頭がすっきりしたかもしれない。でも今朝は、ジム仲間が朝早くから仕事があって、次は月曜日に行くことになったのよ」

それっきりふたりは黙りこんだ――やがてジャックが、長々と息を吐いてその沈黙を破った。「ぼくのやる気がないときは、トミーにもわかるんだ。だからきみとスカウトにこうして会えたのは、願ってもないことだった」

ジャックの口調の変化に気づいて、エマは彼のハンサムな顔を見つめた。「大丈夫？」

彼は答えるべきかどうかを推し量っているかのように、しばらくその質問について考えていた。ようやく口を開いたときには、エマが耳に神経を集中させなくてはならないくらい、その声は密やかだった。「このあいだきみと話したことだが、本当になにかあるのかもしれない。ぼくのボスのことだ。もしあるとしたら、それは……」

ジャックは口を閉じ、首を振った。

「彼じゃないかもしれない」エマはそう言いながら、スカウトとトミーに視線を戻した。

「ブライアンはほかの人たちの悪事も暴いたのかもしれない」

「そうだな」

その声の調子がエマは気になった。「納得していないみたいに聞こえる」

ジャックは息を吐いた。「していないからね」

「ほかになにかつかんだの？」

「いいや。だがあの若者の逮捕についても、なにも見つからなかった。すべてのフォルダーを見た――バーチャルのものも、そうでないものの。全部消えていた。最初からなかったことみたいに」

エマは、保安官のことを言っているに違いないと確信している例の詩の一部を思い起こした。「よく覚えていないんだけれど、ボーリン保安官は簡単に再選できたの？」

ジャックはうなずいた。「驚くほどね」

「驚くほど？」

「あの選挙で、彼は最有力候補ではなかった。ほど遠かった。だが最後は、数人の大物議員の支援を取りつけて、見事に当選したというわけだ」

エマは彼の言葉とブライアンの詩を関連づけて考え、ひとつ息を吸うと、思い切って言った。「収賄《グラフト》っていう言葉に聞き覚えはある？」

「もちろんさ。賄賂を受け取ることを警察ではそう言うんだ」ジャックは芝生を一本引き抜くと、指でくるくると回した。「どうして？」

「それって、あなたがその若者の逮捕歴を見つけられないことと関係している？」

「きっぱり、〝ない〟と言えればよかったんだが。議員の息子の件がぼくの考えどおりだったとすれば、収賄ということになるんだろうな」

ジャックはトミーを、エマはスカウトを目で追った。「その人が、あなたのボスが再選されるように支援した議員のひとりだっていう可能性はある？」

ジャックはエマを見つめたあと空へと視線を向けたが、実際にはなにも見ていないことがエマにはわかっていた。「実のところ——」彼は手で口を押さえた。「その……そうだ……彼だ。つまり、ぼくがこの仕事を続けたいのであれば、彼に話を聞く前に万全の準備をしておいたほうがいいということで——」

「切望する仕事のために賄賂を贈った男は、そのすべてを取り戻せる立場にいる」エマはつぶやくように言った。

そういうことなんだろうか？　これが——

「なんだって？」

彼の視線を感じてそちらに顔を向けると、そこには彼女の顔をそのまま映したような困惑の表情が浮かんでいた。「ごめんなさい、ちょっとぼうっとしていたみたい。なにか言った？」

「いや。きみがいま言ったことだが……賄賂を贈ったとかなんとか。どういうことなんだい？」

車のヘッドライトを浴びてすくんでしまった鹿のように、エマは心の中で安全な場所にとびこんだ。「えーと――その、頭に浮かんだただの詩よ」

「そうか」

ブライアンの詩だとどれほど言いたかったことか。そうすれば、いまこの場で彼に一緒に考えてもらえる。けれどそれはできなかった。いま打ち明ければ、それでなくても彼は息子と楽しむべき週末に重荷を抱えているのに、それをさらに重くしてしまう。

「ぼくがいないことに気づかれる前に、署のファミリー・デイに戻ったほうがよさそうだ」彼はにぎわっている遠くの大型テントを顎で示しながら、立ちあがった。「それにトミーは今週ずっと水風船投げを楽しみにしていたからね。臆病者みたいに逃げ回って、あの子をがっかりさせたくはないよ」

「あなたは臆病者じゃない」

「疑惑を抱いているのに、まだなにもしていない」

「だからって臆病者だということにはならないわ。そうじゃなくてあなたは――」エマはふさわしい言葉を探した。「――用心深いのよ。ブライアンはあなたのボスについて衝撃的ななにかを知っていたのかもしれないけれど、彼が悪事の証拠をつかんでいたのはひとりだけとは限らないもの」

彼は肩をすくめたが、そこにはエマが期待していたような希望の色は見られなかった。それどころか、不安が深まっただけのようだ。

「もしかしたら――ひょっとしたら――きみの言うとおりなのかもしれない。だがもしきみの言うとおりだとして、ほかのだれかがブライアン・ヒルを殺したのだとしても、ぼくの職場内部で行われている違法行為に目をつぶることはできない。そんなことをすれば、ぼくも同じ穴の……」ジャックはまた手で口を押さえたが、やがてゆっくりとその手を体の横におろした。「とにかく、話を聞いてくれてありがとう。それから、息子をきみの犬と遊ばせてくれてありがとう。あの子が楽しそうにしているのを見るのは、いいものだ。きっと、あの子の今日のハイライトは水風船投げじゃなくて、スカウトと持ってこいをしたことになるんだろうな」

エマも立ちあがり、彼と並んだ。距離の近さを不意に意識しただけでなく、彼が正直に打ち明けてくれたことが心に響いて、脚がいくらか震えていた。「スカウトはみんなにそう思わせるの」

「飼い主に似るっていうことなんだろうな」

エマは彼の言葉に驚いて一歩うしろにさがり、息子とスカウトのほうへと丘をおりていくジャックを見守った。ジャックは彼らのところまで行き着くと、しゃがみこみ、寝そべっているスカウトの腹を撫で、トミーの鼻をつついた。「新しい友だちができたみたいだな」

トミーはスカウトの背中にもたせかけていた頭をあげ、エマが思わず息を呑むくらい顔いっぱいに笑みを浮かべた。「そうだよ!」

「よかったな。でも、そろそろ行かないと。おまえは水風船投げが待っているし、父さんはほかの保安官補たちとハンバーガーを焼かなきゃいけないんだ。おまえがクーラーボックスの中で見つけたやつだよ」

「でもぼくはここでスカウトと一緒にいるほうがいいな」

「スカウトもあなたが好きよ」エマは彼らに近づいて言った。「でもスカウトとわたしはよ

くここに来るのよ。だからまた会えるわ」

スカウトはぴくりとも動かない。

トミーもだ。

「実を言うと、毎週土曜日の十二時頃にここに来ているのよ。そうよね、ボーイ?」

「明日は土曜日だ!」トミーとスカウトは揃って顔をあげた。

ジャックに目を向けたエマは、その顔に息子と同じうれしそうな表情が浮かんでいること

に気づいた。だがその意味を考える間もなく、公園に着いたときに音を消しておくことを忘

れていた携帯電話が鳴り、彼女はうしろのポケットを探った。

「クロヴァートン?」エマは画面に表示された発信場所とその上の知らない番号を見て取り、

ぞくりとする興奮を感じた。「ごめんなさい、ジャック。この電話は出ないといけない」

「わかった。かまわないよ」ジャックはトミーに手を伸ばした。「さあ、行こう」

トミーはエマを見つめながら、あわてて立ちあがった。「明日? お昼に?」

エマはうなずくと、スカウトに別れの挨拶をしている父子から離れて電話に応じた。

「もしもし、エマです」

「エマ、アンディ・ウォールデンです。先週、ぼくが出張で留守にしているあいだ、父の様

子を見てほしいとメールをしたんですが」

「こんにちは、アンディ。電話をありがとう。お返事が遅くなったこと、改めてごめんなさい。いまさらこんなことを言うのもなんだけれど、メールに気づいてすぐに返事をしたんです」

「そういうこともありますよ」エマの母親のお気に入りの映画スターに似たよく響く低い声が、さらに言葉を継いだ。「よければ、明日の二時頃にぼくの家まで来てもらえませんか？　詳しい話がしたいんです。お互いの条件が合うかどうかを確かめたい」

エマは喜びに片手を突きあげた。「もちろん！　明日の二時なら大丈夫です！」

「よかった。住所はメールで送ります。それじゃあ、明日」

「ええ、明日。ありがとう、アンディ」エマはポケットに携帯電話を戻すと、手を振ってスカウトを呼び寄せ、その首に両腕を巻きつけた。「明日はすごく、すごく、いい日になりそうよ、ボーイ」

19

クッキーがのったバットをエマがオーブンから取り出していると、足元に陣取っていたスカウトが廊下に向かって猛烈な勢いで駆けだしていった。エマはコンロの上にバットを置き、オーブン用のミットをカウンターに放り投げ、彼のあとを追った。ドアの前に座りこんだスカウトが尻尾を振っているのは、だれかがノックしているということだ。

「迷わずに着いたのね」エマがドアを開けると、疲れたような顔がそこにあった。

ステファニーはほんの一瞬エマの顔を見たかと思うと、すぐにしゃがみこんでスカウトに話しかけた。「いい子はどこ？　だれかな？　だれかな？　あなたね！」

スカウトはそのお返しにステファニーの頬を、顎を、鼻を、もう一方の頬を、眉を（目を経由して）なめてから、飼い主と新しい友人のちょうど真ん中に座った。

「スカウトは本当に最高ね」ステファニーはにっこりして言った。「わかっている？」

エマはスカウトに向かってウィンクをすると、とたんに揺れ始めた尻尾を見て笑い、それからステファニーが入れるように一歩さがってドアを開けた。

「さあ、入って。ちょうどオーブンからクッキーを出したところよ。食べてくれって、わたしたちを呼んでいる」

「クッキーを焼いたの？」

「そう。チョコレートチップ・クッキー」

「わたしのために？」ステファニーは廊下に足を踏み入れながら訊いた。

「あなたが来るって聞いて、すぐにオーブンに入れたの」エマはドアを閉めると、先に立って廊下からキッチンへと進んだ。

ステファニーはキッチンに入ったところで立ち止まると、中を見回し、デイジーの形の壁掛け時計、デイジーの柄の缶、スカウトの餌と水のボウルの下に敷かれたデイジーの模様のマット、そして来客のためにエマが用意した縁にデイジーが描かれたデザート皿をその緑色の目で見て取った。

「あなたはデイジーが好きなのね？」

「どうしてわかったの？」エマはテーブルにつくようにとステファニーに身振りで告げ、まだ温かいクッキーを大皿にのせた。「実のところ、わたしは花ならなんでも好きなの。デイジーはお気に入りというだけ」

エマから大皿を受け取ったステファニーは、牛乳はどうかという問いにうなずいてから、おずおずとクッキーを二枚、自分の皿に取った。「すごいわ、エマ」

「なにが？　クッキーのこと？　まだ食べていないじゃない」

「あなたが作ったっていうことよ。わたしのために。電話をくれて、ミスター悪魔とのミーティングがどうだったかを尋ねてくれるなんて、本当にびっくりした。そしてそのあとでわたしを招待してくれるなんて。あなたの家に。本当にうれしい」

エマは牛乳の入ったふたつのグラスをテーブルに運び、ステファニーの向かいの席に腰をおろした。クッキーを一枚つまむと、乾杯するように掲げてから、ふにゃっとした温かい生地にかじりついた。「クッキーを焼く言い訳は、どんなものでもいいのよ」

ステファニーの笑い声は、クッキーをひと口かじると感嘆の声に変わった。

「まあ……わお……すごくおいしい」

「ありがとう」

ふたりは心地いい沈黙の中でクッキーを食べていたが、やがてステファニーは改めてキッチンをゆっくりと見回し、それに気づいたスカウトは水のボウルをぺろぺろとなめた。

「こういうのが欲しい。すごく欲しい」

「なにが欲しいの？」エマはステファニーの空の皿と自分の皿に、それぞれ三枚目のクッキーをのせた。

「これよ」ステファニーは牛乳を飲んだ。「好きなようにしつらえることのできる自分だけのキッチン、一緒に過ごせるペット、そういうもの全部」

エマはグラスごしにステファニーを見つめた。「どうして手に入れないの？」

「だって、週日は仕事以外になにもする時間がないし、週末は住むところを探すどころか、ソファから動こうという気にすらまったくなれないの」

「遅くともしないよりはましっていうじゃない?」ステファニーは最後のクッキーに手を伸ばした。「使い古された言い回しだけれど、事実よね」

「明日の朝、ドッティの家で会ったあとで、一緒に貸家の広告を見るのはどう?」

「そのことだけれど……」ステファニーは牛乳をひと口飲んだ。「土曜日の朝八時ってどうなの? お互い、もう少し楽な時間にしない? 午後の二時か三時とか?」

「そんなことしたら、一日がつぶれちゃうじゃない」エマはクッキーを平らげると、椅子の背にもたれた。スカウトはその仕草をテーブルに近づいてもいいという誘いだと解釈し、エマは寄ってきた彼の首を撫でた。「それにわたしは、二時にクロヴァートンで依頼人になるかもしれない人と約束があるの」

「ああ、そうよね……普通の人は週末の予定があるものだってこと、つい忘れちゃう」

「わたしたちだって予定を立てられるわよ。あなたさえよければ」

ステファニーは眉を吊りあげた。「わたしたち?」

「あなたとわたし。九時にはドッティとの話し合いも終わるはずよね? そのあとで貸家の広告を見て、どれがいいかを実際に見てまわる時間はたっぷりあるわ」エマは最後にもう一度スカウトを撫でると、ふたりの取り皿と空になったグラスを集めてシンクに運んだ。「もちろん、あなたがそうしたければだけれど」

「本当にそうしてくれるの?」ステファニーはオーブンの取っ手に吊してあった布巾を急い

で手に取った。「土曜日に？」

エマはステファニーの手から布巾を取り戻すと、オーブンの取っ手にもう一度吊し、彼女を居間へといざなった。「もちろんよ。きっと楽しいわ。それにもし運がよくて、その家が借りられていなければ、家の中まで見られるかもしれない」

「買おうかと思っているのよ」

「それなら、もっといいわ」エマはステファニーがソファに落ち着くのを待って、反対の端に腰をおろした。「不動産屋に行って、連れていってもらえるかどうか訊いてみましょうよ」

「あなたが本当に一緒に行ってくれるなら、マクナニー・ホームズの営業所がモアヘッドにあるの。そこで調べてみない？」

「いいわね」

エマの返事を聞いたステファニーは、笑みを隠そうともしなかった――心の底からの満面の笑みは、彼女を五歳は若く見せた。「素敵！　それにもしかしたら、もしかしたらだけれど、そこで一石二鳥を狙えるかもしれないわよ。お偉いさんが週末にいる可能性は限りなく低いけれどね。下働きはそのためにいるんだもの」

「お偉いさん？」

ステファニーの笑い声が部屋に響いた。「いまの言葉をドッティに聞かれなかったことを感謝するべきね」

「そうね。ロバート・マクナニー」エマはこめかみをもみながら言った。「忘れられるはずがないでしょう？　とりわけ、ゆうべのあとでは」

「ゆうべなにがあったの？」

「ブライアンからEメールが来たのよ」

「面白いこと」

「真面目な話なの」エマはさらにこめかみをもんだ。

ステファニーは本気で笑った。「ちょっとやめてよ……テクノロジーの活用にしても、常にネットにつながっていないといられないっていうのも、ちょっと行き過ぎているのはわかるけど、あの世からはEメールもショートメールも来ないわよ」

「あの夜、〈ディーターズ〉でステージにあがる前に彼が送っていたのよ」

笑い声が止んだ。「マジなのね……」

「命を懸けてもいいわ」自分の言葉の皮肉さに心の中で縮みあがりながら、エマはこめかみをもみ続けたが、ひどくなる一方の頭痛にはなんの効果もないようだった。「あんなことが起きて、なにがなんだかわからなくなって、新しいビジネスのために作ったアカウントをチェックすることなんてすっかり忘れていたの。でも、昨日、スカウトに仕事部屋まで連れていかれたのよ。気がついたら、パソコンの前に座って、受信箱に入っていたブライアンからのEメールを見つめていたというわけ」

「なんて書いてあったの？」

「〝念のため〟」

ステファニーはその続きを待つように、エマを見つめた。エマがなにも言おうとしないことがわかると、指を丸めた。「それで？　続けて……」

「それだけよ。それしか書いてなかった。〝念のため〟」

「なにが念のためなの？」

「彼の予言が本当になったときのためっていう意味だと思う」エマはテーブルの右隅に置かれていた携帯電話を手に取ると、ブライアンが添付ファイルで送ってきた画像を表示させた。ステファニーに携帯を渡した。「彼は詩を添付していたの。途中までしか朗読できなかった詩よ」

ステファニーはエマと彼女が手にしている携帯の画面を交互に眺めながら、聞いた。

「読んでもいいの？」

「もちろんよ。だから見せているんじゃない」

エマは、それのせいでゆうべほとんど眠ることができず、朝からはなにをしていても頭から離れなかったブライアンの詩をステファニーが読んでいる間、黙って待った。数秒ごとにステファニーの目が見開き、口が〝わお〟という形を作っているのを見ていた。

「これって、とんでもないわよ、エマ」ステファニーはようやく顔をあげて言った。「だって、これを読んだ？　この人、絶対になにか思惑があるもの——あったって、言うべきかしら」

「そうね」

「なにが言いたいのか、わたしにはよくわからないんだけれど、詩って最初はそういうものよね」ステファニーが言った。「優れた詩って、考えたり、分析したりすることが必要なのよ」

エマはソファから立ちあがり、通りを見渡せる窓に近づいた。スカウトはその動きを目で追っていたが、お気に入りの犬用ベッドから動こうとはしなかった。「わたしはゆうべほとんどひと晩中、それをやっていたのよ。一節ごと、一行ごと」

「わたしはいま読んだばかりだけれど、四人の容疑者がなにかを隠しているって彼が考えていたのは、まず間違いないわね」

「というより、彼らは悪事を働いたのに報いを受けていないって信じていたみたいね」エマはステファニーを振り返り、窓枠にもたれた。「それに、汚された役割っていうくだりはどうなの？　この詩は四人全員に向けたものみたいなことを彼は言っていたけれど、役割があるのはボーリン保安官だけ。市長の妻も含めてもいいかもしれない。ナンシー・デイヴィスとロバート・マクナニーは、あなたやわたしと同じ、普通の市民よ。彼らに汚されるような役割はない。違う？」

ステファニーは再び画面を見つめ、唇を動かしながら黙ってもう一度詩を読んだ。読み終えると、ソファの肘掛けに電話を置いた。「さらなる緑への渇望っていうのは、農園の女性のこと？」

「ナンシー・デイヴィスね。おそらくあなたの言うとおりでしょうね」エマは肩をすくめた。

「でもわたしは、休みなく動く顎っていう箇所が彼女じゃないかって考えていたの。ナンシーは噂好きだっていう評判だから――悪意のある噂じゃないけれどね」

ステファニーはまた電話を見つめ、ざっと画面を眺めた。「ああ、そういうことね。彼女って言っているしね」

「リタ・ジェラードの可能性もある」

「ちがうわね。マクベスを引用しているところが彼女よ。間違いない」

エマはソファへと戻ったが、座ろうとはしなかった。「どうして?」

「〝地元のレディ・マクベス〟なのよ?」ステファニーは目を細くしてエマを見た。「考えてみてよ、エマ。わたしたちの地元のレディ・マクベス。リタ・ジェラード――市長の妻。とても詩的よね。シェイクスピアも誇りに思うでしょうね」

「シェイクスピア?」エマが訊き返した。

ステファニーは彼女を見つめた。「そうよ……」

「おえっ」

「好きじゃないみたいね」

「そういうこと。でも、汚れた手っていうのは、ナンシーを差しているのかもしれない。ガーデニングのことを考えれば」

ステファニーは改めて詩を見つめた。「確かに。でもその場合、マクベスの行の意味が通らなくなる」

「うしろのほうに賄賂の節があるでしょう？　それはもうわかっているの」

「そうなの？」ステファニーが顔をあげた。「どうして？」

「グラフトっていうのは、賄賂を受け取ることを意味する警察の言葉なの」スカウトがあくびをするのが聞こえたので、エマは彼のベッドに近づいた。「ジャックに確認した」

「保安官補の？　彼はまだあなたを尾行しているの？」

「尾行なんてしていないわよ。ただ……」エマはスカウトのベッドの脇にしゃがみこみ、公園でのことを思い出しながら彼の首を撫でた。

〝なるほどね〟というステファニーの声に、エマは現実に引き戻された。

「なるほど？」スカウトのお腹へと手を移動させながら訊き返す。「なにがなるほどなの？」

「顔がにやけてるし」

エマはまじまじとステファニーを見つめた。「だから？　スカウトを撫でているだけよ」

「違うわね。そんなことを言ってもだめ。そんなふうににやける理由はひとつしかないし、それはその犬とはまったく関係ない」ステファニーは笑いながら身を乗り出した。「あなたは、あの保安官補にお熱なの。顔じゅうに書いてある」

「そんなことない！」

ステファニーにしたり顔で笑われてエマの頬が熱くなった。

「いいえ、そうよ」

「違うってば。もしわたしが彼の話をしているときににやけていたとしたら、それは彼の息子のトミーのことを考えていたからよ。あの子とスカウトは、今日公園で会った瞬間からものすごく仲良しになったの」

「子供がいるの？」

エマはうなずいた。「八歳」

「奥さんもいる？」

「いいえ！　離婚しているの」

ステファニーの顔に笑みが戻った。「彼に夢中なのね」

「そうじゃないってば。ばかなこと言わないでよ」

「ウィリアム・シェイクスピアの『ハムレット』の不朽の台詞があるわ。〝この婦人は、くどいほどに否定しますね〟」

20

「土曜日の昼前に起きるのは、だれにとっても法律違反だと思うわ」

エマは笑いながらリードを引っ張ってスカウトを立ち止まらせ、ドッティの家の私道の十メートルほど先に駐めた車から降りてくる、寝間着のようなものを着たステファニーを振り返った。「ちゃんと起きたじゃないの！」彼女のほうへと引き返しながら声をかける。「それも時間どおりよ！」

「後世のために写真を撮っておいて。二度とないと思うから」今日最初の正式な挨拶として、スカウトが尻尾を振りながら近づいてくるのを見て、ステファニーはあくびの合間にかろうじて笑みを作った。「おはよう、スカウト。あなたがわたしの犬だったら、まだベッドで丸くなっていたところよ」

「それはないわね。スカウトは日の出と共に起きるのよ。週七日」

ステファニーの唇がぞっとしたようにゆがんだ。「犬ってみんなそうなの？」

「どうかしら。わたしはスカウトのことしか知らないから」エマの視線がステファニーの足に向かった。「いいスリッパね。あなたのアンサンブルとぴったり」

「なんだか品定めされているみたい」

エマの笑い声を聞いて、スカウトが彼女の傍らに戻ってきた。「まさか。品定めなんてしていないわよ。でも、ドッティがどんな反応を見せるかは楽しみだわ」

ステファニーのまだ眠そうな目が側庭とパティオへと続く通路に向けられた。

「ドッティはパジャマを着ないの？」

「もちろん着るでしょうね。寝るときには。いまは寝る時間じゃないけれど、でも大丈夫よ」エマはついてくるようにとステファニーに合図を送ると、スカウトを先に歩かせた。

「あなたを見たときの彼女の顔が見ものね」

ステファニーは足を止めた。「家に帰って、着替えてきたほうがいい？」

「ううん。ドッティにはそのままのほうがいい——あなたの格好に気を取られて、わたしがなにを着ているかには気づかないだろうから」

ステファニーは、エマの花柄のスカートとアイレット・レースのシャツを眺め、顔をしかめた。「その格好になんの問題があるの？」

「まあ、見ているのね」エマはついてくるようにともう一度ステファニーに身振りで示し、ゲートの前にいるスカウトをふたりで追った。錬鉄の柱のあいだからのぞいてみると、左側にコーヒーカップ、右側には罪深いくらいおいしそうななにかがのった皿、そのあいだに大きなマニラ封筒が置かれたパティオのテーブルの前に座るドッティが見えた。

「おはよう、ドッティ」エマは掛け金をはずし、スカウトとステファニーが入るあいだゲートを押さえていた。「来たわよ」

ゲートのほうに顔を向けたドッティは、遠近両用眼鏡を鼻の真ん中あたりにずらし、ぎょっとしつつも無言でステファニーを一瞥《いちべつ》したあと、じろりとエマをにらみつけた。「戦没者追悼記念日の週末はまだ二週間も先だって、わかっているのかしら、ディア？」

「ほらね」エマはステファニーに言った。「このあとよ……」

「白のサンダルは、五月半ばにはまったく不適切ですよ、エマ」

「不適切なのは白のズボンかと思っていたわ」エマが反論した。

「それはサンダルも同じ」

「よくわかったわ」エマはドッティに歩み寄ると、完璧に整えられた髪の上に軽くキスをしてから、三日前と同じ席に腰をおろした。「ステファニーは？　彼女にはなにか言うことはないの？」

ドッティは三人目のメンバーに椅子を示すと、テーブルの真ん中に置かれているシナモンロールの大皿を勧めた。「どうぞ。温かいうちに食べてちょうだい」

「それだけ？」エマは訊いた。「わたしにはサンダルがどうこう言っておきながら、ステファニーにはシナモンロールを勧めるの？」

「あなたも食べていいのよ、ディア」ドッティは目をぐるりと回した。

エマはドッティを見つめ、それからステファニーを見つめ、そしてまたドッティに視線を戻した。「彼女がパジャマとスリッパっていう格好だっていうこと、わかっているわよね？」

「スリッパと言えば、ステファニー、それはどこで手に入れたの？　今度ショッピングモールに行くときには、同じようなものを買ってきてほしいとグレンダに頼まなくてはいけないわね。それは頑丈そうだし、履き心地もよさそう」

「ほらね！」ステファニーは勝ち誇ったような笑顔をエマに向けると、自分の皿にシナモンロールをひとつのせ、指先についたアイシングをなめた。「グレンダにエマの分も買ってきてもらうといいかも」

「わかったわよ……そういうことね」エマもシナモンロールを自分の皿にのせた。「昨日はどうだったの、ドッティ？　メッセージを――それも二通も送ったのに、返事がなかった」

「あなたは今朝、ここに来ることになっていたでしょう？」

「そうよ。でも確認しておきたかったし、遅れて気づいたEメールの話がしたくて――」

ステファニーは指をなめるのを中断して、すっくと背筋を伸ばした。

「そうなのよ、ドッティ。聞いたら驚くわよ。すごいんだから」

ああ。

「話してあげて、エマ。ブライアンがあなたになにを送ったのか。それとも――」ステファニーは最後にもう一度指をなめてから、フォークに手を伸ばした。「――ゆうべわたしに見せてくれたあの写真を、ドッティに見せてあげたほうがいいわね」

「ゆうべ？」ドッティが訊き返した。

にらんでいることにステファニーが気づいていないようだったので、エマはテーブルの下で彼女を蹴飛ばして黙らせようとしたが、無駄だった。ステファニーの口は止まらない。

「エマはゆうべわたしを家に呼んでくれて、ブライアンが最後まで読むことのなかった詩を見せてくれたの！」

ドッティの視線の険しさに、エマは思わず水のグラスに手を伸ばした。

「ミスター・ヒルの詩を持っているの、エマ？」

「そうなの！」ステファニーは皿の上のシナモンロールをひと口分フォークで切り取りながら言った。「あの夜彼は〈ディーターズ〉で報復するつもりだったの。わたしたちの容疑者は、あの場に呼び出されたのよ」

「わたしはどうしていまになってその話を聞いているのかしら？」ドッティの声には、痛みの混じった怒りがこもっていた。

「エマが受け取ったのは木曜の夜だったの」

ステファニーに返事をしながらも、ドッティの視線がエマから逸れることはなかった。

「いまは土曜日の朝よ」

「わたしは昨日、あなたにメッセージを二通送った」エマはおずおずと言った。「覚えている？」

「そのどちらのメッセージにもそんなことはなにも書いていなかった」

「あなたの都合を確認するのが目的だったから。折り返しの電話があったら、そのときに詩のことを話そうと思っていたの」

「心配ないわよ、ドッティ。エマとわたしはゆうべ、詩についていろいろと検討したの。進展があったと思うわ」ステファニーはエマを見た。「ところで、あなたがテーブルの下で蹴っているのはわたしの脚よ。テーブルの脚じゃなくて」

エマはその場から逃げ出したくて、パティオを見回してスカウトを捜した。見当たらなかったので立ちあがり、いまだに剣のような視線をこちらに向けているドッティと庭を交互に眺めた。「アルフレッドの花壇のまわりに柵を作ってある？」

ドッティは長々と時間をかけてコーヒーを飲んでから、慎重な手つきでカップをソーサーに置いた。「あるわよ。ほんの二十分前に、わたしが見ている前で作らせたから」

「ああ、そう。よかった。ありがとう」エマは再び椅子に座り、膝にナプキンを広げると、ドッティの前の封筒を示しながら訊いた。「これなんでしょう？　ブライアンの解剖報告書？」

ふたりが一心に見つめていることを承知のうえで、ドッティは細心の注意を払いつつ（たっぷりの時間もかけて）封筒をひっくり返し、この二日のあいだに幾度となく開けていることが明らかな封を開け、年齢による染みの浮かんだ手で中身を取り出した。「検察医の報告書に加えて、役に立つかもしれないからと、わたしの情報源はミスター・ヒルの健康状態についての情報も教えてくれた」

「そのあなたの情報源は、あっさりとこれを送ってくれたの？」ステファニーの前に書類を並べているドッティに、エマは尋ねた。「それって違法じゃないの？」

ドッティは眼鏡の上からエマを見た。「わたしたちは殺人事件を解決しようとしているのよ、ディア」

「それは警察がするべきことでしょう？　わたしたちじゃなくて」

「あなたがやりたくないのなら、ステファニーとわたしだけでやるまでよ」

ステファニーはドッティが差し出した書類を受け取り、朝食の皿の隣に置いた。

「ドッティの言うとおりよ、エマ。これがあるんだから」

「そうね、マスコミがだめにするかもしれないあなたのビジネスを守るためにわたしたちががんばっているあいだ、あなたはぐずぐずとためらっているわけね」

「それは申し訳ないと……」エマは口ごもった。

「する前から後悔する人はいないわ、ディア」

エマの笑い声を聞いて、どこかの茂みを嗅いでいたスカウトが戻ってきた。「あら、一緒に遊ぶリスを見つけたの？」エマはスカウトの頭を撫でながら訊いた。

「それで？　一緒にするの？　しないの？」ドッティはステファニーを見つめながら、さらにエマに尋ねた。「この捜査にお荷物は必要ないの」

スカウトの頭を撫でていたエマの手が止まった。「お荷物？」

「あなたとあなたが――」ふさわしい言葉を探しているのか、ドッティが口ごもった。「この件に対してためらっていること」

「あなたが読んでるコージー・ミステリの登場人物みたいに安楽椅子探偵の真似事をするこ

とを、わたしがためらっているって言いたい？」

ドッティはまた目を細くしてエマを見た。「わたしたちがいましていることに、安楽椅子っぽいところは少しもないわよ。もしあったなら、ステファニーがこうして、被害者の正式な解剖報告書のコピーを見ることはなかったでしょうね」

「見るべきじゃないのよ」エマが言った。「わたしが言いたいのはそのこと」

ステファニーが書類の束から顔をあげると、ドッティのため息もエマの言葉も尻すぼみに途切れた。「ブライアンは、心臓に問題のある家系みたいね」

「心臓発作はいつから殺人に分類されるようになったの？」エマが訊いた。

「なってない」

エマは、報告書に戻したステファニーの視線を追った。「意味がわからない」

「最後の検診のときは心臓の状態は悪くなかったみたいだけど――」ステファニーはページをめくり、ざっと目を通した。「腎臓にかなり深刻な問題があって、経過観察が必要とされていた」

「うん……」

ステファニーは同じ箇所をもう一度読み直し、興味とも嫌悪とも受け取れる声をあげたかと思うと、顔をあげた。「死亡時の彼の体内から、高濃度のジギタリスが検出されている――ジギタリスには毒性があるから、うなずけるわね」

「ジギタリス」ドッティが繰り返した。「彼の家系には心臓に問題があって、そして彼は肝臓に問題を抱えていたのね？」

ステファニーはうなずきながらページをさらにめくり、そして元のページに戻った。

「運動に関することはなにも書いていないわね」

「彼はマラソンを走っていた」エマが言った。

ステファニーが顔をあげてエマを見た。「間違いない？」

「ええ。オープン・マイク・ナイトで会う約束をしたあと、彼について調べていたらそんな記事が出てきたの」

「面白い……」ステファニーはつぶやき、再び報告書に戻った。

「確かに面白いわよね」ドッティが応じた。

エマはドッティに訊いた。「あなたはこれがわかるの？」

「わかるわ」

「あなたが医学に関わっていたことがあったなんて知らなかった」

「関わったことはないわよ」

「それならどうしてこれが理解できるの？」

ドッティはまた眼鏡の上からエマを見つめ、薄くなりつつある唇の隅に得意そうな笑みを浮かべた。「読んでいるから」

「あなたが読んでいるのはコージー・ミステリじゃないの」

「そのとおりよ」

ステファニーが書類をひとつにまとめてドッティに返したので、ふたりは彼女に意識を戻した。「わたしにわかる限りでは、高濃度のジギタリスが死因だと思う。腎臓に問題があったせいで、尿で毒素を排出する能力が衰えていただろうから。彼のかかりつけ医はジギタリスを処方していないから、何者かが食べ物か飲み物にいれて摂取させたんでしょうね」

「それは即効性があるのね？」ドッティが尋ねた。

「彼の病歴を考えると、そうね、あるわ」

エマは姿勢を正した。あの夜のレストランに入ったときのテーブルの様子が、脳裏に浮かんだ。「ブライアンは、わたしが着く前に詰め物をしたマッシュルームを頼んでいたの！彼と外で会って、店に入ったときにはもうテーブルに用意されていた！」

エマが言い終える前から、ドッティは首を振っていた。「でもあなたは死んでいない」

「ジギタリスはすべての人に同じように作用するわけじゃない」ステファニーはドッティからエマへと視線を移しながら言った。「あの夜、めまいを感じたり、頭がくらくらしたりした？お腹の調子が悪かったとか——」

「わたしは食べなかったの！」

ドッティは車いすの上で背筋を伸ばした。「食べなかった？」

「そう。詰め物をしたマッシュルームは大嫌いなのよ！」

「あなたたちが着いたとき、四人の容疑者は全員がそこにいたのね？」ドッティが確認した。

エマはブライアンに連れられてテーブルに着いたときのことを思い起こした。「はっきりとは言えない。でも、フォルダーを開いて写真を見たときは――それから五分もたっていなかったわ！――四人ともいた。みんな、いま着いたばかりっていう感じでもなかった」

「つまり、店の外でブライアンがあなたと話している間に、そのうちのだれでもマッシュルームに近づいて、ジギタリスを混ぜることができたわけね」ドッティは検察医の報告書の上にノートを勢いよく置き、さっと開いた。「そのマッシュルームについて、なにか覚えていることはない？　これまでに見たものとどこか違っていたとか？」

「マッシュルームを――詰め物をしていようといまいと――注文するくらいなら、お腹を減らしていたほうがましだと思っているくらいだもの、わからないわ。ひと目見て、ぞっとしたっていうだけ」

ステファニーはドッティを見つめながら、フォークを使ってシナモンロールからアイシングをはぎ取り、口に運んだ。「エマにそんな質問をしたということは、わたしと同じことを考えているのね？」

ドッティはうなずき、ペンのキャップをはずした。「ええ」

「わたしもそうだと思う」ステファニーが言った。

エマはドッティからステファニーに、そして再びドッティに視線を戻して待った。どちらも意味ありげなやりとりに自分を加えるつもりがないことがわかると、皿を脇に押しのけた。

「ちょっと待ってよ。ふたりでなにをしているのか知らないけれど、やめてもらえる？」

「わたしたちがなにをしているって言うの？」ドッティが訊いた。

「知らないわよ。秘密の暗号かなにかがあるみたいに、ふたりで目くばせしているじゃないの。言っておくけれど、ブライアンはわたしの依頼人だったのよ」

ステファニーはにんまりした。「だれかさんは探偵ごっこに興味があるみたい……」

「ないわよ」エマは反論した。「わたしはただ……いいわ、わかった。興味をそそられた。だから話して！　マッシュルームの見た目が違っていたらどうなの？」

「薬物以外にも、ジギタリスと同じような症状を引き起こすものがあるのよ」ステファニーは残りのアイシングを食べ終え、シナモンロールに取りかかった。「ある種の植物で同じような結果になる場合があるの」

「植物？」エマが訊き返した。

ドッティがノートになにかを書きながら言った。「正確には三種類ね。キツネノテブクロ、セイヨウキョウチクトウ、そしてスズラン」

「スズラン？　スカウトがいるとき、あなたが柵で囲っているあれ？」エマは庭の隅の柵で囲まれた一角を指さした。「あれってそんなに毒なの？」

ステファニーはべたべたする指をナプキンで拭いたが、すぐにエマの皿からアイシングのかけらをつまんだので、また指が汚れた。「そうとも言える。その三種類の植物には配糖体が含まれているの。植物のどの部分にも同じようにね。二枚の葉だけでも、小さい子供やペットなら命に関わることもあるし、条件さえそろえば、様々な部分を使うことで成人を殺すことも可能だわ」

「腎臓疾患とか、心臓に問題のある家系とかね」エマはつぶやいてから、次の論点に移った。「そんなに危険なら、どうしてそんな植物を植えたりするの？」

ドッティはペンを止めて、エマの顔を見た。「数週間前にあなたがここに来たとき、においについてなにか言ったわよね？」

「あのいいにおい？」

「あれは、満開になったアルフレッドのスズランだったのよ」ドッティはペンを置くと、眼鏡をはずして目をもんだ。「アルフレッドが大好きだった」

「でも――」

「植えてあるのはゲートの内側だし、あたりを走りまわるような子供がここからいなくなってもう何十年もたつわ」ドッティはアルフレッドの努力の成果に目を向けて、笑みを浮かべた。「彼はあの花が大好きだった。それができたなら、一面に植えていたでしょうね。でも危険性がわかっていたから、責任が持てる範囲だけにしていたのよ」

エマがいま聞いた話をすべて理解して、検察医の報告書を読んだステファニーが言ったことと考え合わせて答えを出すまで、いくらか時間が必要だった。「つまりあなたたちは、何者かが詰め物をしたマッシュルームにスズランの葉を混ぜたって考えているのね？」

「推測にすぎないけれどね――ジギタリスの毒性から考えると」ステファニーが説明した。

「でもドッティがさっき言ったとおり、植物を使ったとしても、スズランはそのうちのひとつの可能性にすぎない。それにどの植物であれ、種や葉や茎や花、どの部分でもおかしくない。どれも毒があるから。どの部分が使われたのか、どんなふうに加工されたのかにもよるけれど、マッシュルームの上に振りかけられた可能性がある。実際に、マッシュルームを介していたならだけれど」

エマは再び、あの日の〈ディーターズ〉と彼女たちが席についたときにすでにテーブルに置かれていたマッシュルームを思い浮かべた。「もしもマッシュルームに振りかけたのだとしたら、かなりの早業よね？　洗面所かどこかに行く途中でわたしたちのテーブルの脇を通り過ぎたときにしたのかも」

ドッティは眼鏡をかけ直すとノートになにかを書きつけ、それからペンをエマにつきつけた。「ミスター・ヒルの詩を読んでちょうだい」

「ああ、そうだった」ステファニーはエマのアイシングをつまむのをあきらめて言った。「写真を見せてあげるといいわ」

ドッティはその口を封じるようにステファニーを指差した。「わたしは詩を見たいんじゃないの。彼女に読んでもらいたいのよ。あの夜、ミスター・ヒルが容疑者に聞かせたかったみたいに」

エマは椅子の脇に置いていたトートバッグを手に取ると、中から携帯電話を取り出した。バッグを元の位置に戻し、写真フォルダを開く。「読むわね……　〝目を配れ、目を配れ、いまここに座り、賛美する人たちよ、じきに彼らの不正に気付くだろう〟」

「止めて」

エマが顔をあげると、ドッティは大好きな歌を聴いているかのように目を閉じていた。

「なに？」

「もう一度読んでみて」

「〝目を配れ、目を配れ、いまここに座り、賛美する人たちよ、じきに彼らの不正に気付くだろう〟」エマはドッティが目を開けるのを待った。ドッティは目を開けると、肩をすくめた。

「そこは簡単ね。スイート・フォールズの住人でいっぱいの席で暴露するために、彼が四人を招待したのよ。それはわかっている」

ドッティとステファニーは視線を交わした。「彼が招待したの？」

「そう」

ドッティは続けてというようにエマに向かって手を振ると、再び、目を閉じた。

「〝わたしはしばしば口にする、いまも口にする、暴いた真実を、これがわたしの誓いだ。これまでだれもがあまりに長い間、見ぬふりをしてきた、ウィンクと笑顔に隠された悪行。だが真実を追い求めれば、本当の理由がわかる。法は問題を回避し、役割は汚される」

ドッティは目を開けると、手早くなにかを書きつけ、また目を閉じた。「続けて、ディア」

「次の節ね。〝休みなく動く顎は、もっとも好奇心をそそる話を楽しむ。そして彼女の価値を証明するため、自らの成果を破壊する〟」

「それはナンシーね」

今度はエマとステファニーが顔を見合わせた。

「続けて」ドッティが言った。

「でも――」

ドッティはまた同じ指を使ってステファニーを黙らせると、エマに向かって繰り返した。

「続けて」

「次の節。強欲と貪欲、さらなる緑への渇望。財布であれ空間であれ、満足というものはない」

「それはロバート」

「どうしてそう思うの？」エマが尋ねた。

「あなたは彼に会ったことがないのね？」

「ない」

「会っていればわかったはずよ、ディア。いいから続けて……」

エマは咳払いをして、読み続けた。

「次ね。〝つながりによる権力を求める地元のレディ・マクベスよ。汚れた手から罪を洗い流せることを祈ろう〟」

「リタね。間違いない」

ステファニーはうれしそうにこぶしを宙に突きあげた。「ほらね、エマ。リタだって言ったじゃない！」

「次の節。〝切望する仕事のために賄賂を贈った男は、そのすべてを取り戻せる立場にいる〟」エマは顔をあげた。「これはボーリン保安官」

ドッティがうなずいただけだったので、エマは読み続けた。「次。〝スイート・フォールズのよき人々よ、わたしにつどえ。こんな形でだまされはしないことを彼らに示そう〟。次が最後の節。〝すべての悪行にはそれなりの結果が生じる。すべてを根絶しよう、雑草をそうするように〟」

ドッティは目を開くと、感心するほどのスピードでペンを走らせ始めた。

「設立者であるアルフレッドを支えていることを見せるために、わたしも昔は美化活動委員会の毎月の定例会議に出ていたのよ。でも彼が死ぬと、彼のユーモアのセンスがない会議がものすごくつまらないものに感じられるようになった。だからわたしは家で本を読んでいることにして、アルフレッドの思い出に浸るほうを選んだ。でもこのあいだのガーデン・パーティーで、それが間違いだったと気づいた。グループはばらばらになっていた。ナンシー・デイヴィスがひとりで座っていたことでもわかるとおり、中学生みたいな上下関係がはびこっていた。

去年の秋、彼女が委員長を辞めたと聞いたときは残念だったけれど、それはあまりに大変だったからだと思っていたの。スイート・フォールズをあれほど完璧に仕上げるには、どれほどの時間と労力が必要だったのか、わたしはよく知っていたから。でもガーデン・パーティーに出て、だれも彼女に話しかけようともしないのを見て、それだけじゃなかったのかもしれないと思うようになった」

「それだけじゃなかったのよ」エマが言った。

ドッティは再びノートの上にペンを置き、エマの顔を見つめた。「そうなの?」

「グループが去年獲った州の賞が始まりだったみたい」エマは舌を鳴らしてスカウトを呼び寄せると、ドッティがうなずくのを確かめてから、いつもトートバッグに入れている携帯用のボウルに水を注いだ。「ナンシーから聞いたことだけれど、新しい市長の妻は、ナンシーに向けられた称賛がどうも気に入らなかったらしいわ」

「市長の妻は園芸が趣味なの?」ステファニーが尋ねた。

エマは肩をすくめた。「委員会に入っているんだから、そうなんじゃない?」

「それは間違いね」ドッティはいらだったように息を吐きながら言った。「あの女は花になんてまったく興味がないの。この町をいまのように作りあげたほかのものにも興味がないようにね。アルフレッドが愛した委員会は、リタにとって夫の票を集めるためのひとつの道具でしかない。それだけのことよ」

ドッティは首を振り、ゆっくりと息を吸った。「つまりリタは、嫉妬でナンシーを追い出したの? そういうことなの、ディア?」

「ええ。リタはナンシーがマスコミの注目を浴びているのが気に入らなくて、ほかのメンバーにも自分と同じ意見を持たせようとしたみたい。だからナンシーはやめたの。でもそれは、リタにとって裏目に出たのよ。だってスイート・フォールズが賞を取ったあの花壇は、結局、ひどいことになったんだもの」

ドッティが思わず息を呑んだので、グレンダがあわてて走ってきた。ドッティが宝石をつけた手をひらめかせると、彼女は家の中に戻っていった。「花壇はどうなったの?」

「見ていないの?」ステファニーが訊いた。

「ええ。最後に……」ドッティは空に目を向けた。「最後に見たのは受賞式で、思っていたよりもずっと素晴らしかった」

ステファニーは空のコーヒーカップを両手で包むようにして手前に引き寄せた。

「いまは雑草の温床よ」

「でもナンシーは戻ったんだから、また賞を獲ったときみたいに見事なものになるのは時間の問題よ」エマはテーブルの上でドッティの手に自分の手を重ねた。「そうなれば、委員会のメンバーは自分たちの誤りを目の当たりにして……」

ぞっとするような考えが浮かんできたせいでそのあとの言葉はどこかに消え、エマはブライアンの詩の写真をもう一度携帯電話の画面に表示させた。〝休みなく動く顎は、もっとも好奇心をそそる話を楽しむ。そして彼女の価値を証明するため、自らの成果を破壊する〟

「ドッティ?」顔をあげたエマの頭の中はぐるぐると回転していた。「この節が本当にナンシーのことを言っているのだとしたら、この二行目は彼女が意図的に花壇を台無しにしたとほのめかしているの?」

ドッティはそれには答えず、カチリと音を立てて皿の上にカップとソーサーを重ねた。

「筋は通るわね」

「あなたとステファニーの言うとおりだとして、ブライアンを殺したのが植物なら、ナンシーが一番怪しいということになる」エマはドッティのペンを手に取ると、ノートを引き寄せ、新しいページを開いた。「彼女の農園のどこかに、あなたが言った三種類の植物があるのかもしれない」

ドッティはノートの上で指をくるくると回した。「そうね。それを確かめるのよ！」

「ちょっと待って」ステファニーは眉間にしわを寄せて、身を乗り出した。「その節の意味があなたたちの言うとおりだとして、ナンシーの傷つけられた自尊心が、どうしてブライアンの死を望むことにつながるわけ？」

いい質問だった。とてもいい質問だ。

「とりあえず、彼女に関してはどこから手をつければいいかはわかったわね」エマの言葉にドッティがうなずいた。「それからステフ、やっぱりいまからマクナニー・ホームに間取り図を見に行くの？」

「いまから？」ステファニーは自分のパジャマを見おろし、さらに視線をさげてスリッパを見つめた。「今日、あそこに行くってことすっかり忘れていたわ。でも行きたい！　本当よ！もう少し身なりを整えてくるから、一時間もらえる？」

「ひとり暮らしをするの、ステファニー？」ドッティが尋ねた。

ステファニーはぐったりと椅子にもたれた。「考えているところ。十年前から少しも進展はないんだけれどね」

「でも、今回は違うわよ。だって、あなたは実際に行動を起こそうとしていて、本当に探すつもりでいるじゃない。言い訳もしないし、パジャマだからって――」

手の中の電話が震えるのを感じて、エマが画面に目を向けると、さっきまでブライアンの詩が表示されていたところに、クロヴァートンの番号があった。「ごめん、この電話には出ないと。今日の午後会うことになっている、未来の依頼人からだと思う」

「新しい依頼人なの？」ドッティが訊いた。

「祈っていて」エマは通話ボタンを押して、電話を耳に当てた。「もしもし、エマです」

「エマ、アンディ・ウォールデンです。二時の約束を十二時半に変更してもらうことは可能ですか？今日の午後野外コンサートがあるんですが、ついさっきまですっかり忘れていたんですよ。父が行きたがると思うんです。父はコンサートのことは知らないので、もしあなたの都合が悪いなら、それはそれで大丈夫なんです。でも、とりあえず訊いてみようと思って」

エマはステファニーをちらりと眺め、心の中で（改めて）パジャマとスリッパに注目した。

「マクナニーに行くのは二時頃にできる？」電話を耳から離し、送話口を手で押さえて小声で訊いた。

ステファニーがうなずくのを見て、電話を耳に戻した。

「十二時半で大丈夫です。それだけあれば、そちらに向かうまでに犬を置いてくることも、わたしの身元保証を用意することもできますから」

「犬を飼っているんですか？」

「ええ。スカウトという名前のゴールデンレトリバー」

「よかったら連れてきませんか？　父は犬が大好きなんですよ」

「それじゃあ、そうします」エマが空いているほうの手を伸ばし、椅子の傍らで眠っている毛皮の塊に触れると、スカウトはすぐに尻尾を振ってそれに応えた。「ありがとう、アンディ。それじゃあ、あとで」

21

スイート・フォールズとクロヴァートンをつなぐ田舎の道には、エマの心を惹きつけるなにかがあった。それは、道中のうち八キロほど続く、木が天蓋を作る道の静かな美しさのせいかもしれないし、中間点を過ぎたあたりの道の東側に広がっていた野草の大きな草地のせいかもしれない。あるいは、ふたつの町のあいだにいくつもある放牧場のせいかもしれないし、見かけるたびにウェッジサンダルではなくてハイキングシューズを履いてくればよかったと思わせる、目的地の近くに数多くあったトレイル道のせいかもしれない。それとも、ただ単にハンドルを握り、窓を開け、スカウトがそうするのを大好きなように、顔に風が当たる感覚を楽しむ機会を得たからかもしれない。

助手席にちらりと視線を向け、そこにいる忠実な仲間の姿を見て、エマの笑みは顔じゅうに広がった。「あなたのことが大好きよ、スカウト。知っている?」

スカウトは窓から頭を引っ込めると、ぺろりとエマの頰をなめ、尻尾をひと振りしてからまたすぐに外の景色とにおいに浸るべく、元の位置に戻った。

「うまくいくように祈っていてよね。わたしたちにはもっと依頼人が必要なんだから。いますぐに」

そのとおりだった。ビッグ・マックスの二度の依頼でかなりの収入を得たけれど、あれは単発の仕事だ。彼のような依頼人が毎月、六人は必要だった。さらにあと数人のステファニーがいれば、レンタル友人を仕事としてやっていけるだろう。もし、いなければ……

いいえ、だめ。エマは〝もし、いなければ〟をそれ以上考えるのをやめた。とりあえず、いまは。

〝百五十メートル先を左折、オールド・ホーリー・ロードに入ります〟

エマはダッシュボードの画面上の地図を見て残りの距離を確かめると、前方の道路に視線を戻してアクセルを緩めた。「もうすぐよ、ボーイ。あと少し……」

スカウトは再び頭を引っ込め、エマがなにかを言うたびにいつも浮かべる期待に満ちた表情で彼女を見つめたかと思うと、左折する車に合わせて体を傾けた。だが車が舗装されていない道に入り、タイヤが砂利を踏みしめる音が聞こえてくると、再び窓の外へと視線を戻した。

エマは速度を落として、いくつものわだちが残る危なっかしい砂利敷きの脇道を進みながら、アンディに教えられた住所に目をやり、ダッシュボードの画面を眺め、それから道路に視線を戻した。「探しているのは――」

〝目的地に到着しました。サニーブルック・レーン十一番地〟

エマはたったいま耳にした住所が記された郵便箱の前に車を止めると、その先の私道を眺めた。サトウカエデの木立の奥にひっそりと建っているのは、おとぎ話の絵本からそのまま抜け出してきたかのような家だった。正面の壁は板を重ね張りにしてあり、六つに仕切られたふたつの細長い窓の下には、黄色と紫の花が植えられた植木箱が置かれている。アーチの先に、いかにも訪れたくなるような玄関のドアがあった。

「見て、スカウト。すごく可愛い」エマはうっとりしてつぶやいた。

なにが彼女の心を奪ったのかが知りたくて、スカウトは前足を彼女の太腿にのせて運転席の窓から頭を突き出した。その家の玄関ドアが開き、耳の裏を掻いてくれそうな人物が三段の石段の上に姿を現すと、彼の尻尾は高速で動き始めた。

エマは私道の端から、アンディ・ウォールデンだろうと見当をつけた男性を観察した。

ひとつ目、わたしと同い年くらい。もう少し正確に言うなら、三十四歳のわたしよりふたつ上の三十六歳というところかしら。

ふたつ目、背が高い。アーチを描くマホガニーのドアが、標準の二メートルの高さだとしたら、それより八センチほど低いだけだ。

三つ目、髪は溶けたミルクチョコレート色。

四つ目、シャツがきつそうに見えるから、体を鍛えるのが好きなのかもしれない。

五つ目は？

エマは息を吸うと座席の背にもたれ、ドアから外に出ようとする杖をついた年配男性に手を貸している彼を見ていたが、その態度は七十メートルほど離れたところからでも感じ取れるくらいに優しかった。

新しい友人ができたことを悟ったスカウトは宙をなめ、それからエマをなめ、もう一度宙をなめてから、センターコンソールとダッシュボードとハンドルを尻尾でぱたぱたと叩いた。

「わかった、わかったってば」エマはエンジンを切ると、キーをポケットに入れ、スカウトにリードをつけてから私道に降り立ち、ドアの前に立つふたりに手を振った。「こんにちは、エマです。アンディですよね？」

「そのとおり」アンディは年配男性に何事かをささやくと、玄関前の階段をおりてきて、手を差し出した。「ようこそ、エマ。ここはすぐにわかった？」

エマは自分の手が彼の手にすっぽりと包まれるのを、見るというよりは感じながら、日光に照らされた彼の茶色い瞳を見つめ、そこで躍る黄色い点に一瞬で心を奪われていた。

「ええ、すぐに」

「それはよかった」彼が玄関前の階段のほうを示すと、年配男性は杖を使いながらゆっくりと階段をおりているところだった。「父さん？　なにをしているんだ？」

「お客さんを出迎えるに決まっているだろう？」

アンディは急いで階段へと戻ったが、支えようとした手はあっさりと振り払われた。

「ようこそ、お嬢さん。わたしはジョン――ジョン・ウォールデンだ」

「わたしはエマです。そしてこの子は――」エマはリードの先に向けられた彼の視線を追った。「――スカウト。わたしの犬です」

自分の名前を聞いて、スカウトは私道の脇にある様々な新しいにおいを嗅ぐのをあきらめ、大きく尻尾を振りながら近づいてきた。まずアンディに、それからジョンに挨拶をする。

「おやおや、いかした子じゃないか」ジョンはアンディの手に杖を押しつけると、かがみこんで見るからにうれしそうなスカウトを撫で始めた。「ロケットにそっくりだ――両親が兄とわたしのために手に入れてくれた……いや、やめておこう。おまえは本当にきれいだな。そうだろう、スカウト？　だがここにいるおまえのお母さんはもっときれいなんだから、びっくりだ」

ほめ言葉にエマは頬が熱くなるのを感じたが、アンディがうなずくのが目に入って、顔はさらに熱を帯びた。

「何歳なんだね？」ジョンが訊いた。

「四歳です」

「子犬の頃から飼っているの？」

「いいえ。半年前に保護施設から引き取ったんです」

「なるほど……救ったわけだ」

「そうですね」エマは肩をすくめた。「でも実のところ、わたしのほうが救われたんです」

ジョンはエマの顔を見た。「なにから？」

「毎日、ひとりで食事をすることから。毎朝、ひとりで目覚めることから。不健康な生活を送ることから」

ジョンの視線が息子に流れた。「わたしが彼女に言わせたことじゃないぞ」

「面白いね、父さん」アンディは目をぐるりと回したが、ふたりが互いを大事に思っていることを隠そうとはしなかった。「さあ、行こうか……座ってゆっくり話をしよう」

「そうですね」エマはスカウトを見つめ、それから家の脇の木立に目を向けた。「その前に、この子をあそこに置いてきますね」

アンディはエマが言い終えるのを待つことなく首を振った。

「中に連れてきてかまわないよ」

「本当に？」

「もちろん」

エマはスカウトに言った。「ほら、あなたも一緒に来ていいんだって」

「中に入ったら、リードもはずしてかまわんよ」ジョンが言った。「彼とわたしはポーチで話をするから」

「話？」エマは笑顔で訊き返した。

「犬語でね」

「父さん……」

「アンディ……」ジョンは彼から杖を取り戻し、家のほうへと向き直ってエマに腕を差し出した。エマがその腕を取ると、得意そうに微笑んだ。「きみはいい子だね、エマ・ウェストレイク。わたしにはわかる」

「ありがとうございます」

ふたりは並んで階段をあがり、アンディはそのすぐあとを追った。あがりきったところでふたりの前に出て玄関のドアを開けると、エマは驚いたように息を呑み、ジョンの薄い唇に笑みが浮かんだ。

「ほらね？　言ったとおりだ」

「父さん、いまはそんなことを――」

「これって……なんてきれい」エマはため息をついた。「これは――本当に素敵」

そのとおりだった。その言葉の何百倍も。

エマが立っている玄関からは、家の奥にある主な生活の場となっている空間が見えた。板張りの壁に床から天井まである石造りの暖炉。作りつけの棚には、本や額に入れられた写真やこの家で暮らしてきた人たちのことを物語る細々した物が飾られている。座り心地のよさそうな椅子やあちこちに置かれた蠟燭《ろうそく》は、エマと同じように彼らがテレビの前で無駄な時間を過ごすのではなく、読書をしたり話をしたりして夜を過ごすことを教えていた。

エマの右手には玄関口とよく似たアーチ形の入り口があって、その先はくつろげそうなキッチンだった。クッション付きの長椅子が置かれたテーブルは四人が座れるほどの大きさだったが、ふたりだけで使っているようだ。床から天井まである棚には、何十冊もの様々なジャンルの料理本が並んでいた。「料理はだれが？」エマはアンディを振り返った。

「父さんなんだ」アンディがスカウトのリードを指さしたので、エマがうなずいてはずすと、スカウトはおおいに喜んだ。「ぼくもやるけれど、とても父さんには及ばない」

「だがわたしには教会やオフィスビルやこんな家はもちろんのこと、犬小屋すら設計できないよ」ジョンが言った。

エマはアンディを見つめた。「ちょっと待って。この家はあなたが設計したの?」

「そうなんだよ」ジョンはついてくるようにとエマとスカウトを手招きした。彼はひとりと一匹をつれて、ふたつ目のアーチ形の入り口をくぐった。そこにあったのは、王女さまになった夢に出てくる部屋そのものだった。

居間やキッチンと同じように、その部屋は素晴らしいというだけでなくとても居心地がよかった。エマはそれまでここが山の上だとは気づいていなかったが、壁一面の窓の外には見事な景色が広がっていて、そこから射しこむ太陽の光が、静かに考え事をしたり瞑想をしたりするのにふさわしいクッションつきの長椅子を照らしている。

「ここはわたしのお気に入りの部屋なんだ」ジョンは長椅子に腰を落ち着けると、自分の左側のスペースを叩いてスカウトを呼んだ。

座り心地のいい場所を断る気など毛頭ないスカウトは、制止しようとしたエマと彼女の肩に手を置いてそれを止めたアンディに目もくれず、長椅子に飛び乗った。

「いいんだ。本当に。ぼくはこの家を人が住む場所として設計した。老人の隣に犬が座っていること以上に、人が住んでいるという実感を与えてくれるものはないからね。そうだろう、父さん?」

「さあ、もういいから、行きなさい。わたしたちはここでくつろいでいるよ」ジョンはスカウトの背中に手を置いた。スカウトはこれまで百万回もそうしてきたかのように、ジョンの脚に鼻を預けた。

アンディは満足そうにうなずくと、エマを連れてサンルームをあとにし、居間を通ってキッチンへと戻った。「コーヒーはどう？　ソーダにする？」アンディはテーブルにつくようにとエマに身振りで告げ、自分は調理台へと向かった。「父がサンドイッチと、パスタサラダを作ってくれたんだ」

「気を使ってもらわなくてもよかったのに」エマは長椅子の窓に一番近いところに腰をおろした。

「父はほかのやり方を知らないんだ。だれかが来ると聞けば、まっすぐにキッチンに向かう。毎回、そうなんだよ」アンディは冷蔵庫の前で足を止め、エマを振り返った。「なにか飲む？」

「ああ、ええ、ありがとう。水をもらえるかしら？」

「もちろん」アンディはコンロの左側のキャビネットからグラスをふたつ取り出し、冷蔵庫に入っていたピッチャーから水を注いでテーブルに運んだ。ひとつをエマの前に、そしてもうひとつを昔風の椅子（でももちろんクッション付き！）の前に置いてから、冷蔵庫に戻ってパスタサラダの入ったボウルとサンドイッチを持ってきた。「父は移動に助けがいる場合もあるけれど、生活に支障はないし、自分のことはちゃんと自分でできる。だからぼくが留守のあいだ、フルタイムで世話をしてくれる人間を探しているわけではないんだ。そうではなくて、毎日数時間顔を出して、話をしたり、ゲームをしたり、父が作ったものを食べてもらったり、そういうことをお願いしたい」

　エマはアンディからパスタサラダのボウルを受け取ると、自分の皿に取り分けてから返した。

「お父さんの作ったものを食べるために、わたしを雇うの？」

「その価値はあるよ」アンディはサンドイッチをふた切れ取ってから、皿をエマに渡した。「去年、ぼくが今回と同じ会議に出ているあいだ、父は恐ろしい目に遭った。なにかするべきじゃないことをして、転んでしまった。這って電話にたどり着くまで三十分かかった。地元の病院の番号が携帯電話の履歴に残っているのを見たときには、心底震えあがったよ。父は腰の骨を折っていた。治りはしたが、ご覧のとおり、電話まで這ったせいで損傷がひどくなって杖が必要になってしまった。それを思うと、ぼくは自分が許せない」

「お父さんが転ぶなんて、わかるはずがなかったわ」

「確かにそうだ。でも出かけるときに、もう少しできることがあった——必要のないことはしないように父に言い聞かせるとか」

「お父さまがそのとおりにしたと思うの？」

　彼の明るい笑い声が部屋に響き、エマは心が温かくなるのを感じた。「いや。でもとりあえずいまは、もしぼくがいない間に転んだときには、ボタンひとつで救急隊員が来てくれるような装置を持たせているんだ。あなたがこの仕事を引き受けてくれるなら、ぼくが留守のときの緊急連絡先にあなたの番号を加えさせてもらいたい」

彼が食べ始めたのでエマもパスタサラダを頬張り、ぱっと口内に広がった味に驚いた。

「わお」顔をあげてアンディを見る。「なにが入っているの？　すごくおいしい」

「さっぱりわからない。ぼくはただ父が作ったものを食べて、おいしいと感激しているだけなんだ」

エマはもうひと口、さらにまたひと口食べた。「お父さんがひとりになるのが心配なら、ここに泊まってもいいけれど」

「ありがとう。そう言ってもらえて助かるけれど、父は大丈夫。自立した人だからね。毎日、数時間一緒にいてもらえれば十分だと思う――それと、またなにか起きたときのために、緊急連絡先にさせてもらえれば」アンディは取り分けたパスタサラダを食べ終えると、肩越しにサンルームのほうを親指で示した。「あそこにいる人は、ぼくにとってすべてなんだ。ぼくが留守のあいだ、父になにも起こらないようにしておきたい」

エマはアンディをじっと見つめた。車の中で見て取ったことはそのとおりだが、こうしてすぐ目の前で見ると、細かいところまでよくわかる。じっと考えこんでいるときに、目尻にできる細いしわ……笑みを浮かべたときに、右の頬にうっすらと浮かぶえくぼ……ただ座っているだけでにじみ出る静かな自信……父親の話をすると、活気づく表情……

「あなたはいい人ね、アンディ・ウォールデン」

アンディは琥珀色が点在する瞳をサンドイッチからエマに向けた。

「もしそうだとしたら、それは父のおかげだ。いまあなたの犬と一緒にサンルームに座っているあの人ほど素晴らしい人は、この地球上にいないとぼくは思っている。あなたがもしこの仕事を引き受けてくれたら、すぐにぼくが言っていることがわかるよ」

「仕事に関係なく、もっとよく知りたいと思う人ね」エマはチキンサラダ・サンドイッチを口に運び、再びその複雑な味に驚いた。「わお。それしか言えないわ」

アンディはサンドイッチを食べるエマを椅子の背にもたれて見つめていたが、その顔には満足そうな笑みが浮かび、えくぼができていた。エマが食べ終えると、彼はその皿を自分の皿に重ねて、パスタサラダのボウルとサンドイッチの皿と一緒にカウンターに運んだ。

「ここには自宅から直接？」

「ええ」

「ドア・ツー・ドアでどれくらいかかった？」アンディはパスタサラダのボウルにふたをし、サンドイッチを密閉容器に移した。

「二十五分弱というところかしら」

彼は残った食べ物を冷蔵庫に入れると、エマを振り返った。「必要とあれば、夜でもあんな田舎道を運転することはできる？」

「もちろん」

「さっきぼくたちが外にいたときにそんなことをしなかったのはわかっているけれど、スカウトは興奮するとだれかに飛びついたりしない？」

「しないわ。ショートパンツをはいている人の膝をなめまくることはあっても、飛びつくことはない」

「そうか、それはよかった」アンディは使った皿とフォークを食器洗い機に入れてから、元の席に戻ってきた。「見たとおり、父は犬が大好きなんだ。なので、いつでもスカウトを連れてきてもらってかまわない。ぼくは来週の月曜日、夜明けと共に出発して金曜日の夜八時頃までは帰れない。なので、初日は午後二時頃に来られるかな？　その後は夕食のあとまでいてもらえるだろうか？　翌日からは、朝食、ランチ、夕食のどれかを一緒にできるように、父の希望に添って一日五時間いてもらいたい。もちろん、ほかの依頼人の方たちとの仕事の約束がないのなら」

「ええ、月曜と水曜と金曜の朝五時半にジムに行く以外、決まった約束はないわ」エマはバッグに手を伸ばし、ドッティの家から帰ってきたあとで準備したフォルダーを取り出すと、アンディに手渡した。「これまでにわたしが仕事をした人たちのリストよ。わたしの人間性や仕事ぶりを保証してくれる」

彼はフォルダーを開き、照会先が記された紙に目を通した。「助かるよ。ありがとう」

「どういたしまして」エマはバッグを肩にかけると、長椅子から体をずらして立ちあがった。「行きたいコンサートがあるのよね？　スカウトとわたしはこれで失礼するわ。照会先と話をしたあとで、またなにか訊きたいことがあれば、電話をください」

「明日の夕方までに連絡する」彼も立ちあがり、サンルームに向かうエマを追って居間に入った。「返事をくれて、それからわざわざ来てくれてありがとう。本当に助かるよ」

エマは、額に入れられたコラージュ写真の前で足を止めた。この家の建築過程を順に追った写真だ。「自分が思い浮かべていたものが実際に形になっていくのを見るのは、さぞ感動するものでしょうね」

「もっといいものになるはずだったんだが――」彼はゆっくりと肩をすくめた。「――父の言うとおり、済んだことは仕方がない。結局はなんとかなったことだし」

エマは写真を一枚ずつ眺めていたが、中央の写真を指さして言った。「あら、まあ、ここを建てたのはマクナニー・ホームズだったのね。今日はこのあと、依頼人のひとりと間取り図を見るためにここの営業所に行くつもりなの。できればスイート・フォールズに家を建てたいらしくて」

「あそこをお勧めできればよかったんだが、残念だよ」彼は口を押さえながら言った。

「え?」

「この家を建てるときに彼を雇ったのは、このあたりでは一番の大手だから。だが彼は〝ノー〟という言葉の意味を理解できないようだった。おかげで、楽しい経験となるはずの時間が、控え目に言っても頭痛の種になってしまった」アンディはエマについてくるようにと手招きして、家の南側が見渡せる窓へといざなった。「見える?　どこまでも木立が続く。家の反対側も同じだ。全部で五十エーカーある。

ここに来るまで、ぼくはシアトルの建築事務所で働いていた。両親はこの地に終《つい》の棲家を建てるつもりでいた。ここは母の家の先祖代々の所有地だった。だが、ぼくから遠く離れてしまうのがいやで、実際に行動に移すことはなかった。飛行機があるじゃないかと何度も言ったんだが……とにかく家を建てようとはしなかった。そして母が乳がんで他界して、この土地がぼくに遺された。母と父がそう望んだんだ。ぼくに母の過去とのつながりを持たせたかったんだろうね。ともあれ、母の死後、父はひどく落ち込んだ——ぼろぼろだった。正直に言って、そんな父を見ているのは、ぼくのほうが辛くてたまらなかった。それでいろいろと考えた挙げ句、これまでの経験を生かして、独立して自分の事務所を立ちあげることに決めた。ここに引っ越して、一緒に家を設計しようと父に言った。もちろん設計したのはぼくだが、ふたりとも譲れなかった点——木立の中に立つ家が欲しい——は盛りこむようにした」アンディはもう一度両手を振り、窓の外に視線を向けた。「設計図が出来上がったところで、ぼくは地元の建築業者を探し、ロバート・マクナニーに依頼した。ロバートは、ぼくが家を建てようとしている山の尾根とそこからの日没の風景を見たとたん、全面的攻撃を仕掛けてきたんだ。家を建てているあいだ、何度となく土地は一切売るつもりはないと彼に言い続けた。左側も家、右側も家などというのはごめんだからね」

「わたしもいや」木立の中を歩く母鹿と小さな斑点のある二頭の子鹿を見つけて、エマの目が輝いた。「ここは本当に静かだわ」

アンディはうなずきながら、エマが気づいていなかった三頭目の子鹿を指さすと、胸の前で腕を組んだ。「そうなんだ。だが彼にはそれが見えない。こんな尾根に家を建てたら、どれほど儲かるかしか考えていないんだ。すると彼はここを自分のものにできるような法の抜け穴はないかと、権限調査やらなんやらを始めた。もちろんそんなものはなかったが、彼はできることはなんでもした」

「わお」

「それだけじゃない。彼は弁護士を雇って、母の遺言とこの土地をぼくに譲るという決定に配偶者として異議を唱えることができるという内容の手紙を父に送ってきたんだ」

エマは驚いた。「本当に？」

「残念ながら」

「お父さんはなんて？」

「なにも返事はしなかった。家が出来上がるまで、ぼくにもなにもするなと言った。やがて家が完成して、ぼくは彼にこの土地から出ていけとはっきり告げた」

エマは三頭目の子鹿が母鹿のところへと戻っていくのを見守り、家族が揃ったのを見てほほ笑んだ。「そんなことをするのはいやだけれど、このことはステファニーに話さないといけないでしょうね。家を建てることを考えているなら、知っておきたいことだもの」

「ぼくでも知りたいと思う。だから、数週間前にあのフリーランスのライターと話をすることに同意したんだ。あの亡くなった……」

エマはさっと振り返り、アンディの顔を見つめた。「ブライアン・ヒル？」

「そうだ」

「彼と——彼と話をしたの？」

「ああ。マクナニーについて彼が書いていた記事のことで。やめておけ、放っておけと父には言われたが、ブライアンにも言ったとおり、家を建てるというような特別なことを任されたのであれば、少なくともその過程に関心を持っているふりくらいはするべきだ。だがマクナニーに関心があるのは金と、自分の会社を大きくすることだけだ。彼は〝ノー〟という言葉を受け入れることができないし、満足というものを知らないんだよ」

「満足を知らない？」脳裏に携帯電話とその画面に表示された、幾度となく読み返してすっかりそらんじている詩が浮かんだ。

強欲と貪欲、さらなる緑への渇望。財布であれ空間であれ、満足というものはない。

「エマ？」

名前を呼ばれて、エマは現実——とても素敵だけれどえくぼのない男性のいる現実——に引き戻された。

「大丈夫？」アンディはエマの顔を見つめた。「急に様子がおかしくなったみたいだけれど」

「いえ、大丈夫。でもわたしは本当にもう帰らないと」

アンディはなにか言おうとしたようだったが、結局そのまま彼女をサンルームへと連れていき、エマはスカウトと共にジョンに別れの挨拶をした。

「来てくれてありがとう、エマ。また連絡する」

22

エマが二時ちょうどにマクナニー・ホームズの営業所の裏にある駐車場に車を入れたときには、ステファニーはすでに自分の車から降りて待っていた。ステファニーのほうが先に来ていたという事実もだが、晩春のこんなに気持ちのいい土曜日の午後にこれほどの数の車が駐まっていることにも、エマは驚かずにはいられなかった。

「一戸の値段で二戸買えるセールでもやっているの？」ステファニーがこちらに近づいてきたので、エマは開いている運転席の窓ごしに尋ねた。「すごく混んでいるのね」

ステファニーは駐車場を眺めて肩をすくめ、それからエマに視線を戻した。

「スカウトは？」

「クロヴァートンの人に会ったあと、家に置いてきた」

「どうだった？　うまくいったの？」

「車を駐めてから話すわ」エマはステファニーの車から三台離れたスペースに駐車し、二十分前までスカウトがいた場所に置いてあったトートバッグを手に取ると、最近舗装されたばかりのアスファルトの駐車場に降り立った。「ここはいつできたの？　駐車場は新しいみたいだけれど」

「数週間前くらい？　よくわからない」ステファニーは、間に合わせの営業所になっている両脇に鉢植えの木を置いた二倍の幅のトレイラーを顎で示し、エマはそちらに目を向けた。

「でも、ここに来たわけだし」

「そうね。それも時間どおりに」

「そうなの。当分、こんなことはないわね」ステファニーはエマの隣に駐めてある車にもたれて、胸の前で腕を組んだ。「さあ、話してちょうだい。クロヴァートンではどうだったの？」

「彼の名前はアンディで、すごく、すごく、素敵な人だった。お父さんのことが大好きなの。素晴らしい設計士よ。あのね、ステファニー、彼が設計した家をぜひ見せたいわ。まるでおとぎ話からそのまま抜け出してきたみたいなの――ちょっと変わっていて、居心地がよくて、そこで過ごしたいと思うような家よ」

ステファニーは目を細くしてエマを見た。「それで、その人はなんのためにあなたを雇いたがっているの？」

「お父さんの世話をするため。そうそう、そのお父さんも本当にかわいらしい人なの。スカウトも大好きになったのよ」

「フーン……」

「もしその仕事をするのであれば、来週の月曜日からアンディが帰ってくる金曜日の夕方まで、クロヴァートンに行って一日数時間くらいを彼のお父さんと一緒に過ごすことになる。ジョンはそれなりにしっかりしていてひとりでも大丈夫なんだけれど、アンディは定期的に彼の様子を見てくれる人が欲しいんですって」

「報酬はいいの？」

ステファニーの質問にエマは一歩あとずさった。「えーと、お金の話はしなかった」

「仕事の面接に行っているのに、お金の話をしなかったっていうの？」

「そうみたい。っていうか、どれくらいの頻度で来てほしいとか、どれくらいいてほしいかとかそういうことは話したけど――」エマは肩をすくめた。「――お金のことは考えていなかった」

「彼、素敵なのね？」

「素敵？」エマは訊き返した。「いったい、どうしてそういう話になるの？」

「彼のことに触れるたびに輝くあなたの目……彼の説明をしたとき、すごくって二回言ったこと……彼の仕事や家のことを話すあなたの口ぶり……わたしが仕事のことを訊くまで、お父さん――実際の仕事に関係してくるのはお父さんよね――についてはなにも言わなかったこと」

「わたしはそんなこと……」ステファニーの言葉は事実だったので、エマはそれ以上なにも言えなくなり、残りの台詞は尻すぼみに途切れた。「わかった、いいわ、そうよ、彼は魅力的だった。とても魅力的だったわ。でも、すぐにジョンの話をしなかったのはそれが理由じやない。あなただってあの家を見れば、わたしの言いたいことがわかるわ」

「だとしたら、その家の話をするんじゃないかしら。そこに住んでいるとても魅力的な男性のことじゃなくて」

彼女を言い負かすことはできないとわかっていたので、エマはそれ以上反論するのはやめて、ほかの形で会話の主導権を握ろうとした。「数週間前、アンディがだれと話をしたと思う？」

「だれなの？」

「ブライアン」

ステファニーはあんぐりと口を開けてエマを見つめた。「あの、あのブライアン？」

「そう」

「わお。びっくりね。どうして？」

「ブライアンは調べていたことがあったみたいなのよ」エマは親指で営業所を示した。「ロバート・マクナニーについて」

ステファニーはもたれていた車から体を起こし、エマに近づいた。「それで、どうして？」

「どうして調べていたかっていうこと？　それともどうして彼がアンディと話をしたか？」

「両方」

「ブライアンがなにを調べていたのかはよくわからないけれど、アンディと話をしたのは、彼がマクナニーの以前の顧客だったから」

「その人は自分で家を建てたって言ったじゃない」

「彼は設計したのよ。建てたのはマクナニー。でもアンディは彼のことが気に入らなかった。家を建てている間じゅうずっと、アンディが所有している五十エーカーの土地の一部を売ってくれって言い続けていたんですって。そこを宅地にして、家を建てようとしたのよ。アンディが断り続けていたら、マクナニーはあくどいやり方に訴えたの」

エマは駐車場を見回し、声が聞こえるところにはだれもいないことを確かめてから、ステファニーに近づいて声を潜めた。「よく聞いて、アンディはこう言ったのよ。〝マクナニーに関心があるのは金と、自分の会社を大きくすることだけだ。彼はノーという言葉を受け入れることができないし、満足というものを知らない〟」

エマはステファニーの目に理解の色が灯るのを待ったが、なにも起きなかったので、最後の文章を繰り返した。「アンディは、マクナニーがノーという言葉を受け入れることができないって言ったの。そして満足というものを知らないって」

「満足というものを知らない」ステファニーは繰り返した。「聞き覚えがあるような気が――待って！　ブライアンがそんなことをあの詩の中で言っていたわよね？　マクナニーについてだってドッティが言っていた節で」

「そういうこと」エマはバッグから携帯電話を取り出すと、詩の写真を表示させた。「強欲と貪欲、さらなる緑への渇望。財布であれ空間であれ、満足というものはない」

「わお」

エマは画面を閉じてうなずいた。「そうなの」

「ブライアンは詩のその二行以外のことを調べようとして、アンディにたどり着いたということね？」

「記事についてだってアンディは言った。スカウトを家に連れて帰るあいだ、車の中で考えたのよ。ブライアンがあの四人の顔写真が載った紙をわたしにくれたのは、全員が彼の死を望んでいたから。当然ながら、それはなぜかという疑問が浮かぶ。ボーリン保安官の場合、ブライアンは賄賂について調べていたみたいだった――キャリアを終わらせるには十分な理由だわ。そしていま、ブライアンが手厳しい記事を書こうとしていた人物がもうひとり、現れた。ロバート・マクナニー。ブライアンがその記事をどういう方向に持っていこうとしていたのかはわからないけれど、マクナニーの歓迎しがたいビジネス戦略の一例をアンディが教えてくれた。これは、ブライアンを殺す理由になる？　まずならない。でもアンディが彼に語ったことは、もっと影響の大きななにかにつながったのかもしれない――ブライアンの口を永遠に封じようと思わせるなにかに」

ステファニーはしばらく無言だったが、やがて肩をそびやかした。

「つまり、いまわたしがようやく行動を起こして、ここに間取り図を見に来たのは、そうするべき運命だったって言いたいの？」

「そうかもしれない」

「そう、わかった。じゃあ、行きましょうよ」

「別の担当者を呼んでいるみたい。その人が来るまで十分くらいかかるそうよ。彼女が来たら、いろいろと訊いてくるわ。だからあなたはそのフォルダーを見て、質問を準備しておかないと」

エマは、マクナニー・ホームズと社名が記されたつやつやしたフォルダーに手をのせ、ステファニーが座れるようにソファの奥に体をずらした。「あなたの家なんだから。わたしのじゃない。だからあなたが知りたいことを訊かなきゃだめよ」

「なにを訊けばいいのかわからない。こんなこと、初めてなんだもの。わたしはずっと、そうお腹にいたときから母と一緒に暮らしてきたんだから」

「だから？」

「だから、なにを訊くべきなのかとか、そういうことがまったくわからないの」

「まったく。自分の望みくらいはわかるでしょう？」

「わたしがなにか食べようとしているときに、出産可能年齢の話をする母がいなければいい。それだけ。わたしの望みはそれだけよ」

エマの笑い声に数人がふたりを振り返った。「わかったわ。それじゃあ、なにかあなたがわくわくするようなものがないか、フォルダーを見てみましょうよ」

「わたしはスカウトみたいな犬が欲しいの。でも一日中仕事だから、猫のほうがいいかもしれない」

「猫？　本当に？　ほかの動物を選んだほうがいいんじゃない？　もっと……なんて言うか……窓に興味を持たないような？　金魚は？　ハムスターとか？　ずっと檻の中で過ごすような動物は？」

ステファニーは顔をしかめた。「いやよ。ルームメイトの猫のカドルズの事故は、もう何年も前よ。人間には二度目のチャンスがあってしかるべきだわ。違う？」

「そうなんでしょうね。ともかく、これは意義のある議論だけれど、いまは家になにを置きたいかを考えましょうよ——主なものを」エマはフォルダーの表紙を撫でた。「とりあえず、いまは」

「わかった。ベッド。ソファ。テレビ。わたしにこだわりはないの」

「まずはそこからね。でももう少し、いろいろ考えてみない？」エマは並んで座るふたりの膝の上でフォルダーを開き、様々な資料が入った左右のポケットをステファニーに見せた。左側のポケットには、マクナニー・ホームが提供している設備のリストと、選べるオプションのリストが入っていた。

「これって、いいわね」ステファニーは最初のリストの中ほどで指を止め、つぶやいた。「キッチンにある作業デスク。便利よね……あ、ガレージの脇に汚れた靴を脱ぐ部屋《マッドルーム》？　すごくいい考え。わたしはどこにいようと、半径十五キロのところに水たまりがあったら、足を突っ込んじゃうから。だから家に入る前に靴を脱げるところがあると、すごく助かる」

エマはうなずき、右側のポケットから間取り図の束を取り出した。平屋が二軒、二階建てが二軒、テラスハウスが一軒、中二階建てが一軒。どのプランも、選べる四つの外観が表のページに描かれ、裏側には家の内部の絵が描かれていた。「平屋がいいの？　二階建て？　なにか希望は？」

「わからない。わたしはただ家が欲しいの。自分だけの。どんなものがいいかまで、考えていなかった」ステファニーはリストをまとめて左のポケットに戻すと、フォルダーと脚の横に置かれたクッションの上で間取り図を広げた。「でもこういうのを見るのって楽しいわね？」

「そうでしょうとも。楽しいことだもの」

「失礼します」エマとステファニーが揃って顔をあげると、四十がらみのブルネットの女性がクリップボードを手に笑顔でふたりを見おろしていた。「ミス・ポーター？」

ステファニーは間取り図をざっと集めるとエマに渡し、立ちあがった。

「わたしです。こんにちは。こちらはわたしの——こちらはエマです」

「こんにちは、エマ。ようこそ。わたしはヴァネッサ。マクナニー・ホームズで働くようになって二年近くになります」彼女はふたりを、部屋の奥の隅にある間仕切りのないオフィスへと案内した。「そのフォルダーをもうご覧になりましたか？　マクナニー・ホームズで建てられるすべての美しい家の図面がそこに入っているんですよ」

「見始めたところです」ステファニーは彼女のあとをついていき、オフィスに入ってエマを待った。

ヴァネッサは机の向かい側に置かれた二脚の椅子をふたりに勧めると、単刀直入に切り出した。「いつ頃、建てる予定なんですか？」

「えーと、まだはっきりしないんです。近いうちに」

「モアヘッドを考えていらっしゃいます？」

「いえ。スイート・フォールズがいいです」ステファニーは答えた。

「正直に言いますと、わたしたちがいまスイート・フォールズにご用意できる土地はごく限られていて、あちらこちらに点在しているんです。ひとつはブルース・ロード——そのあたりのことをご存じかもしれませんね。もうひとつはワインディング・コートにあって、外に出られる地下室を作れます。レン・ストリートなら、横から入れるガレージを作れます。ジェイコブ・レーンの土地は裏に木立があって、それは利点なのですが、〇・二五エーカーとちょっと狭いんです。四ヵ所全部、丸をつけておきました」

エマはステファニーと同じように机に身を乗り出して、画家が描いたスイート・フォールズとその周辺の地図を眺め、自分の家に一番近い円に目を留めた。「そういえば、数週間前、スカウトの散歩をしているときに空き地が——」

「これはなんですか？」ステファニーが訊いた。

ステファニーが指さしていたのは地図の右上のほうで、五十号線から延びる名前のついていない道路に沿って、三百という数字と正方形が手書きで描かれていた。

「いまはまだ詳しいことをお話しするわけにはいかないんですが……」ヴァネッサはドアの

ほうに目を向けてから、声を潜めた。「マクナニー・ホームズのこれまででもっとも革新的なプロジェクトに興味がおありなら、ごくごく近いうちに三百の区画が提供されるんです。真面目な話、こここそ住むべきところですよ」

ヴァネッサは机の一番上の引き出しを開けると紙の束を取り出し、ステファニーの前に置いた。「もしよければ、お名前と電話番号を書いてください。販売の許可が出たら、すぐに連絡しますから」

「五十号線の近くに空いている土地があったなんて知らなかったわ。それも三百軒も家を建てられるくらい広いなんて」エマは地図とヴァネッサを見比べながら言った。

彼女は笑顔で応じた。「半エーカーの区画です。クラブハウスの建物とプール、テーマのある遊び場が二ヵ所と専用の商店も作ります」

ステファニーは電話番号を書き終えると、大きく切り取られている正方形の左上を示して訊いた。「ここはなんですか？」

「隣接する二十エーカーの私有地です。そこは専用の出入り口があるんです」

「これだけの土地って、いくらくらいあれば買えるのかしら？」ステファニーが訊いた。

「ほら、もし宝くじに当たったら。買おうと思ったことはないけれど、いつだってそんな夢は見るじゃないですか？」

「すでに売約済みです」

「宝くじに当たった人？」

「いいえ」

「外国の大物？」

「いいえ」

「有名人？」

ヴァネッサの唇がひきつった。「お話しするわけにはいかないんです」

「そうですよね。ちょっと興味があっただけなんです」ステファニーはフォルダーを胸に抱えると、物欲しそうに地図に視線を戻した。「ここの販売が始まったら、いま書いた番号に電話をくれますよね？　理想的なんですもの。わたしと――」エマに向かってにやりと笑った。「――わたしが飼うことになる猫ルルにとって」

エマは地図からステファニーに視線を移した。「もう名前を決めたのね？」

「そうよ」

「早業ね……」

「名前をつけるのは得意なの」

「オス猫だったらどうするの？」

立ちあがろうとしていたステファニーは動きを止め、また座りこんだ。

「わからない。考えていなかったわ」

「時間はありますよ」ヴァネッサは立ちあがった。次の客が待っているのだという、はっきりしたシグナルだ。「それまでのあいだ、わたしならフォルダーに入っている間取り図をじつくり見ておきますね。あれこれ、空想するんです。気づいたときには、自分にとって一番いいものを選んでいますよ。そのあとは、家に欲しい設備のリストを作っていけばいいんです。いまの間に金融機関と話をして、どれくらいの予算が可能なのかを確かめておくのもいいと思います。我が社の初めての大規模な開発のことが公表されれば、あっと言う間に完売するでしょうから」

ヴァネッサは待合室をちらりと見てから、ステファニーと彼女が持っているフォルダーに視線を戻した。「一番いい区画はここです」そう言いながら、数字が描かれている正方形の奥の端を指でなぞった。「このあたりは木立に面しているので、プライバシーという極めて重要な要素が確保できます――それって、あなたにとって魅力なんじゃないですか？」

エマは、ステファニーが餌に食いついて、釣り糸がぐっと引っ張られるのを感じた気がした。「ええ、そうよ、ものすごく！」

「それなら、またご連絡しますね。近いうちに」ヴァネッサは机に広げていた様々な書類を集めると、きちんとひとつにまとめた。「おふたりをお見送りしますね――」

「その地図のコピーをいただくことはできませんか？」エマが立ちあがりながら訊いた。

「すべてが予定どおりに運んだら、その新しい分譲地がどこにできるのかを示した地図を？」

ヴァネッサの笑みがひきつった。「ごめんなさい、それはできません。本当は、この地図をお見せすることも許されていないんです。トップシークレットなので」

「それはよくわかっていますし、絶対だれにも見せませんから。そうよね、ステファニー？」

ステファニーは半分うなずいたところで、動きを止めた。「もちろんです。でも、どうしてもというわけじゃ――」

エマは優しいとは言えない手つきでステファニーの腕をつかんで彼女を黙らせると、改めてヴァネッサに言った。「地図を見ることができると、いろいろ空想しやすくなると思いませんか？」

ヴァネッサの視線は再び待合室に流れ、それからエマに戻ってきた。

「ほかのだれにも見せないと約束してもらえるなら、引き出しにしまう前に写真を撮ってもらってかまいません」

「助かります」エマは秘密めかして小声で応じると、トートバッグから携帯電話を取り出した。「ありがとう、ヴァネッサ。とても楽しみだわ」

23

営業所のドアを出るやいなや、ステファニーは目を大きく見開いて振り返った。

「いまの地図の話はなんなの？」

「わからない」

「わからない？」ステファニーが訊き返した。

「単なる勘なの」エマはステファニーを従えて駐車場を進んだ。「ばかなことかもしれないけれど、あれを持っている必要があるって感じたのよ。だから、あんなことを言ったの」

「あなたもあそこに引っ越そうと考えているとか？」

「いいえ。わたしはいまの家で満足している。でも、あなたにはうってつけのところよね」

エマの車までやってくると、ステファニーは運転席の脇にもたれて、うれしそうな声をあげた。「そうなのよ。わたしの家……プールのあるクラブハウス……仕事帰りに寄れるお店……本当にそんなところに住めるなんて、とても信じられないわ。ひとりで暮らすのよ。本当の大人みたいに」

「あなたは本当の大人よ、ステファニー。ただ働きすぎて、仕事と睡眠以外になにもする時間がなかっただけ」

「そんなふうに考えると、わたしもそれほど情けなくはないわね」

エマは車のドアを開け、助手席にトートバッグを放りこんだ。

「あなたは情けなくなんてないって」

「と、友だちになってもらうために雇った人が言っています」

「ジムのね」エマが言い添えた。

ステファニーはエマの顔を見たが、すぐに視線を逸らしてため息をついた。

「ああ、エマ、ごめんなさい。今日が土曜日だっていうこと、考えもしていなかった……」

エマはその先を口にすることなく、バッグから小切手帳とペンを取り出した。「いつものジムと同じだけの金額と、ここに来るまでのガソリン代でどうかしら？」

「え？　いらないわ。そんなつもりで言ったんじゃないのよ、ステファニー」エマはステファニーの手から小切手帳をもぎ取った。「わたしが言いたかったのは、あなたはエクササイズの友だちとしてわたしを雇ったけれど、こうしてあなたと一緒に家を見に来たのは、わたしがそうしたかったからだっていうこと」

「そうなの？」

「そうよ。あなたは……素敵よ。それに面白いし」

「わたしが？　面白い？　まさか！」

「本当よ。面白いわ」エマはステファニーのバッグに小切手帳を放りこむと、腰に両手を当てた。「それに、素敵だわ。あなたはその部分を聞き逃したみたいだけれど」

「まあ。なんて言えばいいのかわからない」

「いいのよ。あなたはただ聞いていればいいの」エマは運転席の端に腰をおろしながら、ステファニーが脇に抱えているフォルダーを指さした。「家に帰って、そこに描いてある絵を全部見て、あれこれ空想するといいわ。ヴァネッサが言ったみたいに」

「あれこれ空想する……いいわね」

「そうよ」

「あなたは？」ステファニーは車から離れ、自分の車のほうへと一歩踏み出した。「これからどうするの？」

「家に帰って、スカウトに会うわ。それから、ドッティが貸してくれたコージー・ミステリをもう少し読もうかな」

「いいわね。それじゃあ、月曜日ね？　ジムで？」

エマはエンジンをかけた。「わかった」

「それじゃあ」ステファニーは数歩進んだところで足を止めて振り返った。「ありがとう。一緒に来てくれて。水曜日と今日のドッティとの朝食に、わたしを誘ってくれて。それから、さっきあんなことを言ってくれて。あなたが思っている以上に、意味があることだったのよ」

「わたしは本当にそう思ったから言ったの。ほかの人たちだってそうよ。あなたが自分を大事にして、もっと自分自身を――」

「そうそう！」ステファニーがエマの車に戻ってきた。「訊くのを忘れてた。あなたの服のこと、保安官補はなんて言っていた？」

「わたしの服？」

「そう。だからあなたは今日、かわいくしてきたんでしょう？　公園で彼と彼の子供に会うから」

エマはステファニーをまじまじと見つめ、ダッシュボードの時計にちらりと目をやり、お腹にワンツーパンチを食らったような気になった。「ああ、どうしよう……」

お腹がねじれるような罪悪感に苛まれながら、エマは五十号線に曲がる角の直前で車を止め、ドッティに電話をかけた。

呼び出し音が一回……

二回……

三回……

「あなたは連続殺人犯だってわたしが言っても、彼はあなたを雇うことに決めていたでしょうね」

エマはダッシュボードの画面に映し出された名前を確かめると、再び車を発進させて流れに乗った。「なんの話？」

「あの男性よ。アンディ・ウォールデン。あなたの信用調査として電話をしてきたのだけれど、なんのためだかよくわからない。あなたの職業倫理について実際に訊いてまわる前から、彼はすっかりあなたにやられてしまっているようね」

「あら、わお。彼はもう電話をしたのね」

「つまり、まだあなたに依頼はしていないということね？」

「まだなの。明日電話をするって言っていた。夕方に」

「そう。それまでちょっと落ち着かないわね。でも、エマ、あなたは仕事を得たわけね」

エマは五十号線を自宅に向けて走りながら、ドッティの言葉に頬を緩めた。

「あなたの言うとおりだといいんだけれど。依頼人はもうひとりいると助かるもの。五十人でもいい」

「わたしは正しいのよ。いつものごとくね」

うしろに車がいないことをバックミラーで確かめたエマは速度を落とし、息を整えてから、電話をかけた本題を切り出した。「保安官事務所のあなたの情報源のことなんだけれど。ほら、長年のお友だちだって言っていた人」

「ええ」

「その人、土曜日に仕事をしていたりする？」

「いいえ」

エマはドッティの言葉の重みに全身から力が抜けるのを感じた。「そう」

「でも自宅の番号ならわかるわよ。土曜日でも、平日と同じくらい簡単に彼女と連絡が取れる」

消え去ったときと同じくらい素早く希望が戻ってきた。「彼女に仕事用のコンピューターにアクセスしてもらわなきゃならないかもしれない。してくれるならの話だけれど、きっとしてくれないわね」

「長年、わたしがどれほどの金額をあの事務所に寄付してきたか、わかっているの？」

「わかっていないと思う」エマは道路沿いの家を眺めた――大きい家、小さい家、様式もいろいろだ。「彼女は、住所を教えてくれると思う？」

「だれの？」

「そこで働いている人。もっと言えば、保安官補のひとり」

エマは電話機の向こうで沈黙が続く間、道路から延びる長かったり、短かったり、その中間だったりする私道を眺めながら待った。一本一本の先に家族が暮らす家がある。

「あなたたちの世代のことは永遠に理解できそうにないわね。わたしの頃は、男性が女性を追いかけるものだった。それがいまでは女性が追いかけるのね」

「追いかけるとかそういうことじゃないのよ、ドッティ。謝りたいの。幼い男の子に。それだけ」右側に並んでいた家が、ずらりと並ぶクリスマスツリーに、次にリンゴの木に、そして最後にデイヴィス・ファーム・アンド・グリーンハウス――必要以上にそこのことばかりを考えていた――の看板がある砂利道に代わると、エマはさらに速度を落とした。

「名前は？」

「男の子の？」

「違うわよ。保安官補」

「ああ、そうよね。ジャック。ジャック・リオーダン」

「一時間以内に折り返す。でもとりあえず、ステファニーとふたりでロバートの会社を訪ねたときのことを話してちょうだい。なにかわたしたちの捜査に役立ちそうなことはわかった？」

エマはどう答えようかと考えながら、イチゴが植えられた目の前の畝《うね》を眺め、通り過ぎてきたリンゴの木とクリスマスツリーのことを考え、広々とした場所の静けさを思った。

うしろを振り返り、ギアをバックに入れてアクセルを踏んだ。

「ドッティ、ごめんなさい。わたしはもう行かないと」

24

先週に引き続きこの週末も、デイヴィス・ファーム・アンド・グリーンハウスの駐車場は驚くほど空いていた。エマの車を除けば、駐まっているのは若い夫婦のSUVだけで、ふたりは花の苗が入った木箱をふたつ、カートから車のトランクに積み込んでいるところだった。エマはその隣に車を駐めると、木や果樹が点在する広大な土地を眺め、背中に忍び寄る大きくなるばかりの不安をどうにかして振り払おうとした。右手には、駐車場と庭園を仕切るフェンスがあって、そこに取りつけられた銘板は定期的に磨かれているようだった。

デイヴィス・ファーム・アンド・グリーンハウス
一九一六年創業　家族経営

エマは運転席に座ったまましばらくその銘板を見つめていたが、やがて五十台は駐車できる砂利敷きの駐車場に降り立った。これがほかの日であれば、六日前と同じようにここをひとり占めできることにわくわく(驚きながらも)したことだろう。けれど、あの手書きの地図――エマが携帯のカメラで撮影したことにヴァネッサは気づかないふりをした――のことを考えると、気持ちは落ち込むばかりだった。

車をバックで出そうとしているカップルに会釈をしたあと、カウンターの向こうに立っているはずの女性の姿を思い浮かべながら、がらんとした駐車場を本館に向かって歩き出した。幼い頃のナンシーがリンゴの果樹園で父親のあとを追ったり、母親と一緒にイチゴを摘んだりしている姿は容易に想像できたし、ここで作られたものが、いまは本館が建っている場所にかつてあった露店や地元の市場で売られている様子を思い浮かべるのも難しいことではなかった。

ナンシーの地所にはたくさんの歴史がある――ナンシー自身の歴史もあれば、この百年以上のあいだに、リンゴやイチゴやブルーベリーやクリスマスツリーなど、あらゆる物を求めてここに集まった数えきれないくらいの家族の歴史がある。ここの存在は、みんなに愛されている町の広場の展望台と同じくらい、スイート・フォールズには欠かせないものだ。そうでしょう?

「それを確かめる方法はひとつだけ」エマは砂利敷きの駐車場をあとにして、本館のコンクリートの床へと歩を進めた。

ふだんなら、右側に展示されているかわいらしいガーデニング用品を眺めたり、左側に並べられた種の小袋を見ながらあれこれ悩むのが大好きだけれど、今回はそれらに目を向けたりはせず、カウンターやレジやそのうしろに飾られている一ダースほどの額入りの写真を見つめながら、まっすぐに進んだ。

カウンターから一メートルほどのところまで近づいたエマは、足取りが重たくなっていることを意識せずにはいられなかった。いつもならこの場所で感じるわくわくした思いは、かけらもない。エマはあまりパーティーには行かないし、買い物好きでもないし、ひと晩じゅう起きていて昼間はずっと眠っていたりもしない。彼女にとって仕事をしていない時間はすべて、単純なことに使うものだった。たとえばスカウトと持ってこいをしたり、夕食のあと長い散歩をしたり、裏のパティオに座って町の教会の尖塔の向こうに沈む太陽を眺めたり、美しいものを生み出すために土をいじったりするようなことだ。ドッティの亡くなった夫アルフレッドの励ましもあって、デイヴィス・ファーム・アンド・グリーンハウスは、彼女にとって労働のあとのご褒美のようなものになっていた。

「また来たのね」

現実に引き戻されたエマは、ぎくりとして笑顔のナンシー・デイヴィスを振り返った。

「そうなの」

「あなたがここにいるのを見るたびに、あなたの大おばのアナベルのことを考えるのよ。彼女がこの農園に最初で最後にやってきたのは、あなたが彼女を訪ねる前の日だった。ここをあわただしく歩きまわって、前にあなたが来たときに一緒に植えるために買ったのがなんだったのかをわたしの父に訊いて、同じものを買っていったの。前の年に枯れてしまったことをあなたに気づかれないように」

「あら。そういうことだったのね……」

「アナベルはあなたに夢中だった」

エマはまばたきをして、大好きだった大おばのアナベルのことを思うといつもにじんでくる涙をこぼすまいとした。「わたしも彼女に夢中だったわ——わたしが植物を育てるのが下手なのは、彼女の血筋のようだけれど」

「いまは上手になったじゃないの」

「ええ。でも親から受け継いだものじゃないことは確かね」エマはがらんとした店内を見回した。

「それはどうでもいいことよ」ナンシーは頑丈そうなスツールを引っ張りだした。クッション付きの座面に腰をおろすと、レジの下の棚からノートとペンを取り出して、ノートの真ん中あたりを開いた。「それで、どんなものが欲しいの？　いまあるのは、サルスベリ、モクレン、ハナミズキ、アメリカハナズオウ、ワシントンホーソン、サトウカエデ、それからヒノキね」

「全部欲しい」エマはカウンターに身を乗り出した。「でも、もう少しお金が貯まるまでは、しばらくお預けだわ。先週のバラでおしまい。残念だけれど」

なにも書かれていないページの上で、ナンシーのペンが止まった。

「これは店のおごりよ。覚えている？　このあいだ、親切にしてもらったから」

「ああ、そうだった。すっかり忘れていたわ。でもナンシー、本当にそんなことしなくていいのよ。わたしのばかな質問に呆れることなくつきあってくれたあなたに対する、わたしなりのお礼だと思って」

安堵したようにナンシーの肩から力が抜けて、彼女は棚にノートとペンを戻した。「質問しなければ、なにも学べないのよ。お客さまと応対していたときに、父がいつも言っていたこと。その考え方のおかげで、わたしもうまくやってこれた。長いあいだ」

「これからもよ」エマは言った。「これからもずっと」

ナンシーは応じるように笑ったが、少しも楽しそうではなかった。「状況がいますぐに改善しなければ、それは無理ね。あと数週間もこんな状態なら」ナンシーは人気《ひとけ》のない通路と、そこから見えるその先の駐車場を手で示した。「ほかにもいろいろとあるし、とてもやっていけそうにない」

「それがわからないのよ。この二週間、いったいどうしてこんなことになっているの？」

「四週間よ」ナンシーが言い直した。

「わお。知らなかった」エマも、いつもは季節に関わりなくにぎわっている通路に目をやった。「ますますわからない。いまは忙しい時期のはずでしょう？　少なくとも温室のほうは？」

ナンシーは口を結んでうなずいた。

「町の人がみんな、今年は花を植えるのをやめたとでもいうの？　わたしが来たときに見かけた若いカップルは別として」

ナンシーの唇が緩み、ほんの一瞬かすかな笑みが浮かんだ。「とてもかわいかったわ。初めて一緒に暮らす家の郵便箱のまわりになにを植えれば一番いいか、一生懸命選んでいた。彼女は明るくて幸せな気持ちになるようなものがいいって言ったの。彼は一年中、ずっと花が咲いているものを欲しがったのよ」

がらんとした店内にエマの笑い声が響いた。「だれだってそんなものが欲しいわ……」

「ふたりは希望とアイディアと計画でいっぱいだった」ナンシーはカウンターの木目を指でなぞりながら、遠い昔を思い出しているような口調で言った。「父からここを引き継いだときが、ちょうどこんなふうだった。基本的なところは変えたくなかった――リンゴ狩りやイチゴ狩りやブルーベリー摘みとかそういったこと。でも、もう少し近代化すればより多くの人を呼べるし、ここにあるものにもっと注目を集められるってわかっていた。だから秋には、トラクターのうしろから乗りこめる樽列車を子供たちのために作ったし、親がそこに座って子供たちに手を振れるようにピクニックテーブルも置いた。ベンチだけじゃなくてテーブルも置いたから、アップルサイダーを売ることができた。毎年十二月には、お客さんがツリーを選んでいるあいだ、スピーカーからクリスマスソングを流したわ。そのおかげでどれほど利益があがったことか」

「お父さまはさぞあなたを誇らしく思ったことでしょうね」エマは言った。「お父さまのお父さまも」

「数ヵ月前まではそうだったかもしれない、でも……」ナンシーの目が潤んだが、すぐにそれを拭った。「いまは違う。あんなことの……あとでは」

「この土地をロバート・マクナニーに売るつもりなの？」エマは自分の口から出たその言葉がひどく早口だったこともだが、質問そのものにもナンシーと同じくらい驚いていた。だが驚きのあまりエマがぱちぱちとまばたきをしたのに対して、ナンシーは部屋中に響くくらいの音を立てて息をのんだ。「死んでもそんなことはさせない！」

安堵のあまり、今度はエマの肩から力が抜けた。「ふう。それを聞いて、わたしがどれほど喜んでいることか。ここはわたしの場所なの！　いくらか余分なお金があるときの、わたしの——わたしのよりどころなの！」

「続けられるかどうか、約束はできない」ナンシーはスツールからおりると、レジからアコーディオン式の間仕切りと、写真が飾られた壁のあいだを意味もなく行ったり来たりし始めた。「でも、木や植物を根こそぎにしてしまうような男にここを売るなんて、絶対に考えられない！」

「それじゃあ、彼が接触してきたのね？」

「ええ。何度となく」

「断ったんでしょう？」

「毎回。でもそれも……」そのあとの言葉は、広げた両手といらだちのうめき声に呑み込まれた。「時間が魔法をかけてくれるのをずっと待っていたけれど、だめね。なにも起きないあいだに一日が過ぎて、わたしが受け継いできたものが眠る棺にまた一本、釘が打たれるだけ」

エマは、いま目の前に立っている女性のことを語ったものだとドッティが断言したブライアンの詩と節を思い返した。「このあいだ、どうしてほかの人たちはみんなあなたを無視していたの？　あのパーティーで？　委員会のメンバーたちは、あなたがいなくなって、あなたの仕事の成果である、賞を獲った広場がひどい有様になったのを見て、自分たちの間違いを認めたんでしょう？」

「そうよ」

「それなら……」エマは考えこんだ。「わたしがあそこにいたあいだ、だれひとりあなたに近づいてくる人はいなかった」

ナンシーは肩をすくめただけで、なにかに取りつかれたように、デイヴィス家の歴史を物語る壁の写真をまっすぐに直し始めた。

「あなたは、広場の植物を枯らしたの？」エマは呼吸を整えてから尋ねた。「あなたを否定する人たちに、あなたの価値を教えるために？」

写真を直すナンシーの手の動きが遅くなったかと思うと速くなり、再び遅くなってやがて止まった。「あの賞はわたしが、い、わたしがしたことの成果なの」ナンシーはようやく、きしんだ声で言った。「わたしの。週に一度顔を出して、ちょっと雑草を抜くだけじゃ、州規模の賞を獲ることはできない。ずっと継続して雑草を抜いて、水をやって、肥料をやって、手入れをしなきゃいけないの。なにより時間が必要なのよ。それをやったのはわたし。わたしなの。ステイシーじゃない。ジェインじゃない。リンダじゃない。そして間違いなくリタ・ジェラードじゃない。ステイシーはそれを知っていた。ジェインは知っていた。リンダは知っていた。それなのに、賞とわたしを取りあげるマスコミのことをリタが大げさに話すようになると、すっかりそのことを忘れてしまったみたいだった。そうしたら、みんなしてリタの側について、わたしに冷たく当たるようになったの。

わたしがいなければ、どうにもならないことはわかっていた。わかっていたのよ。でもそうなるまでに時間がかかるのが怖かったし、あのグループにいたときのように情報が入ってこなくなるのがいやだった。だから、少しスピードアップさせようと思った。それだけ」ナンシーは両親の写真を指でなぞったあと、その手を体の脇に垂らした。「これだけの大きさの農園を維持するのは大変よ——時間のかかる仕事だわ。本物の友だちはおろか、ただの友人を作るような時間もない。もちろん、レジを打ちながらお客さんと話をしたり、望みのものを見つけたかどうか確かめたりはする。でもそういう会話をしているとき、わたしは輪の外にいるの。その人たちの計画や予定を聞いているだけ。その一員になることはないのよ」

「けれど委員会は違った。そうね？」エマが訊いた。

「そう。あそこでは、わたしはなにかの一員だった。評価されていた」

「リタが台無しにするまでは」

ナンシーはゆっくりりと、けれどはっきりうなずいた。「あの女はスポットライトを浴びたくて仕方がないのよ。ほんの一日か二日、ほかのだれかにわずかなライトが当たっているだけで怒り狂うの」

「この場合は、賞を獲ったことでマスコミがあなたに注目したというわけね？」

ナンシーはもう一度うなずいた。「あの賞に応募したのはわたしじゃない。考えたこともなかった。わたしはただ、自分に合うグループの一員でいたかっただけ。ガーデニングだけに専念しているグループは、まさにぴったりだって思った。確かに、委員会とは別に広場の花壇の手入れはしたけれど、それはいつものことだから。あの賞に応募したのはリタなの。市長選の前に、自分の名前を広めたかったのよ。そして実際に広場が受賞して、彼女じゃなくてわたしに注目が集まるようになると、彼女は怒ったし、嫉妬したし、意地悪になった。この町で重要なのは彼女であって、わたしであってはいけないから。どんなときも」

「でもあなたはこの町で重要な人だわ」エマは反論した。「ここを運営している——たくさんの人に愛されている場所を」

ナンシーは写真から視線をはずし、だれもいない店内を見回してからエマを見た。

「もうそんなに愛されているようには見えないわよね。でもどうにかしようとしたの——本当よ。わたしは——わたしはただ自分のしたことを認めてほしかっただけ。あの嫌な男にもわかってもらおうとしたけれど、間違いを正すチャンスは与えてくれなかったみたいね。あれ以降、お客さんが来なくなったもの」

「〝嫌な男〟ってブライアン・ヒルのこと？」

「そうよ。死ぬ三週間くらい前、わたしが写っている写真を持ってここに来たわ。夜に撮ったものよ。町の広場で」

「どんな写真？」

「広場の花壇を駄目にしているわたしの写真」ナンシーはこめかみをもんだ。「その写真を見せられたとき、わたしはものすごく動揺した。そんなところを見つかったからじゃなくて、自分がしたことを目の当たりにさせられたから。有毒なスプレーを植物に撒いていたとき、わたしはひどく傷ついていて、ひどく怒っていて、まともにものが考えられなかった。でもあとになって、彼からその写真を見せられたときには嫌悪しか感じなかった。自分自身に対して。彼は厚かましくも、撮ったことは否定したけどね。元通りにするからって彼には言った。写真を公開しないでほしいって懇願した。この農園で起きていることが、町の人に知られていないのと同じように。結局、新聞にその写真が載ることはなかったけれど、彼がなにかしたことは間違いないわね。だってその直後から、お客さんが全然来なくなったんだもの」

「まあ。全然知らなかった。なにひとつ」

「そうよね。そうでなければ、あなたは先週ここに来ることはなかっただろうし、ガーデン・パーティーでわたしにあんなに親切にしてくれることはなかっただろうし、いまここにもいなかったでしょうね。でもね、エマ、わたしがしたことがこんな結果を生んだのに――」ナンシーはいま一度店内を示し、エマはぐるりとあたりを見回した。「――六週間近くもわたしが受けている被害が、新聞にまったく載らないのはどうしてなの？」

「被害？」エマは訊き返した。「どんな被害？」

「敷地を囲む鹿よけの柵をだれかが何度も壊すの。最初は、畝がほぼ一列台無しにされるまで気づかなかった。鹿が入ってきた箇所をようやく見つけたと思ったら、人の手で壊されているのがわかったからボーリン保安官の事務所に電話をしたわ。とても感じのいい保安官補――たしかリオーダンっていった。彼が来て、わたしの話を聞いて、保安官をよこしてくれた。ボーリン保安官は現場を見て、またなにかあったら直接ここにかけてほしいと言って、自分の電話番号を教えてくれた。また連絡するって言って帰っていったけれど、連絡はなかった。

一週間後、また柵が壊されていた。今度はリンゴの果樹園にかなり被害があったの。言われたとおり、保安官に電話をした。彼が来て、現場を見て、帰っていった。そのあともまた連絡はなかった。その後の状況を尋ねる電話もなければ、パトロールを増やしてくれることもない……『スイート・フォールズ・ガゼット』の警察日誌欄にも、ひとことも触れられていなかった」

「苦情は入れなかったの？　あなたから改めて連絡するとか？」

ナンシーは自分のボイスメールを開くとスクロールして、ティム・ボーリンのメッセージのところで止めた。電話をタップして、エマに差し出した。

「ナンシー、メッセージを受け取った」保安官の素っ気ない、辛辣と言えるほどの口調に、エマは思わずナンシーの顔を見た。「あんたの農場での出来事については、ジャック・リオーダンにもほかの保安官補にも連絡しないように。前にも言ったとおり、わたしが調べる。わたしの都合がつくときに」

ナンシーが〝聞き続けて〟と声に出さずに言ったので、エマは電話をさらに強く耳に押し当てた。

「わたしに盾突くんじゃない、ナンシー」

メッセージが終わると、エマは涙目のナンシーに電話を返した。

「なにを言えばいいのか、わからないわ」

ナンシーは肩をすくめて、電話を受け取った。

「彼の口調、言葉、脅し……。あなたはそのとおりにしたの?」

「リオーダン保安官補に連絡しようかと思ったの。でも、わたしを脅迫しにきたブライアンが帰ったあと、自分がしたことをよくよく考えてみたら、わたしには保安官のことで文句を言う権利はないって気づいたのよ」ナンシーはカウンターの裏の引き出しを開くと、鎮痛剤の瓶を取り出して、カプセルを二粒、口に放りこんだ。「だって、わたしになにが言える? 自分が器物損壊で訴えられないだけでも、喜ばなきゃいけないのよ」

エマは彼女の話に必死に耳を傾けながら、いま理解できることだけ理解し、残りはあとで考えようとした。それでも、訊いておかなければならない質問があとひとつ残っている。

「あの夜、ブライアンは本当にあなたを〈ディーターズ〉のオープン・マイク・ナイトに招待したの？」

「ええ」

「どうして？」

「ブライアンは人に衝撃を与えることしか考えていなかった。だから彼はあんな記事を書いた……だから彼は問題を引き起こした……だから彼はあらゆることを荒立てた……」

「それならどうしてあなたは彼の招待を受けたりしたの？　筋が通らないわ」

「ネットでの招待だったの。件名は〝偽りの頌歌、ブライアン・ヒルによる詩の朗読〟だった」

「偽りの頌歌？　本当に？」

「ええ」

「でもいまあなたに聞いたことからすると、その夜以前からこの農場はもう傾きかけていたのよね？　あなたがしたことをすでにみんなが知っていたのなら、どうして行く必要があったの？」

「ほかに三人招待されているって書かれていたから。いいか悪いかは別として、彼がその人たちのなにを知っているのかを聞きたかったのよ」

25

とりとめのない山ほどの思考と、そんなことには無関心のスカウトと、ジャック・リオーダンの住所が記されたショートメールと共に、エマは通りから通りへと歩き続けていた。散歩のときはいつもそうしているように、現在に意識を集中させようとしたが、すべてが薄い霧に覆われているみたいだった。

「いったいなんだってわたしはこんなことに関わっているわけ？」エマは途中にあるすべての木とすべての石とすべての郵便箱のにおいを嗅いでいるスカウトの背中に向かって訊いた。「子供の頃だって、泥棒ごっこをしたこともないのに。ミステリも読まないし、拡大鏡だって持っていない。それなのに——ああ、もう。もう。もう」

いまはなによりもドッティとステファニーに電話をして、こんな探偵ごっこはすっぱりやめて新しい仕事に集中したいと告げたかった。けれど、ナンシーの店から家に帰る途中でドッティの家のある道路を通りすぎたときも、ブライアンが彼女に遺していった厄介ごとが頭から完全に消えることはなかったし、そうしたいとも思わなかった。

確かに好奇心をそそる厄介ごとではあるけれど、厄介なことに変わりはない。

次の通りでエマは左に曲がった。いつもより長い夕食後の散歩に、スカウトはうれしそうだ。エマは彼の単純な喜びに自分も身を任せようとしたが、そんな気分になりかかるたびに、別の疑問、別の可能性が頭に浮かんでくるのだった。

ブライアンはナンシーが悪事を行ったという明白な証拠を持っていた。ナンシーはそれを知っていた……そのことに腹を立てていた……ナンシーの生活基盤はそのせいで打撃を受けている……もしもドッティとステファニーが正しければ、ブライアンを殺したのが植物だったとしたら……

エマは不吉な考えを頭から追い払い、なにか、なんでもいいからほかのことを考えようとした。けれど、珍しい花が視界に入るたび、遠くから金づちの音が聞こえてくるたび、だれかの庭に不動産屋の看板が立っているのが見えるたび、エマの思考は再びナンシー・デイヴィスにと引き戻された。

次の通りの標識の前でエマはドッティのショートメールを開き、そこに書かれている通りの名前といま目の前にあるものを見比べてから左に曲がったが、そのとたん、右側の角から三軒目の家に視線が引きつけられた。ちいさくてかわいらしい平屋の家。黒い鎧戸——えび茶色のドアと合わせて——が、薄い灰色の家のいいアクセントになっている。なにも置かれていないフロントポーチには、クッションつきのブランコか、あるいはそこに座って、ゆっくりと一日に別れを告げる太陽を眺めるための二脚の籐の椅子が似合いそうだ。

その家に近づきながら私道に目をやると、一台分のガレージの前に中型の黒いセダンが駐まっているのが見えた。車の後部には自転車ラックが取り付けられていて、二台の自転車――一台は大人用、一台は子供用――が黒のロープとロックで固定されていた。

エマが息を吸い、そこで止め、それからゆっくりと吐き出すと、スカウトがじっと彼女を見つめた。「さあ、着いたわよ、ボーイ。やっとね」

エマは余分なリードを手の中で丸めると、ゆっくりと、けれどしっかりした足取りでドアに近づいた。ポーチまでやってくると、自分ならそこをどんなふうに使うだろうとつかの間空想し、それからドアをノックした。

ドアが開いたとたん、スカウトは高速で尻尾を振りながらまず彼を、そして次に――用心深く――エマを見た。

「驚いたね」ジャックの口調は素っ気なかった。

「今日、公園に行かなかったことを謝りたくて」エマは急に自分がばかみたいに思えて、あとずさった。「あなたがスカウトに会うために、トミーを公園に連れていっていたなら、申し訳なくて」

「きみが言ったとおり、十二時に連れて行ったよ」

うしろめたさに、エマは足の下の薄板に視線を落とした。「本当にごめんなさい。わたし……」ジャックを見つめ、肩をそびやかした。「直前になって、予定が変更になったの」

「パパ？」

エマはリードをぎゅっと握りしめ、ジャックの視線をたどってドアロの細い隙間の奥に目を向けた。彼のうしろからこちらを見つめているのは、スカウトの心を奪った幼い少年だった。

「すぐに行くから」

「だれなの？」トミーが訊いた。

エマは空いているほうの手でジャックの腕に触れ、ささやき声にまで声を落とした。

「お願い。トミーに謝らせてくれないかしら？」

「そんな必要は——」

スカウトがクンクン鳴いて、ジャックのそのあとの言葉をかき消し、トミーはさらに近づいてきた。「パパ？　犬がいるの？」

「お願い」エマは繰り返した。

「わかった」ジャックはうしろにさがってドアを大きく開き、息子を呼び寄せた。「おまえに会いに来た人がいるよ」

「スカウト！」

次の瞬間にはトミーはドア口にいて、待ち構えていたスカウトに顔をなめられ、うれしそうな声を何度もあげた。一方のエマの罪悪感は大きくなるばかりだった。

「こんにちは、トミー！」

トミーは顔をあげ、スカウトの頭の上から彼女に微笑みかけた。

「こんにちは、ミス・ウエストレイク！」

「エマよ」エマはしゃがみこみ、スカウトの頭を撫でながらトミーを見つめた。「公園に行くって言ったのに、行かなくて本当にごめんなさい。今朝起きたときは、スカウトもわたしもとても楽しみにしていたのよ。でも急に仕事が入ってしまって、すっかり時間を忘れていたの。言い訳だってわかっているけれど――わたしが悪かったのよ。でも、そういうことだったの。本当に本当にごめんなさい」

トミーはエマからスカウトを、そしてまたエマを見て、彼らを見おろしている男性のものによく似た顎を引いた。「いいよ！」トミーはスカウトの横腹に顔をうずめた。「スカウトと持ってこいをしてもいい、パパ？」

エマはジャックを見た。「あなたがいいなら、わたしはかまわないわ」

「お願い、パパ。お願い」

「わかった。でも少しだけだぞ。もうすぐ寝る時間だ」

トミーは立ちあがり、庭とハナミズキの木の下にぽつんと置かれているゴムボールを見やった。「それをはずしてもらえる？」リードを指さしながら尋ねる。

「いいわ。でも、スカウトが困ったことにならないように、庭から出ないようにしてね。いい？」

「うん！」

トミーとスカウトはハナミズキに向かって駆けだしていき、エマはポーチの階段に腰をおろした。背後でドアが閉まる音がして、近づいてくるジャックの足音が聞こえた。

「ありがとう」

「なにが？　スカウトを遊ばせていること？」彼が隣に座ったので、エマは端のほうに体をずらした。「わたしにできるのはこれくらいしかないもの」

「遊ばせてくれていることと、謝ってくれたこと」

「トミーには謝らなきゃいけなかった。あなたにも。わたしも本当に楽しみにしていたのよ」エマは曲げた膝の上で花柄のワンピースのスカート部分のしわを伸ばし、静かにため息をついた。「でも仕事を依頼してくれるかもしれない人が二時の約束を十二時半にしてほしいって言ってきたの。時間が変更になったせいでわたしはうろたえてしまって、気がついたときには二時だった。マクナニー・ホームズにステファニーといるときに、自分がなにをしたのか――というよりなにを忘れていたのかに気づいたの。トミーがスカウトと遊べるように、十二時には公園に行くはずだったことを」

ジャックは、トミーと彼が投げようとしているボールを指さして、肩をすくめた。

「がっかりしたことは、もうすっかり忘れているよ」

「だといいんだけれど。でも本当にごめんなさい」

「それで、仕事は依頼されたの？」ジャックは両ひざに肘をついて、エマを見つめた。

「まだわからないのよ」エマはアンディと彼の父親とあの家で感じたぬくもりを思い起こしながら、ジャックを見つめ返した。「そうなるといいんだけれど。助かるもの」

「ぼくもそうなることを祈っているよ」

「ありがとう」エマは体の向きを変えてポーチの柱に背を向け、ジャックの顔を見つめた。薄れゆく太陽の光が、疲れを感じさせる、それでもとてもハンサムな顔に影を作っていた。

「ひとつ、訊いてもいい？」

「もちろん」

「『ガゼット』の警察日誌欄に載る事件と載らない事件があるのはどうして？」

ジャックは手で顔をこすった。「冗談だろう？　だれかが変なほうを向いてくしゃみをしたら、それは日誌欄に載る。必ずだ。スイート・フォールズくらいの大きさの町では、当然のことだよ」

「ナンシー・デイヴィスの農園で繰り返し起きていることは、載っていないの。かなりの損害が出ているのに」

「ひと月ほど前、柵が壊されたことかい？」

「四回もね」エマはうなずいた。

膝に置かれていたジャックの手が落ちた。「またやられたの？」

「だれかが何度も鹿よけの柵を壊しているのよ。彼女の木や植物に損害が出ている——費用面で。それなのに、ナンシーによれば、新聞はそのことについてなにも触れていないし、保安官事務所はその後の対応をしてくれていないんですって」

「その後の対応がない？」ジャックは立ちあがった。「あのときぼくは、保安官に事件の処理を任せた。彼がそう望んだんだ。彼が対処すると言った。でもしていなかったのか？」ジャックは数歩ごとに息子に視線を向けつつ、ポーチをうろうろと歩き始めた。「そしてまた同じことが起きた？」

「四回ね。違う箇所で」

「知らなかった。保安官はその後なにもしていないの？」

「毎回、来ることは来るんですって。毎回、ナンシーの話は聞いていく。でもそれっきり、次の被害が出て連絡するまでは音沙汰がないそうよ。その後どうなったのかを尋ねるために最後に電話をしたときには、ひどい態度だったの。脅したと言ってもいいくらい」

ジャックはエマを見つめた。「きみがそのことを知っているのは……」

「保安官がナンシーの電話に残したメッセージを聞いたから。ナンシーはあなたに連絡するつもりだって彼に言ったみたいで、それはやめろって彼は言っていた。自分で処理するから、盾突くなって」エマは笑顔でトミーに手を振ってから、ジャックを見た。「器物損壊程度の事件を保安官が処理するのは普通のことなの？　あなたやほかの保安官補がすることじゃないの？」

ジャックは足を止め、息子とスカウトを眺めてから、手で口を押さえた。

「そのとおりだ。だが最初のときに彼が自分に任せろと言ったのは、ナンシーとは長年の知り合いだからだと思った。彼がこんなふうに放り出すとは思わなかった。ぼくに連絡するなと彼女に言うとも」

「警察日誌欄は？　どうしてあそこに載らないの？」

ジャックは辛そうに長いため息をついた。

「なんらかの理由で、その件が日誌に載っていないからだ」

「どうして？」

「いい質問だ。明日、調べてみるよ。トミーを彼の母親のところに連れていって、詩のグループが会合を開くという図書館に立ち寄ったあとで」

「詩のグループ？」

「ブライアンが参加していた可能性があるからね」ジャックはポーチの手すりに手を置いた。

「もし参加していたなら、彼が読もうとしていた詩についてだれか知っている人間がいるかも――」

「パパの言ったとおりだったね！」

エマとジャックが揃って庭に視線を向けると、すぐうしろにスカウトを従えたトミーがこちらに近づいてくるところだった。

「なにがだい？」

「エマはやっぱり花が好きだったんだよ！　ほら？　服に花がいっぱいだよ」

エマは驚きながら、トミーが指さしている自分のワンピースを見おろした。戸惑いつつ、ジャックに尋ねる。「なんの話をしているの？」

「トミーはきみにちょっとしたプレゼントを――」

「あれはパパのアイディアだったんだよ」トミーが訂正すると、ジャックは目を見開いて彼を見つめ、エマはきまり悪そうな表情になった。なにも言わないでほしいという父親の無言の懇願に気づいていたとしても、トミーはひるまなかった。「あなたが喜ぶだろうってパパは思ったんだ」

ジャックが手で頭を叩く音が聞こえて、エマは笑いをかみ殺すのに苦労した。数秒後、低いうめき声がそれに続くと、ますます笑いたくなった。

「大丈夫、ジャック？」エマは彼をからかいながら、トミーにウィンクした。

「ああ、大丈夫だ」

「いいでしょう、パパ？　あげてもいいよね？」

ジャックは顔をあげ、つかの間エマと見つめ合った。

「もちろんさ。行って、取っておいで」

「わかった！」トミーはスカウトを振り返ると、交通指導員のような格好で両手をあげた。「ここで待っていて、スカウト。いい？　すぐに戻ってくるから」

彼の仕草になにか重要なことを感じ取ったらしく、スカウトはおとなしくそこに座り、舌をだらりと垂らして待った。

「すぐに戻ってくるから」トミーはそう繰り返すと、階段を駆けあがって家の中へと入っていった。

数秒後、トミーは両手を見えないように隠しながら、満面に期待に満ちた笑みを浮かべて戻ってきた。エマの前に立って差し出した彼の手には、犬用の骨と大きな花束が握られていた。

「骨はスカウトのだよ。でもあなたは花が好きだってパパが言ったから、花束はあなたのなんだ」

26

エマはひと晩中悶々《もんもん》としたあとでようやく訪れた夢を見ない眠りから、密やかではあるもののしつこい電話の呼び出し音で起こされた。ごろりと横向きになり、こすって目を開けると、騒音の出所を見つめた。

「消えて」エマはうめくように言った。「お願い。まだ早すぎる」

驚いたことに、音が止まった。スカウトが部屋に駆けこんできて、ベッドに飛び乗ったことには驚かなかった。

「だめ、だめ、だめ、ボーイ」エマは枕の位置を直すと、その真ん中に頭をのせて目を閉じた。「まだ起きる時間じゃないんだから」

数秒後、再び呼び出し音が鳴り始め、温かくてべっとりしたスカウトの熱心すぎる舌がそれに続いた。エマは再び横向きになって電話をつかみ、画面の名前を確かめてから耳に当てた。

「ドッティ？　なにかあったの？」ごそごそと体を起こして肘で支えた。「怪我でもした？」

沈黙が返ってきたので、エマはベッドから脚をおろしたが、やがてドッティが言った。

「怪我なんてしていませんよ、ディア。わたしは元気。どうしてそんなことを訊くの?」

「だって、いまは朝でしょう? わたしを起こしたじゃないの」

「なにを言っているの、エマ。早起きの鳥は餌が取れるの。あなただって知っているでしょう?」

エマはため息をつきながら、マットレスに勢いよく倒れこんだ。「今日はまだ週末よ、ドッティ。早起きの鳥だって、たまには七時過ぎまで寝ていたっていいと思うわ」

「いまは九時よ、エマ。いい加減、起きる時間」

エマの視線は天井からドレッサーの上の時計に、そしてスカウトへと移った。

「やだ、スカウト、ごめんね。すぐに外に出してあげるから」

スカウトがぱたぱたと尻尾を振ったので、エマは再び体を起こして、ベッドの足元に置いてあったスリッパに足を入れた。「こんなに遅くまで寝ていたなんて信じられない。こんなこと一度もなかったのに」

「ゆうべは遅かったの?」エマが寝室からキッチンへと向かっているあいだに、ドッティが訊いた。

「というより、突拍子もない夢ばかり見て、そのせいでよく眠れなかったの」エマは裏口のドアを開けると、スカウトが出られるように脇に寄り、彼のあとを追って裏のポーチに出た。

「ジャックにあの詩を見せなきゃいけない」

「どうして?」

エマは一番上の段に腰をおろし、朝の空気を吸った。頭にかかっていた眠りの霧がゆっくりと晴れていく。「答えはわかりきっていると思うけれど」

「それなら、どうしてまだ彼に見せていないの?」

「そうしようと思ったどっちのときにも、彼の息子が一緒だったの。その子のためにも、楽しい時間を台無しにしたくなくて……わからない。見せるべきじゃないのかもしれない」エマは、スカウトが切手ほどの大きさの裏庭をうろつき、膀胱を空にするのにふさわしい場所を見つけるのを待ってから立ちあがり、手を振って彼を呼んだ。「もし見せたら、保安官は妨害してくるでしょうね。それどころか、ジャックに嫌がらせをするかもしれない」

「なるほどね」

エマは金属製のスコップを使って、食料品庫の床に置いてある袋からスカウトのボウルにドッグフードを入れた。「わたしたちだけで解決するしか方法はないと思う」

「あの詩も持っているしね」

「それが幸いなのか、あいにくなのかは、考え方次第だけれど」エマはスコップを袋に戻し、食料品庫のドアを閉めた。突然、熱いココアが脳裏に浮かんで、飲みたくてたまらなくなった。

「なにを言うの、エマ! こんなに楽しいことはないのに!」

「あなたをもっと外に連れだすべきなのかしらね?」

「いいえ、違う。あなたがしなくてはいけないのは、あなたとステファニーが昨日ロバートの営業所を訪ねた件についてのわたしの質問に答えることよ」

「なにか訊かれてたかしら?」

「ええ、訊いていましたとも。あなたは一方的に電話を切ったけれど、わたしは頼まれたとおり保安官補の住所を調べたのよ」

エマはコンロの前を通り過ぎ、キッチンを出て、仕事部屋に入った。とたんに、ココアはきれいさっぱり頭から消えた。そこに置かれていたトートバックには、ジャックがスカウトの骨に結んでくれたリボンが入っている——エマ自身が言ったことすら覚えていない言葉を頼りに、彼女のために用意してくれていたプレゼント。

「エマ?」

エマは十四時間前のことに思いをはせながら、リボンの縁をなぞり——

「エマ、また勝手に電話を切ったの?」

エマは無理やり現実に自分を引き戻しながら、椅子を引き出してビニールのクッションに腰をおろした。「いいえ。昨日のことだけれど……住所を調べてくれてありがとう。おかげで、正さなきゃいけなかった間違いを正すことができた。それから確かに、マクナニー・ホームズに行ったことで、新たな面が見えてきたと言ってもいいわね」

「続けてちょうだい、ディア」

「もしあなたに予定がなくて、ステファニーが起きているなら、お昼頃にあなたの家で会えないかしら?」エマは立ちあがり、廊下を戻って居間に入った。「ステファニーに聞いてもらいたいこともあるし」

「それなら、グレンダにサンドイッチを作ってもらっておくわ」

「よかった。ステファニーにはわたしから電話をしておく」エマはドッティが電話を切るのを待ち、それからステファニーにかけた。驚いたことに、一度目の呼び出し音でステファニーが応じた。

「もしもし」

エマはにやりと笑った。「起きていたのね」

「仕方なくね」

「あら？」

「母さんが、一階にあるテレビの音を家じゅうに聞かせようって決めたのよ」

エマの笑い声に応じるように、スカウトが耳に息を吹きかけ、手首をぺろりとなめた。

「スカウト！　朝食は終わったの？　いい子ね！」

「ああ、わたしだけの家が欲しい」ステファニーがつぶやいた。

「持てるわよ。すぐに。大丈夫」

「ありがとう、エマ」

「ところで、今日は空いている？　お昼頃は？　マクナニーでわかったことをドッティに話さなきゃいけないのよ。それに、あなたに聞いてもらいたいこともあるし」

「わたしたちのもうひとりの容疑者に関すること？」

「もうふたりね」

「それなら行くわ。着く頃には耳が聞こえなくなっているかもしれないけれど――」うしろで鳴り響いている音がつかの間小さくなった。「――少なくとも、ここにはいなくてすむ」

「あと少しの辛抱よ」

「本当にあと少しであることを願うわ」背後の音がいっそう大きくなり、ステファニーはうめいた。「聞こえるでしょう?」

「なにが?」エマは訊き返した。

「面白いこと」

エマはテレビのリモコンを手に取ると、電話の向こうから聞こえているのがどのチャンネルの音声なのかを探し当てた。「それじゃあ、お昼にドッティの家で」

エマは右側にあるサイドテーブルに電話を置き、ソファの左側の空いているところを叩いた。「ここに来て、スカウト。ブライアンの事件でなにか進展があったかどうか、一緒に観ましょう」

「おはようございます、みなさん。〈今週のスイート・フォールズ〉の司会を務めますマイク・レンパーです。今日のゲストはセバスチャン・ジェラード市長と――後半には彼の妻であるリタにお越しいただいています。おふたりには、市長の座に着いてからの九十日がどんなものであったのか、舞台裏のお話を伺います。コーヒーとペストリーをご用意ください。CMのあとでお会いしましょう」

三分後、司会者が画面に戻ってきたが、今度はこの冬の間、町中に貼られていたポスターや、選挙のあとの町ぐるみのいくつかのイベントで見たことのある男性が加わっていた。そのポスターやドッティの新聞の写真で見た通り、新しい市長は確かに若かった。三ヵ月前に就任したとき三十六歳目前だったセバスチャン・ジェラードは、輝くばかりの笑顔にくっきりした頰骨、エメラルドグリーンの目を縁取る少年のような長いまつげの持ち主で、映画スターと言っても通るほどハンサムだった。その外見のせいで芝居をしているのではないかと思われがちだが、彼の口から出る言葉には否定しようのない誠実さがあった。

エマはスカウトに寄りかかるようにして座り、テレビのボリュームを少しだけあげた。

「今朝はお越しいただいてありがとうございます、ジェラード市長。ようこそ」

「呼んでいただいてありがとうございます」

「さて、この金曜日で市長となって九十日が過ぎたわけですが、なにかご感想は？」

「とても楽しんでいますよ。それは確かです。ですが、わたしの成功もしくは失敗の評価は、スイート・フォールズの住人の方々がくだすことです。みなさんに尽くし、みなさんの要望や町にとって必要なことに応えるのがわたしの仕事ですから」

「金曜日に視聴者の方々の意見を聞きましたので、番組の後半ではその結果を発表したいと思います。その前にいま一度お尋ねしておきたいのですが、市長はスイート・フォールズのご出身ですよね？」

市長は微笑んだ。「生まれも育ちもスイート・フォールズです」

「子供の頃から政治に興味があったんですか？」

「実を言うと、大学時代はスポーツ・アナウンサーになりたかったんですよ。大学を出たあとは、数年間東海岸の小さな新聞社でスポーツ記者をしていました。ですが、産休に入った番記者の代理を務めているあいだに、政治家になりたいという自分の思いに気づいたんです。人生でなにをしたいかということがはっきりすると、わたしはここ——生まれ育った町に戻ってきて、スイート・フォールズの過去と現在、さらには未来の可能性についてすべてを学ぶという課題に取りかかったんです」

司会者は手の中のメモに目をやると、次の質問を投げかけた。「奥さんのリタに会われたのは、この町について学ぼうとしていたその頃だったと聞いていますが？」

「ええ、そうです。事務官のオフィスで机の向こうに座っている彼女を見た瞬間に、心を奪われていました。幸いなことに、彼女はわたしの活動やこの町に対する情熱を理解してくれた。それに、わたしよりもずっと見た目がいいんですよ」市長は言葉を切ると、くすくす笑った。「そのうえ、演説に関しては、わたしの考えをうまく言葉にするという才能があるんです」

マイクの眉が吊りあがった。「彼女が演説の草稿を書いているんですか？」

「わたしの言葉や考えや計画を、より説得力のあるものにしてくれています」市長の笑い声は温かくて好感が持てるものだった。「言い換えれば、聞いている人たちが眠くならないように、遠まわしな言い方をしないようにしています」

「なるほど」マイクはメモをパラパラとめくっていたが、下のほうにあったページに目を留めた。「演説の話が出たところで、当選が決まった夜の演説についてお訊きしたいのですが」司会者は画面とは別のほうに向かって言った。「ロジャー、あの演説の映像を流してくれるかい？」

数秒後、エマがぼんやりと覚えている映像——顧客の旅の計画をまとめたり、スカウトの爪を切ったり、電話をスピーカーにして母と話をしたりながら見たものだ——がテレビに映し出された。

活力に満ちた、けれど驚くほど謙虚なセバスチャン・ジェラードが演壇の向こうに立っている。隣には、選出されたばかりの市長のネクタイを引き立たせるロイヤルブルーのワンピースに身を包んだ、彼の妻のリタ。彼は両手をあげて歓声を鎮めると、咳払いをしてから口を開いた。

「これからの二年がスイート・フォールズにとっての本当の再生になることを、今夜わたしはみなさんにお約束します。活気のない小さな町だった時代はもう終わりです。これからのわたしたちを待っているのは成長と変化の広大な海で、スイート・フォールズはもっとも安全で、もっとも人気のある町になるのです——」彼が妻に視線を向けると、彼女はブローチに反射するフラッシュライトにも負けないほどのまばゆい笑みを浮かべて、うなずいた。

「——全国から注目を浴びるような」

「なるほど。さて、ここでコマーシャルです。そのあとは奥さんに登場していただき、少しお話を伺ったあとで、この九十日について視聴者がくだしたあなたの成績を発表しましょう」

市長は微笑んだ。「楽しみです」

コマーシャルのあいだに、エマは両手をあげて伸びをし、あくびをした。スカウトも同じようにあくびをしてから、またエマの脚に顎をのせた。「これが終わったらシャワーを浴びるから、それから散歩に行きましょう。そのあとはドッティの家に行くのよ。いい？」

二十分前にそうするつもりだったように、お湯をわかしてココアをいれようかとつかの間考えたが、画面に司会者が戻ってきたのでテレビを見るほうを選んだ。

「いまからこの番組をご覧になった方のために説明しますと、今日はセバスチャン・ジェラード市長をお招きしています。まもなく、彼が市長となってからの九十日について、電話で調査をした結果を発表する予定です。ですがその前に、彼の妻であるリタに登場していただきましょう。リタ、こんにちは。来てくださってありがとうございます」

カメラはピンクの服に身を包んで新しい市長の隣に座っている、小柄な金髪女性をズームした。「こちらこそ、ありがとうございます」

「市長となってからの三ヵ月、ご主人の仕事ぶりをどう感じていますか？」

「素晴らしい仕事をしていると思います。ですがまだ始めたばかりです。わたしたちは、増税することなく公園とトレイルコースを広げようと取りかかっているところです。それができれば新しい住人が増えるでしょうから、学校や道路も整備することができるでしょう」

「増税することなく？」マイクが訊き返した。

「そうです。賭け金はいろいろな形で増えるものなんですよ、マイク。もっと出せと要求するだけが能じゃありません」リタはカメラに向かって勝ち誇ったように微笑んだ。「わたしたちの小さな町で犯罪が大きな問題だったことはありませんが、このひと月ほどの警察日誌を見れば、スイート・フォールズを安全で住みたくなる町にするという夫の約束は、すでに達成されたも同然です」

エマは顔をしかめた。「日誌の件は、保安官が怠けただけだと思うけれど……だれが気にするっていうの？」

「夫が指揮を執るスイート・フォールズは、多くの人を惹きつけるとわたしは確信しています。この国の有名なスターたちがやってきて、老いた人と若い人、風変わりな人と現代的な人、結びつきを求める人とプライベートを大事にしたい人、そんな人たちが完璧に混じりあったアメリカン・ドリームのような暮らしができる場所だと」

マイクはリタからセバスチャンに視線を移し、それからまたリタを見た。「もしそれが成功すれば、将来的にあなた——ジェラード市長はもっと大きな船の指揮を……」

「一度にひとつずつですよ、マイク。一度に——」

リタは彼の腕に手をのせて、そのあとの言葉を封じた。「そうなれば、スイート・フォールズと彼の功績は、彼がこの州のために、ひょっとしたらこの国のためになにができるかのいい例になります」

「この国？」エマは思わずつぶやいた。「ちょっと落ち着いたらどうかしら。彼はテネシー州スイート・フォールズの市長にすぎないのよ」

「上を目指すのはいいことですね」マイクはそう言って、カメラに向き直った。「視聴者によるジェラード市長の成績表の発表はまもなくです」

「楽しんでね」エマはテレビを消すと、スカウトの鼻にキスをして立ちあがった。「さあ、行くわよ、スカウト。まずはココアを作って、それから散歩に行きましょう」

27

エマがノックをしようとしたそのとき、ドアがさっと開いて、明らかに取り乱した様子のドッティが現れた。「彼らに先を越されたわ！」

「彼らって？」エマは、スカウトが挨拶代わりにドッティの手と車いすの足置きをなめるのを待ってから彼女の頭頂部に軽くキスをした。スカウトを追って玄関ホールに入ると、そこには苦々しい顔のステファニーがいた。「なんの先を越されたの？」

「保安官事務所よ」ステファニーはかがみこんでスカウトを撫でた。「彼らは逮捕に向かっているそうよ」

持っていたトートバッグを床に置くと、エマは車いすで居間に入ってきたドッティを振り返った。「本当なの、ドッティ？」

「残念だけれど、本当よ。友人のロンダがほんの十分ほど前に電話をくれたの」ドッティは凝った装飾が施された部屋の真ん中までやってくると、うんざりしたようにため息をつきながらブレーキをかけた。「警察が殺人事件を解決するはずじゃないのに！　わたしたちのはずだったのに！」

エマはステファニーに視線を戻し、彼女の落胆した表情を見て取ると、両手を広げた。

「彼らこそ、殺人事件を解決するべき人たちじゃないの。警察なのよ。それが彼らの仕事なんだから」

「いいえ、違う。彼らはへまをするべきなのよ。どこにも行き着かない手がかりを追ったり……釣りに引っかかったり……主役や脇役のひとりを根拠もなく疑ったりはするけれど、絶対に事件を解決するべきじゃないの」ドッティは愛するアルフレッドの写真を見つめ、首を振った。「コージー・ミステリのルールに反する」

エマは笑わずにはいられなかった。

そのお返しに、ドッティとエマは冷たくエマをにらみつけた。

「あなたがコージー・ミステリを好きなのはよく知っているわ、ドッティ。本当よ。あれは楽しいものね」エマはステファニーに視線を向けた。「あなたがよく見ているテレビ番組も——」

「楽しい？」ドッティの声は辛辣だった。

「あ、ごめんなさい」エマは謝った。「言葉の選び方を間違えた。コージー・ミステリは、とても巧みだし、興味をそそるし、それに——」助けを求めてステファニーを見たが、なにも返ってはこなかった。「——なかなか読むのをやめられない」

ドッティが憤然として鼻を鳴らしたが、エマはそれを笑うほど愚かではなかった。

「確かにそうね」

「よかった」エマは、ドッティの椅子の向かいに置かれたビクトリア朝風のふたり掛けのソファの片側に座り、もうひとつの席に座るようにステファニーを促した。「それで、警察はどうやって逮捕にこぎつけたの？」

「検察医の最終報告書に記されたセイヨウキョウチクトウ」ドッティが言った。「そして、ナンシー・デイヴィスを名指しする匿名の通報」

エマはあまりに勢いよく体を引いたので、ソファの木製の飾りに後頭部をぶつけた。

「ナンシー・デイヴィス？　どうして？」

「ロンダは詳しいことまでは知らなかったけれど、ナンシーが町の広場の花壇を台無しにしたことをミスター・ヒルがつかんでいたことは知っていた。それが彼女の仕事に打撃を与えていたことも」

「すでに損害が出ているなら、どうして彼を殺す必要があるの？」エマは立ちあがりながら訊いた。

「復讐はとてもよくある動機よ、ディア」

エマは窓に近づくと、しばらくカーテンの端をいじっていたが、やがてどうにも確信が持てない感情になんとかして整理をつけようとしながら、ふたりを振り返った。

「暴露されたくないなにかを暴露させないために、だれかを殺すのはどうなの？　それもよくある動機？」

ドッティとステファニーは揃ってうなずいた。「そうね」

「あの紙に載っていたのはナンシーだけじゃない」

「ナンシーは植物に詳しい」ドッティは眼鏡をはずした。「ナンシーの仕事はミスター・ヒルのせいでダメージを受けていた。そして、彼が毒を盛られた場に彼女はいた。極めて明白な事件だわ」

「そうかしら？」エマは反論した。「ブライアンが殺されたとき、ナンシーはすでにダメージを受けていたのよ。それに、彼が悪事の証拠をつかんでいたのはナンシーだけじゃない」

「彼女は温室を持っているわよ」ステファニーが言った。

「だから？ドッティは、キッチンの窓のすぐ外にスズランを植えている――セイヨウキョウチクトウと同じくらい危険だって、あなたたちふたりが言った植物よ。ほかの人だって、その手の植物を育てられるはずじゃない」

ステファニーは肩をすくめた。「お勧めはできないけれど、でも、そうね。できるわ」

「実際に――」エマはドッティに向かってうなずいた。「――育てている」

「わたしを見ないでちょうだい、ディア。あなたはまるで、本物の探偵のようね」

わたしが？エマにはわからなかった。わかっているのは、ナンシーが人殺しだとはとても考えられないということだけだ。

「彼女だとは思わないわ、ドッティ。違うと思う。わたし……」エマはなにを見るともなく窓の外に目を向けたが、心の目にはまったく異なる光景、まったく異なる可能性が見えていた。「彼女ははめられたんだと思う」

ドッティが息を呑み、ステファニーが続いた。「罪を着せられたの？」声をそろえて言う。

「罪を着せられる……はめられる……同じことじゃない？」エマは暖炉に近づいた。炉棚の上に額入り写真がいくつか置かれていたが、ぼんやりとしか意識していなかった。「昨日、マクナニー・ホームズから帰る途中で、ナンシーの農園に寄ったの。五十号線近くでヴァネッサが言っていたようなコミュニティを作れるだけの広さがある土地は、ナンシーの農園だけだって気づいたから」

「あの土地なの？」ステファニーは息を呑んだ。

エマは振り返った。「あそこしかない」

ドッティがブレーキをはずすカチリという音に、エマはステファニーから彼女に視線を移した。「なんのコミュニティなの？」

「マクナニーは、三百軒の家、クラブハウスとプール、施設内の商店、それぞれ異なるテーマに沿ったふたつか三つの遊び場があるコミュニティを建設することを発表しようとしているの。そのコミュニティの奥の隅には、ほかの宅地の二十倍はある立ち入り禁止のエリアがあるのよ」

「半エーカーの宅地のコミュニティだから、四十倍ね」ステファニーが訂正した。「出入りできる専用の道路があるの」

ドッティは手をあげてステファニーを黙らせると、暖炉の前にいるエマに近づいた。

「ナンシーは土地を売らないでしょうね。あそこは何代も前から彼女の家のものだった。噂話を除けば、彼女にあるのはあれだけなのよ」

「ナンシーによれば、売っていないそうよ」

「それなら、五十号線近くのほかのどこにあれだけの土地があるの？」ステファニーはソファから暖炉の前に移動した。「思いつかないわ」

エマはドッティの視線を受け止めながら、ステファニーの質問に答えた。

「思いつかないのは、ほかにないからよ。ヴァネッサが言うようなサイズのコミュニティを作れるのは、ナンシーの土地だけ」

「でも彼女は売っていないって、いま言ったじゃないの」

「ロバートは彼女に話を持ちかけた。何度も。でもナンシーは、可能なかぎり不利な戦いに挑むって心を決めていた。ロバートに地所を売るつもりかって訊いたとき、彼女は死んでもそんなことはさせないって言ったわ」

ドッティは興味を引かれて、体を前に乗り出した。「不利な戦い？　ミスター・ヒルが持っているらしい写真のせいで、彼女の仕事がダメージを受けていること？」

「そうだと思う。でもこれは訊いておきたいんだけれど、ドッティ、ナンシーが広場の花壇に除草剤を撒いている写真を新聞で見たことはある？」

「ない」

「見逃した可能性は？」

「ないわね。わたしは『ガゼット』は全部読んでいる。隅から隅まで。ナンシーがそんな恥ずべきことをしている写真が載っていたなら、うんと懲らしめていたわ」

「でも、どこからか話が漏れたみたいね」エマは暖炉から二歩離れ、また二歩戻り、ステファニーの隣に腰をおろした。「つまり、その件と破壊行為のせいで、ナンシーには地所を売るしか道がなくなったわけね」

ドッティは目を細くしエマを見た。「破壊行為？　なにをされたの？」

「リンゴの果樹園とクリスマスツリーを植えてある場所のまわりの鹿よけの柵が、四回も壊されたの。四回とも違う場所だった。農作物がかなりの被害を受けたそうよ」

「ジェラード市長が言うところの〝減少する犯罪率〟もこれまでね」ステファニーは鼻を鳴らした。

エマは横目でステファニーを見た。「今朝のテレビを見たの？　市長と妻が出ていたあの番組を？」

「見たかったわけじゃないけれど、見たわ」

「ボーリン保安官が事件を記録していなかったから、新聞社は破壊行為のことを知らなかったのかもしれない。ジャックによれば、新聞の警察日誌欄は毎週の報告書に基づいて書かれているらしいから」

「ボーリン保安官は、そういう仕事はしないわよ、ディア」ドッティが言った。「それは、保安官補たちがすること」

「そうなのよ。実際に、柵が壊されたって最初に通報があったとき、ナンシーを訪ねたのはジャックだったの。でも署に戻ってその話をしたら、今後は自分がナンシーと話をして報告書を書いておくってボーリン保安官に言われたんですって。でもどういうわけか、彼はなにもしなかった。そして彼が仕事を放棄していることを知らなかったナンシーは、その後三回柵が壊されたときも、彼に直接連絡したの」

ステファニーは背後にある煉瓦にもたれた。「やっぱり、市長の〝減少する犯罪率〟もこれまでっていうことよ」

「事件が記録されていなければ、だれにも知られることはない」エマは言った。「これは市長じゃなくて、ボーリンの問題よ」

「だとすると疑問が生じるわね。なぜ？」ドッティが尋ねた。

「なにがなぜなの？」

「なぜボーリン保安官は事件を記録しなかったの？」

「上司に仕事の指示をする人間はいないから？」ステファニーが答えた。「だって、新人の保安官補が保安官のオフィスに入っていって、〝仕事をしていますか？〟なんて言っているところを想像できる？　VAでだってありえないけれど、警察ならもっとありえない」

ドッティは指を一本立て、部屋を見回した。「エマ、わたしのノートとペンを知らない？　整理する必要があるわ」

エマは立ちあがって置かれていそうなところを探し、アルフレッドのお気に入りの椅子の脇のサイドテーブルの上で見つけた。ノートとペンを取って戻ってくると、ドッティは奪うようにして受け取った。

ドッティはなにも書かれていない最初のページを見つけて開き、ペンのキャップをはずした。「彼は破壊行為を記録していなかった。なぜ？」

「なまけ者だから？」ステファニーが言った。「給料をもらいすぎている？　部下がするのを待っている？　キレていた？　仕事中に居眠りしていた？　居眠りしていたことを知られたくなかった？」

エマは笑いだした。

ドッティは四角や線をいくつも書きなぐっていた手を止め、顔をあげてペンをステファニーに突きつけた。「そうよ！　それ！　それだわ！」

ステファニーは得意そうな顔をした。

エマはドッティを見つめた。「待って。どれのこと？」

「考えてみて、ディア。ティムはある事件を記録することを忘れた。もちろん許されないことだけれど、そういうこともあるでしょう。でも四件とも忘れる？　ありえない。ティム・ボーリンのレベルの人間には」

「つまり、彼は意図的に記録しなかったって言っているの？」

「そうよ」

「でも……」ナンシーの地所で行われた何度もの破壊行為が記録されていないという事実が、突然映像となって頭に浮かび、それがあまりに鮮明であまりに心をかき乱されたので、エマは体を震わせた。

「寒いの？」ステファニーが気遣った。

首を振ったはずだった。少なくともエマはそうしたつもりだった。けれどその瞬間、エマが意識していたのは、もう一度ブライアンの詩を読む必要があるということだけだった。

「聞いて」エマはうしろのポケットから携帯電話を取り出して、詩を読み始めた。「切望する仕事のために賄賂を贈った男は、そのすべてを取り戻せる立場にいる……だから保安官は、最初の破壊行為の対処をジャックにさせずに自分でしたのよ！ そして、その後の通報は自分に直接するようにってナンシーに言った！ 彼女に地所を手放させるために、ロバート・マクナニーと共謀していたんだわ！」

今度はステファニーがエマを見つめる番だった。「柵の破壊行為を記録しないことで？」

「高価な柵が四回壊されたことを記録しなかった。そして、ナンシーがあの花壇になにかを撒いている防犯カメラの映像をスクリーンショットにして、それがブライアンの手に渡るようにしたのよ！」

「わからないわ、エマ。それって――」

ドッティは興奮に目を輝かせながら、ステファニーの反論を封じた。「そうよ、そうだわ！ こつがつかめてきたわね、ディア。続けてちょうだい……」

テトリスのように、落ちてきたパズルのピースがあるべき場所に収まり始めていた――エマは話を続け、ドッティはさらに小さな四角を描き、矢印でそれらをつないでいる。

「計画中の開発が実行されれば、ロバート・マクナニーは大きな利益を得ることができる。莫大な利益よ。でもナンシーは売ることを拒否した。ロバートはとても困った立場に置かれた。選択肢はふたつしかない。あきらめるか、ほかの方法を見つけるか。昨日ヴァネッサから見せてもらったあの地図によれば、彼はあきらめていない。まったく。つまり彼はほかの方法を見つけたのよ。ナンシーが売らざるを得ないような方法を」

「彼女の農園をだめにすることで」ステファニーの言葉にドッティがうなずいた。

「そのとおり。ボーリン保安官が賄賂を受け取るような人なら――ブライアンの詩でもジャックからひそかに聞いた話でもそれは間違いないけれど、ロバートが土地を手に入れたらもらえることになっているたっぷりの謝礼は――」エマは指で宙に引用符を書いた。「――〝事件の記録をし忘れる〟だけの価値はあったでしょうね」

ステファニーはドッティのノートを示した。「それに、自分で対処するからといって最初の破壊行為の処理をジャックにさせなかったこともわかっている！」

すべてがあるべき場所に収まった。

最後のピースまで。

わお、すっきりした気分……

「ティムかロバートがブライアンに写真を送ったのね。ブライアンは、そうするだろうってわかっていたことをした。バン！　ナンシーはからくりに気づき始めたけれど、それでも売ることには抵抗している」エマは声に出して言った。

ステファニーはすかさずバトンを受け取った。「それが問題よね。彼は、自分のものになっていない二十エーカーの土地の代金を、すでに受け取っているんだもの」

「どうしてそんなことを知っているの？」

「ヴァネッサが言っていたわよ」

「いつ？　覚えていない」

ステファニーは肩をすくめた。「あなたは地図に気を取られていたから」

「あの土地はいったいどこにあるんだろうって考えていたのよ」

「だから聞き損ねたのね。あの地所の左側にあった大きなエリア——専用の出入り口があるところよ——はすでに売れていて、支払いも済んでいるの」

エマは両手で自分の顔をはさみ、ドッティからステファニーを、そしてまたドッティを見た。

「わかったわ！　そういうことよ！　ロバートはどうしてもあの土地を手に入れる必要があって、ナンシーがうなずくまで待っていられなくなった。だから奥の手を使った！　植物を使ってブライアンを殺し、そうすることでナンシーに罪を着せたんだわ！」

「代々受け継いできた土地を守り続けるためにはナンシーはどんなことでもするとわかっているから、だれも疑問を持つことはない」ドッティが言い添えた。

ステファニーはやったと言わんばかりに、片手を宙に突きあげた。

「それに彼女はあの農園だけで生計を立てていたから、殺人の容疑をかけられたりすれば、売らざるを得なくなる」

「わたしも同じことを考えていた」エマはうなずいた。

ドッティはパタンとノートを閉じ、誇らしげにエマとステファニーに微笑みかけた。

「よくやったわ！　突き止めたのよ！　週末までに、事件を終わらせましょう！」

28

エマは助手席から彼女を見つめているスカウトをちらりと見て微笑んだ。

「正義がなされようとしているのよ、スカウト。わたしたちがしたことだって思うと、すごくいい気分」

そのとおりだった。

ドッティとステファニーと共にすべてを暴き出した……

そのすべてを電話でジャックに伝えて……

ナンシーは彼女がいるべきところ、彼女の農園にじきに戻ってくるとわかっている……

エマはなにもかもに満足していた。仕事がうまくいったときのように。

かつてはとても利益を生んでいた個人経営のトラベル・エージェンシーを畳まなければならなかったことには、いまもまだ残念な思いがある。けれどスカウトを引き取るという決心が最善のものだったように、ドッティの助言に従って新しい仕事に取りかかるのも、いい結果につながるのかもしれない。

いずれわかる。すべてがそうであるように。真実はいつだって最後には明らかになるように。

電話の呼び出し音が響いたので、ダッシュボードに目をやるとクロヴァートンの番号が表示されていた。エマは緑のボタンを押して、応じた。

「もしもし、エマよ」

「アンディ・ウォールデンだ。いま話をしても大丈夫かな？」

「もちろん。電話を待っていたわ。コンサートはどうだった？　お父さまは楽しんだのかしら？」

「ああ。楽しむことはわかっていたんだ。ウクレレが入っているバンドはどんなものでも大好きだから」

「そうなの？　奇遇だわ。わたしのもうひとりの……」ゴムバンドのウクレレを持っているビッグ・マックスを思い浮かべただけで、エマの顔に笑みが浮かんだ。「もうひとりの依頼人もウクレレが好きなのよ」

「それならその人もきっとこのコンサートを楽しんだだろうね」

エマは野外コンサートをしているビッグ・マックスの姿を想像したが、アンディが言葉を継いだので、そちらに意識を戻した。「きみの信用照会先に確認したが、とても素晴らしいものだった。それに、きみにすっかり夢中になっている父の意見も聞いた。なので、もしまだきみにその気があって、可能であれば、ぼくが留守のあいだぜひあなたに父の世話をしてもらいたい。ほかに用がなければ、スカウトも」

スカウトに目をやると、ぱたぱたと振っている尻尾がエマの顔に広がった笑みと同じ答えを告げていた。「ええ、ないわ。わたしもない」

「よかった。明日の同じ時間にもう一度電話をするので、そのときに細かいことを決めるのでもいいかな？」

「ええ、大丈夫。アンディ？」曲がり角が近づいてきたので、エマはアクセルを緩めた。「ありがとう。あなたが留守のあいだ、お父さまはしっかりお世話をするわ」

「頼りにしている」

電話が終わり、エマはデイヴィス・ファーム・アンド・グリーンハウスの入り口である砂利道に車を進めた。ここのところずっとそうだったように、今日も駐車場は空だ。けれどこれからはそんなことはなくなる。この場所は、ここの持ち主がそうであるようにスイート・フォールズの一部だ。大切な思い出がある人たちがいずれ戻ってくる。ブライアンの身に起きた真実がナンシーを連れ帰ってくれるように。パトカーや手錠、いくつもある建物がきちんと戸締まりできているかを確かめるどころか、なにが起きているかを考える時間すらなかったこと、そんな目に遭わされてナンシーはさぞ恐ろしい思いをしたに違いなかった。

ガーデニングの委員会から追放されたことに対してナンシーがしたことは、間違っていた？　それは確かだ。ブライアンが言っていたように、自分の価値を証明するために自分の業績を台無しにするのは、短絡的だった。毅然として時期を待つべきだったのだ。けれどだからといって、彼女が悪人だということではない。それどころか、その反対だ。

ナンシーのバンの隣に車を止めると、スカウトが激しく尻尾を振り始めた。エマがこれからなにをしようとしているのであれ、スカウトがそれを喜ぶのは、彼女に対する揺るぎない全面的な信頼があるからだ。自分がだれかのそんな存在なのだと思うと気持ちが浮き立った。

「あのね、ボーイ、今日はちゃんと戸締まりができているかどうかを確かめに来ただけなの。それだけよ。だからどこかでくつろいだりしないでね。聞いている?」エマはスカウトの鼻にキスをすると、顎の下の毛をくしゃくしゃにしてからドアを開けて一緒に降りた。

駐車場を横切り、本館へと向かった。中の明かりはついたままだったが、鍵はかかっている。次に、古い樽に車輪をつけて作った動物列車——誕生パーティーや秋の楽しい一日にまた何百人という子供たちが集まってくると、エマにはわかっていた——が置かれている大きな倉庫に向かった。

エマはドアを調べ、外壁にもたせかけてあったツーバイフォーの木材を金具に差し込んで、ドアが開かないようにした。作業を終え、いなくなったスカウトの姿を探した。

「スカウト? わたしを助けてくれなきゃだめじゃないの。ひとりでうろうろするんじゃなくて」

近くの木のうしろからスカウトが現れることはなかったので、エマはもう一度呼んだ。

「スカウト? いらっしゃい!」

やはり反応はない。

「スカウト、来なさい! いますぐ!」

近くにある温室のドアの蝶番《ちょうつがい》がきしむ音がして、エマはそちらに顔を向けた。「なにも食べたり――やだ、嘘！」エマはそうだったこともなければ、これからも絶対なることのないランナーのように、固く踏みしめられた地面とところどころに残るトラクターのわだちの上を全速力で駆けだした。「なにも食べちゃだめ、スカウト！　お願い、お願い、お願いだから食べないで！」

思ったとおり、温室のドアは好奇心にかられたスカウトが入っていけるくらい、開いていた。

エマはドアを大きく開き、不安に心臓を激しく打たせながら、べったりした暖かい空気の中へと足を踏み入れた。「なにを見つけたのか知らないけれど、離すのよ、スカウト！　いますぐに離して！」

なにかが落ちるカランという音がして、エマは温室の奥へと走った。中央の通路から奥の隅へと向かうあいだも、心臓が激しく打っていた。〝危険、触るな〟という看板の横に、スカウトが首を傾げ、尻尾を振りながら座っていた。

「くつろいだりしないでって言ったのに……」

エマの指示に従ってスカウトが落としたに違いないなにかに目が留まり、そのあとの言葉は途切れた。小さくて、丸くて、ぴかぴか光るそのなにかを拾いあげたエマは、スカウトの首輪をつかんで車に向かって走りだした。

スイート・フォールズのホームページでその住所を探し当てるまで一分とかからなかった。ビッグ・マックスの確認の言葉が頭の中で何度となく繰り返されるのを聞きながら、シートベルトを締め、スカウトに座れと命じ、車を発進するのに要した時間は、それよりさらに短かった。

「真相まであと少しだった」エンジンをかけて車を発進させながら、エマはつぶやいた。「ほんの少しだった」

エマはギアをバックに入れて車を駐車スペースから出し、メインストリートへと向かったが、そのあいだも脳は猛スピードで回転していた。

罪を着せたという部分は正しかった……

毒を使ったというのも正しかった……

電話が鳴り、エマはダッシュボードの画面に目を向けてから、指で触れた。

「いまでも信じられないわ、エマ！　わたしたちが本当に真相を――」

「ステファニー、わたしたち間違っていた」

「え？」

「間違っていたの。全部。っていうか――」エマはアクセルを踏み込んだ。「――少なくとも一部を。一番、重要なところを」

「なにを言っているの？　ジャックと話をしたの？」

「話をしたのは、ビッグ・マックスよ」

「ビッグ・マックスってだれ？」

「友人……じゃなくて、依頼人……じゃなくて、友人」

「それで……」

「スカウトがブローチを見つけたの」

「なんですって？」

「ブローチよ！　彼女がいつもつけていたブローチ！　温室にあったの！　スズランやセイヨウキョウチクトウやそのほかの危険な植物の奥に。ナンシーに罪を着せるために必要なものを取りにきたときに、落としたに違いないわ！」

「彼女？　いったいだれの――」

ステファニーが息を呑んだので、エマは彼女がようやく同じ結論に達したことを悟り、話を進めた。「これで全部辻褄が合う。ナンシーの地所の破壊行為が記録されなかったこと……町の成長や変化、増税せずに公共施設を整えるとしきりに訴えていたこと……。三百軒の新しい家に三百の新しい家族がやってくれば、それだけ財産税が増えるのよ！」

「それにスイート・フォールズに住むという有名人がいる」ステファニーが言い添えた。

「この町にやってくるマスコミのことを考えてみてよ！」

「有名人？」

「あの広くて素敵な宅地の話をヴァネッサが持ち出して、あそこはもう売れているって言ったとき、わたしは宝くじを当てた人が買ったのかって訊いた。彼女は違うって答えた。外国の偉い人なのかって訊いたら、それも違うって言った。でも有名人なのかって訊いたら、彼女は笑っただけで、答えられないって言ったのよ。あのときは真剣に受け止めなかったけれど、きっとそういうことなのよ」

エマは今朝見たテレビ番組のことを思い起こした。リタの言ったことが次々と蘇ってきた。

「あなたの言うとおり、どこかの有名人があそこを買っていたのなら、実際に買える土地がないとわかったら、マスコミがどれほど大騒ぎするか想像できる？　スイート・フォールズは、ニュースはもちろん、国じゅうのありとあらゆる雑誌で取り上げられるんだわ」

「ドッティに話した？」ステファニーが訊いた。

「いいえ、まだよ」

「あなたはジャックに電話して。わたしはドッティにかけるから」

29

エマとスカウトの乗る車が町の広場のはずれにある薄暗い駐車場にやってきたのは、七時半を少しまわった頃だった。ここに来るまで、エマは延々とジャックの電話を鳴らし続けていた。前方左手には、昔の古い校舎を改装して、いまではスイート・フォールズの様々な委員会や団体の会合場所として使われている建物がある。町のホームページによれば、今夜はスイート・フォールズ美化委員会の月例会議が行われているはずで、ドッティとのこれまでの会話から、だいたいいまくらいの時間に終わることがわかっていた。

「ほら、ジャック。電話に出て。お願い、お願いだから、早く出て」エマは何度もつぶやいたが、無駄だった。

一度切ってかけ直そうかとも考えたが、駐車場に一台だけ駐まっている車に市長の妻が近づいてくるのが見えると、ブライアンの無意味な死とナンシー・デイヴィスに罪を着せようとしたことに対する怒りの前に、ジャックは二の次になった。エマはリタの車から数台分離れたスペースに車を入れ、待っているようにとスカウトに命じて車を降りた。

「リタ？」

自分の名を呼ばれたスカウトのように、彼女も満面に笑みを浮かべて振り返った。

「ええ、わたしがリタよ。美化委員会の会議に来たのかしら？」

エマが半分うなずき、半分肩をすくめるのを見て、リタは小さく舌を鳴らした。

「申し訳ないんだけれど、会議は十五分前に終わったのよ。名前とEメールのアドレスを教えておいてくれれば、次の会議と今後のプロジェクトについて秘書から連絡させるわ。わたしたちの町を磨きあげるには、仲間は多ければ多いほどいいんですもの」

「わたしは会議のことで来たわけじゃないの」エマは木の陰の暗がりから歩み出た。

リタはエマの顔を見て取ると、目を見開いて身を乗り出した。「あなたを見たことがあるわ。木曜日のガーデン・パーティーに来ていた！　ドッティ・アドラーが自分の招待客だって言ったんだわ。でもあなたはあの――あの犯罪者のナンシー・デイヴィスと一緒に座っていたから、話をする機会はなかった」

「わたしはエマ。エマ・ウェストレイク。この町に住んでいるの――数年前から」エマは自分の声に怒りがこもっていることに気づいて咳払いをしようとしたが、できなかった。だが、かまわない。「あなたのものを見つけたんだけれど、きっと探していたんじゃないかと思って」

リタは首を傾げ、目を細くしてエマを見つめた。

「いつもつけていたみたいだから、きっと大切なものなのね」エマは握った手を差し出すと、ゆっくりと開き、スカウトがナンシーの温室で見つけたブローチを見せた。

「わたしのブローチ！　ずっと探していたのよ。パーティーで落としたのかしら？」

エマは首を振った。「いいえ、パーティーではつけていなかった」

「ああ、そうだった。その前になくしたんだったわ！」リタは手を伸ばしたが、エマが再びブローチを握りしめたので、驚いてあとずさった。「どういうこと？」

「これから説明する。でもその前に、どこでこれを見つけたのか、知りたいんじゃないかしら？」

リタは警戒心を露わにした。彼女が持っているハンドバッグや宝石に飾られた手の中のガーデニングの本と同じくらい、それははっきりと見て取れた。「そうね。どこで見つけたの？」

「犯罪者の農園よ」

ほんの一瞬のことだったし、すぐに消えてしまったとはいえ、彼女がたじろいだことは間違いなかった。「でも――」

「温室の中で」エマはさらに言った。

リタはごくりと唾を飲んだ。「彼女の温室？」

「そうよ」怒りにかられて、エマは一歩前に出た。「あなたがブライアン・ヒルを殺すために使ったセイヨウキョウチクトウのうしろで」

蛇が脱皮をするように、リタの警戒心は理解に、そして爆発せんばかりの怒りに変わった。エマはその激しさに一歩また一歩とあとずさり、やがて自分の車にぶつかった。

まったく彼らしくないことに、スカウトが吠え始めた。大きく。怒りに満ちた声で。

「ごめんね、ぼうや。でもあなたが車の中にいて、ママが外にいたら助けることはできないわよね？」リタはブランドもののハンドバッグに手を入れ、リボルバーを取り出すと、エマに向けた。「わたしを傷つけようとして駐車場で待ち伏せしていた頭のおかしな女から、自分の身を守ることができてよかったわ。ね？」

「だれもあなたの言うことなんて信じない」

「もちろん信じるわよ。わたしは市長の妻なのよ。忘れた？」リタはリボルバーの撃鉄を起こし、エマの胸に狙いを定めた。「わたしは重要人物なの。でも、あなたはだれだったかしら？　もう忘れてしまったわ」

スカウトの吠える声はますます大きく激しくなり、それ以外の物音は聞こえなくなった。

「お願い」エマは懇願した。「なにをしてもいいけれど、彼のことは傷つけないで。彼は関係ないから――」

「警察だ！　銃を捨てろ！　いますぐに！」

30

人生でもっとも愚かなエマの決断のあと始末を終えて、ジャックがようやく彼女を解放したのは、ほぼ真夜中になろうかという時間だった。意外なことに、車にエマが乗りこむまで、彼女がされて当然の叱責をジャックが始めることはなかった。

「いったいなにを考えていたんだ、エマ？」ジャックが訊いた。「だいたい、考えるということをしたのか？」

「腹が立ったの」

彼の眉が髪の生え際近くまで吊りあがった。「腹が立った？」

「そうよ。彼女はブライアンを殺して、その罪をナンシーになすりつけようとしたのよ！」

「だがきみは、それをしたのがマクナニーだと思っていたのに、だれもいない駐車場まで彼を追いかけたりはしなかった……」

もっともな点だ。でも……

「わからない。スカウトが落としたブローチを見たから？　州の賞を獲ったのはナンシーのおかげなのに、リタが彼女にひどい態度を取ったことを思い出したから？」エマは息を吐いた。「それに……わからない。ロバートだって確信していた――彼の仕業だってすべてがぴったり当てはまった。なのに、そうじゃないってわかって、わたしは二重にだまされたような気がしたの」

「二重にだまされた？」

「そうよ！」

彼の口の端にうっすらと浮かんだ気がした笑みらしきものは、現れたときと同じようにすぐに消えた。

「きみは殺されていたかもしれないんだぞ。わかっているのか？」

「いまはわかっている。わたしを撃ったあと、わたしの犬も撃つだろうと思ったときは、本当に怖かった」

「きみの犬……」

「あの車の中で吠えていたでしょう？　檻に入れられた動物みたいだった。彼女がスカウトのことも撃たないわけがないわ」

「きみは自分のことよりもスカウトのことが心配だったの？」

「当たり前じゃないの！」

ジャックはフロントガラスの外を眺め、首を振り、息を吸い、いらだちのうめき声と共に吐き出した。「なにを言えばいいのかわからないよ」

「いいのよ。わかっているから」

ジャックはエマに視線を戻した。「本当に？」

「ええ。わたしは軽率だった。わたしは警官じゃない。でもあのブローチを見つけて、リタのものだってビッグ・マックスに確認してもらったあと、あなたに連絡しようとしたのは本当よ。あなたが電話に応じてくれなかっただけで」

「それから？」

「それからなに？」

「きみはほかになにをした？」

「あの紙のことはもっと早くあなたに話すべきだった」

「それから？」

エマは車の天井を見あげた。「詩をあなたに渡すべきだった」

「きみは軽率だったよ、エマ。そしてきみの言うとおり、きみは警官じゃない。リタと対決しに行くんじゃなくて、署に来るか、通信係に電話をするべきだったんだ。それから、確かにあの詩は重要な情報になっただろうね」ジャックは手で口を押さえ、やがてその手を膝に落とした。「彼女はきみを殺していたかもしれないんだよ、エマ」

彼の口調と、リタに殺されそうになったあと、落ち着かせるように彼に抱きしめられた記憶が相まって、罪悪感は深まるばかりだった。「あなたを信頼していないから、あなたに渡さなかったわけじゃない。タイミングがわからなかったことと、それでなくてもあなたは難しい立場にいたから——」エマはため息をついた。「——わからないわ。もっとほかのことがつかめると思ったのかしら？」

「それは質問？」

「この探偵ごっこは友人のドッティのアイディアだったの。それからステファニーの。でも結局わたしも巻きこまれた。わたしたち、ロバートが犯人だって確信していたのよ。でも――」

エマは訊くことを忘れていた、とても重要な質問を思い出した。「わたしがいるところがどうしてわかったの？　ロバートが犯人じゃないって？」

「車に乗せたか乗せないかのうちに、ロバートはぺらぺらと白状し始めた。ボーリンとのつながり、ナンシーの農園の柵を壊すために雇った若者たち、いずれ生まれる子供をアメリカの小さな町で育てることにこだわっていた若い有名人夫婦に、持ってもいない土地を売るために偽造した不動産関連の書類。そして、ブライアンの前菜にリタが言うところの細かく砕いた下剤をまぶしているあいだ、見張りをしていてほしいと彼女に頼まれたこと」ジャックはもう一度息を吐いた。「ブライアンの死が他殺と断定されると、ロバートはすべてを理解したが、共犯者として逮捕されることが怖くて口をつぐんでいたんだ。ぼくがリタを見つけに行こうとしたちょうどそのとき、ドッティ・アドラーがいますぐぼくと話をしたがっているという無線が入った。通信係に彼女の番号を訊いてくれと言ったんだが、次の瞬間、ぼくの携帯電話が鳴っていた」

エマは笑った。「ドッティ？」

よ!」

「そうなんだ! 彼女のことは知らないし、どうやってぼくの番号を手に入れたのかも謎だよ!」

「彼女はドッティだもの——ドッティ・アドラー。彼女だからあなたの番号を手に入れたのよ」エマはメインストリートに並ぶ街灯を眺め、ブライアンからもらった紙に載っていた四つの顔のことを考えた。「それで、今回のことで保安官事務所はどうなるの?」

ジャックはハンドルの縁を指でなぞった。「保安官に関して?」エマがうなずくのを見て、彼は肩をすくめた。「市長が、ボーリンの行為について徹底した捜査を命じるだろうね」

「彼はくびになる?」

「あるいは辞任するかもしれない」

「あなたが保安官になるか」エマは言った。

「いや……いいよ。ぼくはいまの立場で満足だ」落ち着いた沈黙がふたりを包む中、ジャックはエンジンをかけた。「スカウトに会いたいだろう?」

「もちろんよ。でもその前に、あなたにお礼を言わせて。わたしを助けてくれたこと、わたしの犬を助けてくれたこと、それからあの駐車場まで彼を迎えに来てほしいって、ステファニーに電話をかけさせてくれたこと」

「とんでもない」ジャックはシフトレバーに手を置いたまま、じっとエマを見つめた。「念のため言っておくけれど、ジムで会った最初の日、きみが猫を殺した依頼人にブライアンの話をしていなくても、ぼくは外できみを待っていたよ」

彼の口元に自分とほぼおなじ照れくさそうな笑みが浮かんでいることを知るのに、エマはバックミラーやサイドミラーやほかのどんな鏡も見る必要はなかった。

「猫を殺したわたしの友だちのことね」

訳者あとがき

〝レンタル友人〟で検索をかけてみたところ、いくつものサイトがヒットしました。結婚式に友人が必要だったり、合コンの人数が足りないときに使ったりする、単なる数合わせの用途から、愚痴を聞いてほしいとか、一緒に野球やサッカーを見に行きたいといった、本来は友だちとするようなことまでと、その目的は様々。印象的だったのは、友だちがいない人だけが友人をレンタルするわけではなく、大勢の友だちがいる人でもこういったサービスを使うということでした。親しい人には相談できないけれど、他人だからこそ悩みを打ち明けられることもありますよね。ずっと仲良くしていたい相手だからこそ、こんなことを言ったら呆れられてしまうんじゃないか、嫌われてしまうんじゃないかと逡巡するのかもしれません。

本書の主人公であるエマは、自分から進んでこのビジネスに乗り出したわけではありませんでした。個人で経営していたトラベル・エージェンシーの仕事がどんどん減っていき、ついに最後の望みの綱だった法人客までいなくなってしまうと、彼女の収入源は、週に一度、老婦人ドッティのお茶の相手をすることで得られる報酬だけになったのです。ドッティの夫アルフレッドが亡くなる前に、ひとり残される妻を案じ、習慣となっていたお茶の時間を続けられるように、エマに頼んでいたのでした。初めのうちこそ仕事としてドッティの家に通っていたエマでしたが、一年半という時間がたつうちに、彼女を友だちだと考えるようになります。それはドッティも同じでした。エマの苦境を知ったドッティは、彼女の親しみやすい外見やだれとでも分け隔てなく接して友だちになれる性格が武器になると考え、レンタル友人というビジネスを勧めます。エマはお金をもらって友だちになるという考えを受け入れられずに最初は抵抗しますが、ドッティがまずふたりの依頼人を紹介してくれたこともあり、とりあえず前向きに検討することにして、名刺を作り、デジタルのチラシを作り、町のウェブ掲示板に貼り付けたのでした。驚いたことに、そのチラシにはすぐに反応がありました。その日の夜、レストランで行われる〝オープン・マイク・ナイト〟（日本ではまだ数少ないようですが、店内で音楽の演奏や詩の朗読などパフォーマンスを行うという欧米ではポピュラーなイベントです）に一緒に来てほしいという依頼でした。詩を朗読するので、拍手をしてほしいというのです。観客が拍手をするはずなのにとエマは不思議に思いますが、今夜招待した人たちは拍手をするどころか、彼を殺したいと思うだろうと依頼人の男性ブライアンは答えました。不穏なものを感じながらも依頼を引き受けたエマでしたが、その後、ブライアンについて調べてみると、意外なことがわかってきました。彼は、よくて地元の陰謀論者、もっとも悪く言うならば純然たるトラブルメーカーだったのです。キャンセルすることも考えましたが、結局エマはその夜、約束どおりレストランに向かいました。席についたところで、ブライアンから一枚の紙を渡されます。そこには四人の写真が貼られていました。その四人は全員が彼の死を望んでいるのだとブライアンはエマに告げます。そして、彼らはいま観客としてこのレストランにいるのだとも。驚くエマをその場に残し、ブライアンはステージにあがりますが、詩を朗読している途中で倒れ、そのまま息を引き取ったのでした……

エマは、ドッティと依頼人のひとりであるステファニーに引きずられるようにして、事件の解決に取り組んでいくのですが、この三人の組み合わせが絶妙です。脚は不自由だけれど舌鋒は鋭く、少々強引なところのある裕福な老婦人ドッティ。仕事が忙しすぎてプライベートの時間がほとんどなく、同居している母親に嫌味を言われつつ暮らす看護師のステファニー。ドッティはコージーミステリの、ステファニーは犯罪ドラマの大ファンなので、実際の殺人事件を捜査できるとあってふたりは大張り切りなのですが、肝心のエマは乗り気ではないという、いささか面白い設定になっています。著者はちょっとしたいたずらも仕込んでいて、捜査に取り組むようにとエマを説得する際に、ドッティが『南部裁縫サークルミステリ』というコージーミステリを持ち出してくるのですが、実はそのシリーズは本書の著者がエリザベス・リン・ケイシーという別名で書いた作品なのでした。

コージーミステリの特徴のひとつとして、限定されたコミュニティが舞台になっているということがあります。事件についてだけでなく、そのコミュニティにおける人間模様も読みどころのひとつなのですが、小さなコミュニティ内で何度も事件が起きるのはちょっと不自然だったりするので、その点がシリーズ化する場合の難点だと言えるかもしれません。しかし本書では、主人公にレンタル友人という仕事をさせることで、見事にその問題を解決しています。いろいろな事情を抱えた依頼人がエマのもとを訪れるわけですから、題材も自由、作者は思うがままに物語を展開していけるというわけです。今後のシリーズが楽しみで仕方がありません。次作は二〇二三年八月ごろに刊行予定です。どうぞお楽しみに。

コージーブックス

崖《がけ》っぷちエマの事件簿《じけんぼ》①
レンタル友人《ゆうじん》、はじめました

著者　ローラ・ブラッドフォード
訳者　田辺千幸《たなべちゆき》

2023年3月20日　初版第1刷発行

発行人　成瀬雅人
発行所　株式会社　原書房
〒160-0022 東京都新宿区新宿1-25-13
電話・代表　03-3354-0685
振替・00150-6-151594
http://www.harashobo.co.jp
ブックデザイン　atmosphere ltd.
印刷所　中央精版印刷株式会社

落丁・乱丁本はお取り替えいたします。
定価は、カバーに表示してあります。
 ISBN978-4-562-06129-7 Printed in Japan